CB063896

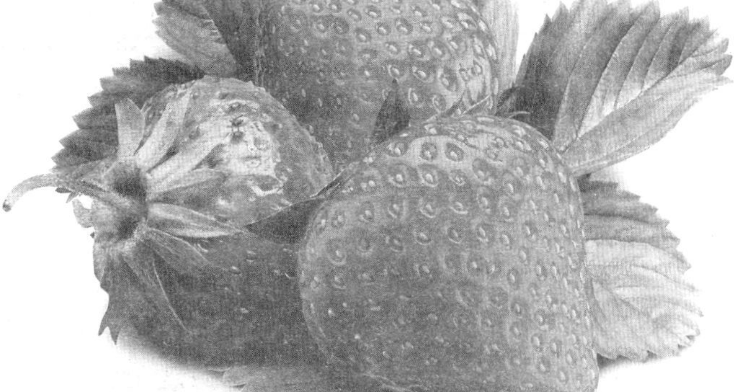

AS BOAS FILHAS

AS BOAS FILHAS

Joyce Maynard

AS BOAS FILHAS

Tradução de
Léa Viveiros de Castro

Título original
THE GOOD DAUGHTERS

Este livro é uma obra de ficção. Personagens, incidentes e diálogos foram compostos pela imaginação da autora e não para ser interpretados como reais. Qualquer semelhança com acontecimentos reais ou pessoas, vivas ou não, é mera coincidência.

Copyright © 2010 by Joyce Maynard

Todos os direitos reservados.
Nenhuma parte desta obra pode ser reproduzida sem a permissão escrita do editor.

Edição brasileira publicada mediante acordo com HarperCollins Publishers.

Direitos para a língua portuguesa reservados com exclusividade para o Brasil à
EDITORA ROCCO LTDA.
Av. Presidente Wilson, 231 – 8º andar
20030-021 – Rio de Janeiro, RJ
Tel.: (21) 3525-2000 – Fax: (21) 3525-2001
rocco@rocco.com.br
www.rocco.com.br

Printed in Brazil/Impresso no Brasil

preparação de originais
Lucas Travassos Telles

CIP-Brasil. Catalogação na fonte.
Sindicato Nacional dos Editores de Livros, RJ.

M191b   Maynard, Joyce, 1953-
          As boas filhas / Joyce Maynard; tradução de Léa Viveiros de Castro. – Rio de Janeiro: Rocco, 2012.

          Tradução de: The good daughters
          ISBN 978-85-325-2761-5

          1. Ficção norte-americana. I. Castro, Léa Viveiros de II. Título.

11-0673   CDD-813
                       CDU-821.111(73)-3

*Para Laurie Clark Buchar e Rebecca Tuttle Schultze –
Como eu, duas filhas de New Hampshire
Minhas irmãs não de sangue mas por escolha*

PRÓLOGO
Temporada de furacões

Outubro de 1949

TUDO COMEÇA com um vento úmido, soprando por sobre os campos, vindo do nordeste, e estranhamente quente para esta época do ano. Mesmo antes de o vento alcançar a casa, Edwin Plank o vê chegando, agitando o capim seco, as últimas fileiras de milho ainda de pé na plantação abaixo do estábulo, o único lugar por onde o trator ainda não passou. No intervalo de tempo em que um homem leva para servir um café e chamar a cadela para dentro (embora Sadie saiba vir sozinha; o vento a fez sair correndo na direção da casa), o céu fica escuro. Corvos voam ao redor do estábulo, e estorninhos, procurando as vigas. Ainda não são quatro horas, e a luz do dia em breve terá terminado, mas com o sol não mais visível atrás da parede baixa e plana de nuvens se aproximando, poderia ser o pôr do sol, e talvez seja por isso que o gado esteja emitindo seus ruídos longos e graves de descontentamento. As coisas não estão como deveriam estar na fazenda, e os animais sempre sabem.

Parado na varanda com o seu café, Edwin chama a esposa, Connie. Ela ainda está no quintal, com uma cesta, recolhendo a roupa que tinha pendurado para secar de manhã. Quatro meninas produzem um bocado de roupa suja. Vestidos de algodão, camisetas e calças da Carter's, todas cor-de-rosa, fraldas, naturalmente – e sua prática roupa íntima de algodão, mas quanto menos se falar sobre isso, melhor, na cartilha de Connie.

Enquanto recolhe o resto da roupa que ainda não secou – retirada do varal antes que chegue o vento – Connie já está pensando que se ficarem sem energia por causa da tempestade, o que é bem provável – e ele não puder ouvir o jogo pelo rádio, seu marido talvez a incomode na cama esta noite. Ela estava torcendo para que a World Series o mantivesse ocupado por um tempo. O seu Red Sox não vai jogar; o time sempre para em setembro. Mas Edwin nunca perde um jogo da Series.

Eles sabiam que o furacão estava chegando. Bonnie, é como estão chamando este. (Em seus oito anos de casamento, Edwin alguma vez deixou de ouvir a previsão do tempo?) Ele já se encarregou das coisas no estábulo, guardou suas ferramentas, certificou-se de que o feno estivesse coberto e as portas bem fechadas. As vacas estão em seus cercados, naturalmente. Mas no telhado o cata-vento – o mesmo que já está lá há 140 anos, acompanhando meia dúzia de gerações de Plank – gira loucamente.

Agora a chuva está chegando. Primeiro, algumas gotas, depois um aguaceiro, descendo com tanta força que Edwin já não consegue mais avistar seu trator, o velho Massey Ferguson vermelho, que está lá no meio da plantação, onde quer que ele tenha terminado seu trabalho aquele dia. A chuva faz tanto barulho que ele tem que falar alto quando chama as suas duas filhas mais velhas – Naomi e Sarah.

– Vão ver se suas irmãs estão bem.

As pequenas – Esther e Edwina – devem estar acordando a qualquer momento do sono da tarde, se o barulho da chuva já não as tiver acordado.

No quintal, Connie está lutando com a cesta de roupas – o vento e a chuva fustigando o seu rosto. Ele larga o café e corre para ajudá-la. Já encharcado, o vestido gruda em seu corpo pequeno e funcional. Nada nela se parece com as mulheres com as quais ele sonha, às vezes, nas tardes passadas sobre o trator, ou durante as longas horas que passa no estábulo, tirando leite das vacas – Marilyn Monroe, é claro, Ava Gardner, Peggy Lee. Mas naquele momento, com o tecido molhado acentuando seus seios, ele está pensando em como vai ser bom quando as crianças estiverem dormindo esta noite – sabendo que o jogo vai ser cancelado por causa do mau tempo – deitar com sua mulher debaixo das cobertas, ouvindo o barulho da chuva no telhado. Uma boa noite para fazer amor, se ela permitir.

Connie entrega a cesta ao marido. Ele passa o braço livre pelos ombros dela para ajudá-la a subir a ladeira – o vento é muito forte contra seus corpos. Ele tem de falar bem alto por causa do temporal.

– Este vai ser dos bons. Acho que vamos ficar sem energia.

– É melhor eu pegar as meninas – ela diz, empurrando a mão dele. – O bebê vai ficar assustado.

Ela se refere a Edwina, cujo nome é em homenagem a ele. É provável que ele tenha achado que ficaria desapontado por não ter tido um menino daquela última vez, e talvez tenha mesmo ficado, mas ele ama as suas meninas. Quando entra na igreja com aquela fileira de meninas – todas parecidas com a mãe, até agora – seu coração se enche de orgulho e de ternura.

Então o telefone toca. É surpreendente que ainda esteja funcionando com todo este vento, e em poucos minutos não vai estar mais. Mas por ora a supervisora conseguiu ligar, para dizer que há uma árvore caída na velha County Road, e se Edwin podia levar o caminhão até lá, e uma serra, para as pessoas poderem passar – não que alguém vá tentar fazer isso antes da tempestade amainar. Edwin é o capitão da brigada voluntária de bombeiros da cidade, e fica de plantão em momentos como estes, quando surge alguma tarefa que precisa ser executada.

Ele já está usando suas botas de trabalho. Em seguida vem a capa amarela e uma checagem para ver se as pilhas da sua lanterna estão funcionando. Uma última xícara de café para o caso de o trabalho demorar mais do que imagina. Um beijo na mulher, que dá o rosto para recebê-lo com sua costumeira rapidez e eficiência. Ela já está acendendo o fogão para preparar o feijão das crianças.

Menos de cinco minutos se passaram desde que o telefone tocou, mas o céu ficou preto, o vento está uivando. Edwin entra na cabine do caminhão e liga o motor. Mesmo com o limpador de para-brisas ligado, ele só consegue seguir pela estrada porque conhece o caminho muito bem – seria capaz de dirigir de olhos vendados por ali.

O rádio está tocando Peggy Lee, por coincidência, a mulher na qual ele estava pensando menos de uma hora atrás, quando levava o gado para o estábulo. Aquilo é que é mulher. Imagine fazer amor com uma garota daquelas.

A transmissão é interrompida. Avisos de furacão elevados para o status de emergência de tempestade em escala máxima. Linhas de transmissão caindo por todo o distrito. Nenhum motorista nas estradas, exceto equipes de resgate. Ele é um deles.

Vai ser uma longa noite, Edwin sabe. Antes que termine, ele vai estar encharcado até as ceroulas. Há perigo para um homem no meio de uma tempestade como esta. Árvores caindo, fios de alta tensão no meio da rua. Enchentes.

Ele pensa num filme que viu uma vez – uma das poucas vezes que foi ao cinema, de fato – O mágico de Oz. E como a casa foi erguida do chão quando a tempestade caiu (um ciclone, se não estava enganado) e foi parar em outro lugar que ninguém tinha visto antes.

Aquela era uma história inventada, é claro, mas o mau tempo pode atingir uma pessoa no estado de New Hampshire, também. Na mesma época em que viu o filme de Judy Garland, de fato, eles tiveram a pior tempestade em cem anos, o furacão de 38. Aquele arrancou o carvalho que tinha na frente da casa, onde ficava pendurado o seu balanço de pneu. E algumas centenas de outros. Alguns milhares, melhor dizendo. Até hoje, passados tantos anos, as pessoas por ali ainda se referem àquela tempestade, chegam a medir o tempo em "antes de 38" ou "depois".

Pelo jeito, este furacão ia fazer muito estrago. Ele faz um inventário dos locais na fazenda onde eles poderiam ter problemas. Não há perigo de perder a colheita nesta época do ano (quando só restam abóboras no campo, e não muitas), mas há o telhado do estábulo, e o barracão, e um bosque de nogueiras que ele gosta, lá para os lados das plantações de morango. Sempre as primeiras a cair numa tempestade, as nogueiras. Ele detestaria ver aquelas árvores arrancadas, e isso poderia acontecer esta noite. E há a casa, construída pelo seu bisavô, e ainda firme, com as quatro garotinhas e sua boa esposa lá dentro. Ele não gosta de deixá-las sozinhas numa tempestade.

Mesmo assim, dirigindo pela estrada deserta e escura, a chuva descendo aos borbotões e a carroceria do seu velho Dodge tremendo por causa do vento, Edwin Plank percebe uma sensação de expectativa estranhamente agradável. Uma coisa que um furacão faz: ele vira tudo de cabeça para baixo. Nunca se sabe como as coisas estarão depois que o vento parar. Há somente uma certeza: o mundo estará diferente amanhã. E talvez isso implique uma certa inquietação que ele traz dentro de si, talvez mais do que isso, um desejo por alguma coisa que ele ainda não encontrou, e é com o coração batendo rápido que Edwin Plank avança pela noite agitada. A vida neste pedaço de terra poderá estar completamente diferente quando a manhã chegar.

PARTE I

RUTH

Varapau

MEU PAI ME DISSE que eu sou um bebê de furacão. Isso não significa que eu tenha vindo ao mundo no meio de um furacão; 4 de julho de 1950, o dia em que nasci, fica muito antes da temporada de furacões. Ele quis dizer que fui concebida durante um furacão. Ou assim que ele terminou.

— Pare com isso, Edwin — minha mãe costumava dizer se o ouvisse falando assim. Para a minha mãe, Connie, qualquer coisa que se referisse a sexo, ou suas consequências (a saber, o meu nascimento, ou pelo menos a ideia de ligar o meu nascimento ao ato sexual), não era tema de conversa.

Mas quando ela não estava perto, ele me contava sobre a tempestade, como ele tinha sido chamado para tirar uma árvore caída no meio da estrada, e como a chuva estava intensa e o vento forte, naquela noite.

— Eu não fui para a França na guerra como os meus irmãos, mas parecia que eu estava no meio de uma batalha, lutando contra aquelas rajadas de vento de 160 quilômetros por hora. E aí é que tem uma coisa engraçada. Sabe quando a pessoa mais teme pela sua vida? É nessas horas que você sabe que está vivo.

Ele me contava que, quando estava na cabine do caminhão, a água caía com tanta força que ele não conseguia enxergar, e seu coração batia muito rápido ali naquela escuridão, e como foi depois – debaixo do aguaceiro, cortando a árvore e removendo os galhos pesados para a beira da estrada, as botas afundadas na lama, cheias de água por dentro, os braços tremendo.

– O vento tinha um som humano, como se fosse uma mulher gemendo.

Mais tarde, pensando no modo como meu pai contava a história, ocorreu-me que o tipo de linguagem que ele usava para descrever a tempestade poderia ser usado para descrever um casal fazendo amor. Ele imitava o som do vento para mim e eu me encostava no seu peito para que ele pudesse me abraçar com seus grandes braços. Eu estremecia só de pensar como devia ter sido aquela noite.

Por algum motivo, meu pai gostava de contar essa história, embora eu – não minhas irmãs, nem minha mãe – fosse sua única ouvinte. Bem, isso talvez fizesse sentido. Eu era a menina do furacão, ele dizia. Se não tivesse havido aquela tempestade, ele gostava de falar, eu não estaria aqui agora.

Cheguei nove meses quase exatos depois, na sala de parto do Hospital Bellersville, em pleno aniversário do nosso país, logo depois do final da primeira colheita de feno e no momento em que os morangos estavam no auge.

E aqui estava a outra parte da história, que eu conhecia muito bem porque já tinha ouvido centenas de vezes: apesar de a nossa cidade ser muito pequena – não chegava nem a ser uma cidade, na verdade; era mais um punhado de fazendas com uma escola, um armazém e uma agência dos correios para manter as coisas funcionando –, eu não fui o único bebê que nasceu no Hospital Bellersville naquele dia. Menos de duas horas depois de mim, nasceu outra menina. Era Dana Dickerson, e aqui, se estivesse perto, minha mãe gostava de fazer seus comentários.

– Sua irmã de aniversário – costumava dizer. – Vocês duas entraram juntas no mundo. Era compreensível que fôssemos ligadas.

Na verdade, nossas famílias não poderiam ser mais diferentes – os Dickerson e os Plank. Começando pelo lugar onde construímos nossas casas, e como chegamos lá.

A fazenda onde morávamos tinha estado na família do meu pai desde os anos 1600, graças a um lote de terra de 20 acres obtido num jogo de cartas por um antepassado – um colonizador que viera da Inglaterra num dos primeiros navios – Reginald Plank, com tantos tataravôs na frente do nome dele que eu perdi a conta. Depois de Reginald, dez gerações de homens Plank tinham cultivado aquele solo, cada um deles aumentando a extensão original com a compra de fazendas vizinhas, quando – um por um – mais homens covardes desistiam da vida dura de fazendeiro, enquanto meus antepassados resistiam.

Meu pai era o filho mais velho de um filho mais velho. Assim é que a terra fora passada de geração em geração. A fazenda agora tinha 220 acres, quarenta deles cultivados, a maior parte com milho e o que o meu pai chamava de produtos para cozinha, que nós vendíamos, nos verões, na barraca da nossa fazenda, Celeiro Plank. Esses produtos e o nosso grande orgulho, os nossos morangos.

Nossa família nunca foi rica, mas tínhamos uma terra livre de hipoteca, o que todos nós sabíamos ser a coisa mais preciosa que um fazendeiro podia possuir, a única coisa que importava além (e aqui surgia a voz da minha mãe) da igreja. (E tínhamos prestígio na cidade pela nossa história, num lugar onde não apenas os pais e os avós do nosso pai, mas seus bisavós e os bisavós destes estavam enterrados no solo de New Hampshire.) Mais do que com qualquer outra família da cidade, era isso que nos fazia ser quem éramos – história e raízes.

Os Dickerson tinham aparecido na cidade (modo de falar da minha mãe, de novo) alguns anos antes, vindos de algum outro lugar. De fora do estado, era só o que sabíamos, e embora tivessem uma propriedade – uma casa de fazenda decrépita perto da rodovia – era óbvio que não eram gente do campo. Além de Dana, eles tinham um filho mais velho, Ray – magricela, de olhos azuis, que tocava gaita no ônibus escolar e uma vez, e isso ficou famoso, se deitou no chão do playground na hora do recreio, imóvel, olhos vidrados na direção do céu, como se tivesse pulado de uma janela. A professora que estava tomando conta do recreio já tinha gritado para o diretor chamar uma ambulância quando ele deu um salto, dançando como Gumby, com as pernas parecendo de borracha, e rindo. Ele era um piadista e um arruaceiro, embora todo mundo gostasse dele, principalmente as garotas. Sua ruindade me excitava e me impressionava.

Supostamente, o Sr. Dickerson era escritor, e estava escrevendo um romance, mas, até poder vendê-lo, tinha um emprego que o fazia viajar um bocado – vendendo diferentes tipos de escovas numa mala, minha mãe achava – e Valerie Dickerson se dizia uma artista – uma ideia que não agradava muito à minha mãe, que acreditava que a única arte que uma mulher com filhos devia exercitar era do tipo doméstico.

Ainda assim, minha mãe insistia em visitar os Dickerson sempre que íamos à cidade. Ela levava bolos e biscoitos ou, dependendo da época, milho, ou uma tigela de morangos frescos, com biscoitinhos saídos do forno em vez de bolo de frutas. (Conhecendo Valerie Dickerson – ela dizia – eu não duvido que aquela mulher use creme de lata. – A ideia de que Val Dickerson pudesse servir bolo sem creme nenhum – verdadeiro ou falso – parecia algo inimaginável para ela.)

Então as mulheres se visitavam às vezes – minha mãe com seu vestido prático de fazendeira, e o mesmo suéter azul que usou durante toda a minha infância, e Val, que usou jeans antes de qualquer outra mulher que eu tenha conhecido, e que só servia café instantâneo, quando servia. Ela nunca parecia particularmente contente em ver-nos, mas preparava uma xícara de café para a minha mãe mesmo assim, e um copo de leite para mim ou, porque os Dickerson eram fanáticos por comida saudável, algum suco feito com diferentes vegetais batidos numa máquina que o Sr. Dickerson dizia ser o próximo sucesso de vendas depois da frigideira elétrica. Eu não sabia que a frigideira elétrica era uma ideia assim tão boa, mas não importa.

Então eles se mudaram, e era de se imaginar que tivesse sido esse o fim da ligação da nossa família com os Dickerson. Só que não foi. De todas as pessoas que tinham entrado e saído de nossas vidas ao longo dos anos — trabalhadores da fazenda, fregueses do celeiro, até mesmo os parentes da minha mãe que moravam em Wisconsin — as únicas que ela fez questão de não perder de vista foram os Dickerson. Era como se o fato de Dana e eu termos nascido no mesmo dia fosse algo mágico.

— Eu me pergunto se aquela Valerie Dickerson dá alguma coisa além de frutinhas e nozes para Dana comer — minha mãe disse uma vez. A família tinha se mudado para a Pensilvânia nessa altura, mas tinha passado por lá — e, como era temporada de morangos e nosso aniversário, eles tinham parado na barraca da fazenda. Dana e eu devíamos ter 9 ou 10 anos, e Ray tinha provavelmente 13, e era da altura do meu pai. Eu estava levando um carregamento de vagens que tinha passado a manhã toda colhendo quando ele me viu. Foi sempre uma coisa estranha que, mesmo quando eu era pequena, e a nossa diferença de idade parecesse tão grande, ele sempre prestasse atenção em mim.

— Você ainda faz desenhos? — ele perguntou. Sua voz tinha ficado grossa, mas os olhos ainda eram os mesmos, e olhavam sérios para mim, como se eu fosse uma pessoa de verdade e não uma garotinha.

— Eu estava lendo isto no carro — continuou, entregando-me uma revista enrolada. — Achei que você ia gostar.

Mad. Revista proibida na nossa família, mas minha favorita.

Foi nessa visita — a primeira do que se tornou uma tradição quase anual de corrida aos morangos — que ficamos sabendo que Valerie agora era vegetariana. Isso numa época em que era uma raridade você ouvir dizer que uma pessoa não comia carne. Esse fato chocou minha mãe, assim como tantas outras coisas relativas aos Dickerson.

— Algumas pessoas dizem que os americanos comem carne vermelha demais — comentou meu pai, algo surpreendente vindo de um fazendeiro, mesmo que a produção principal dele fosse de verduras e legumes. Meu pai gostava do seu bife, mas tinha uma mente aberta, enquanto que qualquer coisa que fosse diferente do nosso modo de agir parecia suspeita para a minha mãe.

— Dana parece ser uma menina muito inteligente, você não acha, Edwin? — ela disse, depois que eles partiram, naquele carro fantástico de Valerie, um Chevrolet Bel Air com rabo de peixe que, para mim, parecia algo que devia ser dirigido por uma estrela de cinema, ou seu motorista. Então, virando-se para mim, mencionou que minha irmã de aniversário tinha vencido o torneio de soletrar da escola aquele ano, e que também estava envolvida no Clube de Jovens Talentos da Agropecuária, trabalhando num projeto que envolvia frangos. — Talvez esteja na hora de você pensar no Clube — sugeriu-me ela.

Esse tipo de observação — e houve muitas como essa — sem dúvida formou a base do meu ressentimento em relação a Dana Dickerson. Enquanto nós duas avançávamos pela infância e pela adolescência, a menina parecia fornecer o padrão em relação ao qual eram medidos o meu desenvolvimento e as minhas realizações. E, quando isto acontecia, eu podia ter certeza de que ficaria aquém dela, exceto no quesito altura.

Frequentemente, é claro — dada a irregularidade das comunicações —, nós não sabíamos como iam as coisas com Dana Dickerson. Então minha mãe se contentava em especular. Quando eu aprendi a andar de bicicleta, minha mãe comentou: — Será que Dana já sabe fazer isso? — E quando fiquei menstruada — cedo, logo depois de fazer doze anos — ela imaginou o que estaria acontecendo com Dana. Uma vez, no meu aniversário — meu e de Dana Dickerson — minha mãe me deu uma caixa de papéis de carta com desenhos de lilases.

— Você pode usá-los para escrever cartas para Dana Dickerson. Vocês duas deviam ser amigas por correspondência.

Eu não escrevi. Se havia uma menina no mundo com a qual eu não queria me corresponder, essa menina era Dana Dickerson. Nossas famílias não tinham nada em comum, nem nós duas. O único Dickerson que me interessava era o irmão mais velho de Dana, Ray, quatro anos mais velho do que nós. Ele era uma pessoa alta, com pernas incrivelmente compridas, como a mãe, Valerie, e embora não fosse bonito como os rapazes de colégio que se via na TV (Wally Cleaver e os irmãos mais velhos de *Meus filhos e eu*, ou Ricky Nelson) havia alguma coisa em seu rosto que deixava a minha pele quente se eu olhasse para ele. Tinha olhos azuis, que sempre davam a impressão de que ele estava prestes a começar a rir, ou a chorar – acho que, com isso, eu quero dizer que havia sempre muito sentimento neles – e cílios tão longos que sombreavam seu rosto.

Ray tinha um jeito de entrar numa sala que deixava a pessoa sem fôlego. Em parte, era a sua aparência, mas era principalmente aquela energia doida e todas as ideias engraçadas e fantásticas que tinha. Ele fazia coisas que os outros garotos não faziam, como construir uma jangada com velhos tambores de querosene e descer o rio Beard, atolando-a na lama, e fazer mágicas usando uma capa, que ele, evidentemente, tinha costurado sozinho. Tinha aprendido ventriloquismo por conta própria, então, uma vez, no celeiro, ele fez duas abóboras conversarem uma com a outra, sem mexer com os lábios. Anos antes, quando eu tinha 5 ou 6 anos, ele tirou um dólar prateado da minha orelha, então eu passei os dias que se seguiram checando a toda hora para ver se tinha mais alguma coisa lá dentro, mas nunca encontrei nada.

Uma primavera, Ray Dickerson construiu um monociclo usando algumas peças velhas de bicicleta que tinha achado no lixo. Esse era Ray. Enquanto outros garotos jogavam bola, ele andava de monociclo, tocando sua gaita.

Num determinado momento, tentara ensinar a irmã a andar no monociclo, e Dana levara um tombo feio, ficando com o braço na tipoia. Pode-se imaginar que depois disso a Sra. Dickerson confiscaria aquela coisa – ou que ao menos iria ficar zangada, mas isso não pareceu aborrecê-la, embora a minha mãe tenha tido um ataque.

Quase nada aborrecia Val Dickerson, ou era o que parecia. Ela era uma artista, e geralmente estava absorvida nisso mais do que no que acontecia com os filhos, era a impressão que eu tinha. Enquanto minha mãe vigiava de perto cada coisa que minhas irmãs e eu fazíamos, Val Dickerson se fechava numa sala que ela chamava de estúdio durante horas, deixando Dana e Ray com uma enorme tigela de cereais e alguma tarefa diferente do tipo "vão encenar uma peça" ou "vejam se conseguem encontrar um esquilo e ensinar alguns truques a ele". O estranho é que eles conseguiam. Quando Ray falava com animais, eles pareciam entender o que ele estava dizendo.

Meu pai nunca podia tirar férias no verão, por causa das tarefas que tinham que ser realizadas na nossa fazenda, mas minha mãe estabeleceu uma tradição de fazer uma viagem todo ano durante as férias de fevereiro, quando não havia tanto o que fazer na fazenda, e o que havia ele podia, relutantemente, delegar ao seu ajudante, um rapaz pequeno e magro chamado Victor Patucci, que aparecera na porta da nossa casa quando tinha só 14 anos, procurando emprego. Victor era a última pessoa que se escolheria para ser fazendeiro – um fumante, que usava tanto creme modelador no cabelo que este refletia a luz, que gostava de corridas de automóvel e aumentava o som do rádio sempre que tocava uma música de Elvis Presley, e que nunca parecia ir à escola. O pai dele trabalhava numa fábrica de sapatos, e meu pai dizia que ele não era um bom homem – palavras que me marcaram porque meu pai raramente falava mal de alguém.

– O rapaz precisa de um pouco de ajuda – meu pai disse quando contratou Victor. E, embora no início minha mãe tenha protestado contra a despesa semanal de 30 dólares, era a presença de Victor na fazenda que tornava possível a nossa visita anual aos Dickerson, e por isso ela era grata.

Então todo mês de fevereiro nós íamos visitar os Dickerson. Antes de partir, minha mãe enchia um cooler com sanduíches e potes de manteiga de amendoim e coisas, como carne-seca, que não estragavam. Então minhas irmãs e eu nos amontoávamos no banco de trás da nossa caminhonete Country Squire, com painéis imitando madeira, um estoque de livros de colorir e passatempos para nos distrair. Nós jogávamos *Eu vejo* ou procurávamos placas de estados pouco comuns, e de vez em quando parávamos em campos de batalha e monumentos históricos, e às vezes num museu, mas nosso destino final era qualquer que fosse a casa ou trailer (e uma vez uma cabana Quonset reformada) onde os Dickerson estivessem morando naquele ano.

O objetivo disso, como sempre, era o que minha mãe imaginava ser minha ligação com Dana Dickerson, mas para mim a única atração da viagem era saber que eu ia ver Ray Dickerson. Mesmo sendo tão jovem, eu sabia que ele era bonito, e o fato de ter essa consciência me deixava encabulada, embora me sentisse também atraída por ele. O estranho era que, mesmo quando eu era bem garota – 8 ou 9 anos, e ele 12 ou 13, ele parecia se interessar mais por mim do que pelas minhas irmãs. Numa de nossas visitas, ele viu dentro do carro um desenho que eu tinha feito, de um camelo que copiei de um maço de cigarros vazio que eu tinha achado – só que acrescentei um homem vestido como Lawrence da Arábia na montaria, e uma moça amarrada, como uma prisioneira, na outra corcunda do camelo.

– Desenho legal – ele disse. – Eu dou um pacote de balas por ele.

Eu teria dado o meu desenho de graça para Ray Dickerson, mas não consegui falar.

Depois disso, sempre que íamos à casa dos Dickerson, eu preparava um monte de desenhos. Coisas que um garoto poderia gostar: homens do espaço e caubóis, e um desenho do jogador favorito do meu pai no Red Sox, Ted Williams.

– Só mais algumas horas, meninas – minha mãe dizia quando reclamávamos da demora da viagem, do desconforto do carro. Mas a parte mais desconfortável era o que acontecia quando chegávamos, e a Sra. Dickerson nos recebia com aquela expressão confusa e irritada (mesmo sendo criança eu percebia), oferecendo-nos uma limonada, mas nunca uma refeição.

No primeiro ano depois que eles se mudaram, nós viajamos até a Pensilvânia para visitá-los, e embora daquela primeira vez tivéssemos incluído uma visita ao Sino da Liberdade, para completar a viagem, a maior parte das viagens que fizemos depois – para Vermont, Connecticut, Vermont de novo – tiveram o objetivo exclusivo de visitar os Dickerson. Minha mãe dizia à Sra. Dickerson que nós estávamos de passagem por lá. (De passagem por lá? A caminho de onde?) A visita geralmente durava uma hora. Nunca mais do que duas.

Dana e eu não tínhamos nada em comum (ela era um moleque; eu me interessava por arte), mas a mãe dela sempre sugeria que fôssemos brincar lá em cima, e então eu pedia a Dana para me mostrar suas Barbies – já que Barbie era o tipo de boneca que minha mãe não aprovava, por causa do seu físico e das roupas excitantes que a Mattel fabricava para ela, e de qualquer maneira não gastaríamos dinheiro com isso.

Dana nunca pareceu interessada em bonecas, mas Valerie estava sempre dando bonecas novas para ela, com uma incrível coleção de trajes oficiais da Barbie, ao contrário das roupas que a maioria das garotas da minha cidade tinha – roupas feitas em casa por suas mães e avós, geralmente tricotadas e compradas em feirinhas da igreja.

Os conjuntos autênticos da Barbie tinham nomes – eu sabia disso por ter visto o catálogo da Barbie. O meu favorito se chamava "Solo sob os refletores" – um vestido de noite sem alças com lantejoulas na bainha, que vinha com um pequeno microfone de plástico, para as noites em que a Barbie cantava em boates.

Uma vez, quando Dana estava no banheiro, eu enfiara o vestido da Barbie no bolso. Dana tinha tão pouco interesse naquilo que não tinha notado, mas, quando estávamos indo embora, Ray pôs o braço em volta do meu ombro e cochichou:

– Você esqueceu uma coisa.

Ele me entregou um pacote com um formato esquisito, embrulhado em várias camadas de papel higiênico e fechado com durex, e mais tarde, quando estávamos na estrada, eu o abri. O microfone. Pensei nele aquele ano todo. Como ele tinha ficado sabendo – para começar – embora, é claro, já estivesse provado que era mágico. Mas o mais importante: o que significava o fato de que Ray Dickerson, tão mais velho do que eu, e tão bonito, tivesse resolvido presentear-me com aquele item tão cobiçado?

Na primavera seguinte, quando fizemos nossa peregrinação para visitar os Dickerson, eu levei um presente para ele – uma gaita que eu tinha comprado com dinheiro que ganhara limpando morangos, com madrepérola enfeitando o estojo. Mas Ray – a principal atração da viagem – estava em algum lugar com seu monociclo, então eu não o vi. Enquanto isso, no andar de baixo, meus pais e Valerie Dickerson conversavam sobre pessoas que moravam na nossa cidade, que ela mal conhecia, e minha mãe perguntava sobre a educação religiosa de Dana. Tinha levado uma Bíblia Juvenil de presente para ela.

– Foi muita gentileza sua, Connie – a Sra. Dickerson lhe disse. – Eu gostaria de poder convidá-los para ficar para jantar, mas tenho uma aula de arte.

– Aulas de arte, uma mulher daquela idade – minha mãe comentou com meu pai enquanto voltávamos para casa pela mesma estrada comprida, depois da limonada – as costas retas do meu pai ao volante, os olhos na estrada e em nenhum outro lugar. – O que Valerie Dickerson está pensando?

– Acho que ela tem talento – observou ele. Então, após um minuto de silêncio no carro, ou até mais, acrescentou:

– Talvez Ruth devesse ter aulas de arte. Ela também tem esse dom.

Sentada no banco de trás – lá no fundo da caminhonete, na verdade, pois não havia normas relativas a cinto de segurança nessa época –, eu senti uma pequena pontada de esperança, como um raiozinho de luz entrando pela porta, ou uma leve brisa num dia quente. Eu adorava desenhar, um fato que minha mãe não tinha parecido notar.

Minha mãe não disse nada. Por que ela iria permitir qualquer atividade que me aproximasse de Val Dickerson? Mesmo visitando regularmente a mulher, ela parecia tão cheia de crítica e reprovação.

– Há um Howard Johnson's ali na frente, meninas – ela apontou. –Vamos comprar uma casquinha de sorvete para cada uma. Só não pode chocolate, porque mancha.

Depois, em pé no estacionamento, lambendo o meu sorvete – a única pessoa em nossa família que escolheu café, enquanto todo mundo preferiu morango ou baunilha –, pensei num quadro que tinha visto na parede da casa dos Dickerson.

Era uma gravura de um artista popular na época, a imagem de uma menina magra com cabelos desarrumados e grandes olhos, que tomavam metade do seu rosto. Ela estava segurando uma flor. O que se sentia, ao olhar o quadro, era que a menina que o artista tinha pintado era a única pessoa no mundo além dele (e muito provavelmente aquela era a única flor). Ninguém podia ser mais solitário do que aquela menina. E o engraçado era que embora eu tivesse uma família grande – cinco irmãs, amontoadas em três quartos – era assim que eu me sentia, também, crescendo naquela casa.

Não que ela algum dia tenha feito algo diferente, mas eu tinha uma sensação que não conseguia compreender direito, mas que registrei em meu coração, de que minha mãe nunca gostou de mim como gostava de minhas irmãs. Eu sentia isso quando a via com uma das outras – Naomi, cujo cabelo ela gostava de trançar, ou Esther, a quem ela apelidou de Amorzinho, ou Sarah, conhecida como Pão de Mel.

– Como é o meu apelido? – perguntei-lhe certa ocasião. Ela tinha olhado para mim com uma expressão vazia, como se a ideia de encontrar mais um apelido carinhoso estivesse além de sua capacidade.

– Ruth – ela respondeu. – Esse é um belo nome.
Foi então que meu pai interveio:
– Acho que vou chamar você de Varapau.
Eu era diferente das minhas irmãs. E principalmente diferente da minha mãe. Eles não sabiam disso, mas eu inventava histórias, e às vezes, ao fazer isso, desenhava as coisas que tinha imaginado, e às vezes esses desenhos eram tão estranhos, e possivelmente chocantes, que eu os escondia na minha gaveta de meias. Embora houvesse uma pessoa para quem eu os mostrava, quando tinha uma oportunidade. Ray Dickerson.

Da segunda vez que os visitamos em Vermont, eu levei para Ray um desenho de nós dois – Ray e eu – numa espaçonave, nós dois usando roupas espaciais, mas perfeitamente reconhecíveis, com uma imagem de Saturno do lado de fora da janela. Na escola, nós tínhamos estudado sobre os astronautas e eles tinham nos contado sobre Ham, o chimpanzé que foi enviado ao espaço – uma ideia que tinha me perseguido, porque minha professora não mencionou nenhum plano para trazer o chimpanzé de volta, só para lançá-lo – o que significava que ele estava destinado a girar para sempre na órbita da Terra, eu pensei, até a comida terminar e só sobrar o seu esqueleto. No meu desenho, eu era metade menina, metade chimpanzé. Ray também parecia um chimpanzé.

– Às vezes eu me sinto como aquele chimpanzé que eles lançaram no espaço – ele comentou, quando lhe mostrei o meu desenho.

– Só que não seria tão solitário se você tivesse companhia – eu disse, pensando que no desenho havia nós dois.

Ele apenas olhou para mim. Talvez estivesse pensando *O que eu estou fazendo aqui, conversando com uma garotinha?* Pareceu que ele ia dizer alguma coisa – uma expressão que ele fazia sempre, aliás – mas não falou nada. Simplesmente pegou seu monociclo e saiu pedalando, não sem antes guardar o meu desenho no bolso do jeans. Esta era outra coisa a respeito de Ray: ele desaparecia abruptamente. Num minuto você estava conversando animadamente, no minuto seguinte ele tinha ido embora.

Indo para casa naquela tarde, cruzamos com ele na estrada – seu corpo comprido e anguloso passando sobre sua prancha. Ele não me viu, mas por um segundo eu tinha avistado o seu rosto. Tempo suficiente para decidir que eu amava aquele menino.

Dana

Onde estava o problema

MEU IRMÃO E EU chamávamos nossos pais pelo nome, Valerie e George. Durante todos os anos em que moramos com eles, acho que nunca os chamamos de mamãe ou papai. Isso dizia muito, o fato de não usarmos esses nomes para eles. Eu não sei se algum dia senti que tinha pais. Não como normalmente se considera que eles sejam, pelo menos.

É uma sensação estranha, crescer numa família onde parece que são os adultos que precisam crescer. Mesmo quando era muito pequena, eu já sentia isso. Eles não me pareciam pessoas confiáveis. Viviam tão preocupados consigo mesmos que às vezes pareciam esquecer que tinham filhos.

Eu tinha cinco ou seis anos quando George largou o emprego de vendedor de espaço publicitário no jornal de Concord para escrever um romance sobre a vida em outra galáxia onde as pessoas não usavam roupas. Essa é a única coisa de que me lembro a respeito do livro. Mesmo sendo pequena, esse fato me chocou. O objetivo de George era se tornar um escritor mundialmente famoso, e foi por isso que saímos de New Hampshire, o lugar onde eu nasci.

O pai de Valerie tinha acabado de morrer, e a mãe dela já tinha morrido, e, como não tinha irmãos ou irmãs, ela herdou o que ele tinha. Não era muito, considerando que o pai dela tinha sido um metalúrgico a vida inteira, mas era o suficiente para George resolver largar o emprego, vender a casa e viver daquele dinheiro até se firmar como autor. O objetivo dele não era ser simplesmente um escritor, mas "um autor". Eu nunca entendi a diferença.

Enquanto isso, nós íamos morar na velha casa do pai de Valerie, nos arredores de Pittsburgh. Mesmo então eu me lembro de pensar, e se ele não conseguir? Eu tinha ouvido George contar a história desse romance – isso era algo que ele gostava de fazer em longas viagens de carro quando estávamos indo para algum lugar, como acontecia frequentemente, mas, toda vez que contava a história, minha mente divagava, o que não parecia ser um bom sinal. Meu irmão, Ray, também adorava fantasia, já tinha lido para mim alguns livros de J. R. R. Tolkien nessa altura, e de C. S. Lewis, e, embora eles não fizessem o meu estilo, eu sabia a diferença entre uma boa fantasia e uma fantasia sem o menor sentido, como a que George estava escrevendo.

Quanto a mim, assim que aprendi a ler, passei para não ficção, principalmente biografias, de pessoas como Annie Oakley e George Washington Carver. E também histórias verdadeiras sobre animais e natureza. Meu grande favorito era *Ring of Bright Water*, sobre duas lontras. Eu adorava o fato das ilustrações serem fotografias.

Preocupava-me que enquanto estivéssemos esperando pelo sucesso de George ele gastasse todo o dinheiro. Se ele não vendesse seu livro, onde nós iríamos parar então? Eu estava na terceira série nessa época, mas tinha razão. Fomos parar num camping na Filadélfia, morando num trailer, e depois disso numa casa em Vermont sem encanamento. Não está claro para mim como George e Valerie escolhiam esses lugares para morarmos, ainda que por uma temporada. Nunca permanecíamos por muito tempo.

Estávamos morando na casa em Vermont quando George anunciou que se tornaria um compositor de música country. Ele tinha uma ideia para uma balada romântica que seria perfeita para Les Paul e Mary Ford – mas quando conseguiu terminá-la para gravar o seu demo, eles estavam se divorciando. Só que mesmo sem o problema de relacionamento dos cantores, parecia haver enormes obstáculos a esse plano.

— Você não tem que saber tocar guitarra ou algo assim para escrever músicas para as pessoas? — questionei. Ele achou que era uma boa ideia e comprou uma, com um livro que ensinava a tocar guitarra em 14 dias. Não achei isso muito tranquilizador.

Nos tempos do gravador de rolo, ele criou um estúdio para trabalhar nos seus demos, no que tinha sido a garagem da casa que alugamos, dessa vez em Connecticut. Eu não tinha certeza se o dono iria gostar de saber que o meu pai tinha aberto um buraco na porta da garagem para entrar mais luz, sem pensar no que ele faria no inverno, quando a garagem sem aquecimento ficasse bem gelada.

No inverno, o dinheiro estaria entrando a rodo, George me disse. Aí ele ia conseguir um lugar de verdade para trabalhar na sua música, e coisas como um órgão elétrico. Talvez nos mudássemos para Nashville, ele disse. Era lá que a música country acontecia.

Mesmo então, eu sabia que isso não ia acontecer, assim como Val e meu irmão provavelmente também sabiam, embora eu fosse a mais realista da família. Mesmo quando era criança, eu sempre tive a capacidade de antever onde estava o problema, ou a verdade. George costumava reclamar que eu esperava o pior da vida, mas não era isso. Eu simplesmente reconhecia que só porque o sol estava brilhando num dia isso não queria dizer que fosse brilhar no dia seguinte. Ia chegar a geada, depois a neve. O fato de chover não descartava a possibilidade de seca. Poderia se chamar isso de pessimismo. Baseio minhas atitudes no que vejo no mundo ao meu redor. Não no que eu imagino.

— Dana tem os pés firmemente plantados na terra — uma das minhas professoras escreveu a meu respeito num relatório. Eu me lembrei disso porque considerei um grande elogio, mas notei que para a minha mãe foi uma decepção.

— Você nunca tem vontade de usar a imaginação? — ela indagava.

Mas eu era mais do tipo que baseava o pensamento no que era real – nas coisas que podia ver e tocar.

Eu não era de acreditar, como meu pai acreditava, que as coisas iam sempre acontecer do jeito que se queria que acontecessem, ou – como minha mãe – que devíamos nos cercar apenas de coisas belas. A vida não era assim. Mesmo quando era criança, eu sabia e aceitava isso.

Acho que sempre tive uma compreensão das estações do ano e reconhecia que todas elas – tanto o inverno quanto o verão, tanto o outono quanto a primavera – eram necessárias para sustentar o ciclo da vida. Eu podia ser a mais moça, mas prestava atenção nas contas. Enquanto os outros assobiavam indiferentes, eu imaginava como nos arranjaríamos caso o pior cenário possível se configurasse. Pelo que conhecia do mundo, esse era bem mais provável de ocorrer do que os pagamentos que George vivia esperando.

Eu amava o meu irmão, Ray. Ele era o único do nosso pequeno grupo que demonstrava algum interesse por mim, pelo menos por um tempo. Mas eu sabia que era a única pessoa realmente sensata que morava debaixo do teto que estivesse sobre nossas cabeças naquela temporada.

Exceto por um tio, nós não víamos nenhum parente. Nenhum primo. Uma avó que eu só vi uma única vez. Tudo o que sabia da minha herança vinha pelo George: ele dizia que seu pai trabalhou em filmes mudos, onde conheceu minha avó – a mulher, ele nos contou, que tinha posado para aquela imagem que víamos no começo de todos os filmes produzidos pela Columbia Pictures até hoje. Ele dizia que ela tinha sido uma beldade lendária de Hollywood. Dizia que ela fazia parar o trânsito com seu corpo fantástico, bem depois dos 60 anos.

Trânsito? Que trânsito? Meus avós moravam em Vermont. Devido a uma briga que tinha algo a ver com minha mãe, embora nunca tenhamos sabido os detalhes, eu só vi minha avó uma vez, quando tinha cinco ou seis anos, mas na minha lembrança ela era uma pessoa de aparência comum que nos serviu um bolo de carne e chamou meu pai de Georgie.

George não era um cara feito para enfrentar dificuldades. Ele queria que todos os dias fossem ensolarados, e num dia assim ele não acreditava que o céu pudesse escurecer de novo, como sempre ocorria sobre os vastos horizontes verdes que ele imaginava para todos nós. Ele gostava da ideia de ter filhos e de ser pai, mas apenas pelo tempo suficiente para inventar algum projeto para nós, que logo depois esquecia.

Um retrato dos nossos dias em Vermont: uma vez, no armazém, onde ele estava comprando material para construir um cercado para os pintos que comprara de presente de Páscoa para mim e para o meu irmão – sem fazer ideia do que nós iríamos fazer com eles quando crescessem – George viu para vender um pacote de sementes de flores silvestres. Teve então a ideia de substituir toda a grama do nosso gramado por flores silvestres.

De volta à nossa casa alugada, ele entregou copos de papel cheios de semente para mim e para o meu irmão e nos mandou despejá-los onde quiséssemos no chão, para que as flores nascessem de forma mais natural. Ele já tinha abandonado a ideia de substituir toda a grama nessa altura. George disse que preferia deixar as sementes encontrarem seu caminho para dentro do solo, preenchendo os espaços que estavam quase sem grama.

Soube, na mesma hora, que nenhuma semente iria vingar daquele jeito. Embora eu dissesse a Val que nós íamos montar uma barraquinha para vender buquês de flores no verão, sabia que isso não ia acontecer.

Depois dessa primeira fase country, George teve um breve interesse por fotografia. Em seguida, dedicou-se a marionetes. Ele teve a ideia de ganhar dinheiro com espetáculos educativos de marionetes nas escolas, ensinando às crianças a importância da boa nutrição.

Eles eram pessoas à frente do seu tempo, Val e George, no seu interesse por alimentação sadia, por serem vegetarianos. O plano de George de se dar bem vendendo centrífugas para vegetais e franquias de centrífugas, veio logo depois disso. Em seguida, veio a cultura de iogurte que ele comprou de um cara que conheceu numa parada de caminhão na Virgínia, que nós íamos usar para montar um negócio de fabricação de iogurte, com puro mel de Vermont (nós estávamos de volta ao norte nessa altura) como adoçante. Depois que isso fracassou (e apesar de nós não tocarmos em alimentos do mar) veio o quiosque de frutos do mar no Maine. Entre um projeto e outro havia as invenções e – isso nunca mudou – a música country.

Os anos em que moramos em New Hampshire – onde eu nasci em julho de 1950 – foram a única época, até onde posso me lembrar, em que meu pai teve um emprego certo. Eu tinha 8 anos quando nos mudamos, e meu irmão Ray, 12. Mas depois disso, durante muitos anos, minha mãe falava na casa onde moramos – um lugar, que ficava numa estrada de terra, que nós tínhamos comprado pagando uma entrada de 5 mil dólares dados aos meus pais pelo tio da minha mãe, Ted, que tinha ganhado algum dinheiro como sócio de uma empresa de chicletes, imagine.

Talvez fosse o conhecimento de que uma pessoa podia enriquecer com algo como chiclete (ou, mesmo que não enriquecesse, pudesse embolsar 5 mil dólares extras) que inspirou os sonhos de George de ficar rico e famoso da noite para o dia. Embora, com a mesma rapidez com que tinha ganhado o dinheiro do chiclete, o tio da minha mãe tivesse perdido a maior parte do dinheiro, reinvestindo os rendimentos, como minha mãe me contou, num projeto de lápis de cor comestíveis ou algo parecido.

Talvez fosse a semelhança com esse tio que tivesse atraído Val para George. Embora o que os mantivesse juntos fosse mais difícil de imaginar. E o que quer que fosse, não durou muito. A imagem mais nítida que tenho de George é dele com aquela sua mala na mão, saindo pela porta em direção a uma grama mais verde, ou às luzes faiscantes de alguma cidade onde alguém tinha um negócio fabuloso para ele, ou a um porto fabuloso onde, logo além do horizonte, nosso navio estava chegando.

RUTH

Tudo bem

Havia cinco meninas na nossa família: Naomi, Sarah, Esther, Edwina, e eu, a mais moça, Ruth. Edwina era a única que não tinha um nome bíblico, talvez porque quando ela nasceu minha mãe tenha percebido que não ia ter um filho a quem dar o nome do marido, então ele teria que se contentar com isso. Depois que nasceu sua quinta filha, ela já tinha aceitado que seu destino era ter filhas e retomou o Velho Testamento como inspiração.

Minha mãe não era de New Hampshire, onde morávamos, mas do meio-oeste, Wisconsin. Região do queijo, ela dizia, e foi o queijo que a levou à fazenda. Os Plank criavam gado, e ela queria aprender a fazer queijo.

O pai dela tinha vindo para o leste para entregar um equipamento para produzir queijo. Ele tinha trazido a filha na viagem, para festejar sua formatura no ensino médio e para mostrar-lhe o mundo. No final das contas, isso seria apenas o que ela veria dele, além dos grupos de oração no Maine, de vez em quando, e daquelas viagens para visitar os Dickerson.

Ela estava com 18 anos quando conheceu meu pai, 19 quando se casou, embora ele fosse sete anos mais velho. Não havia quase nenhum homem por perto naquela época, em plena guerra, mas meu pai tinha sido dispensado do serviço militar para ficar em casa e administrar a fazenda da família. Sendo o mais velho dos três irmãos Plank, e o restante deles tendo se alistado no exército para lutar na Europa, meu pai era necessário em casa, e até o governo concordou.

Durante toda a sua vida, o fato de não ter lutado na guerra foi uma fonte de vergonha e culpa para o meu pai, mas a ausência de competição na forma de outros bons pretendentes tinha, sem dúvida, tornado possível convencer minha mãe a se casar com ele, mesmo que, como ela nos dizia regularmente, ser esposa de fazendeiro nunca tenha sido sua ambição.

Uma vez instalada na fazenda Plank, entretanto, ela não colocou mais isso, ou ele, em questão. Durante toda a minha infância, e muito depois, minha mãe trabalhou 14 horas por dia, principalmente na cozinha – assando pão e cuidando do feijão, enchendo o espremedor com nossas roupas ainda molhadas, pendurando os macacões do meu pai no varal toda manhã, preparando legumes na panela de pressão para enlatar para o inverno e, é claro, administrando nossa barraca de vendas.

Ela não tinha sido criada numa família como a nossa – a produção de queijo tinha sido mais lucrativa, evidentemente, do que a fazenda era para nós – mas ela não demonstrava nem um pingo de saudade da vida que tinha deixado para trás em Wisconsin, e, de todo modo, isso tinha acabado. Ela gostava de dizer que, já que tinha feito sua cama, ia se deitar nela.

Quanto ao meu pai, nunca houve um dia em sua vida em que ele não soubesse para onde tinha que ir: primeiro para o estábulo, para ordenhar as vacas, depois para os campos, para ligar o Massey Ferguson. Exceto nos invernos, era assim que ele passava seus dias, e esperava pelo inverno com uma impaciência controlada, preparando-se para reiniciar todo o ciclo no novo ano, começando com a chegada, no dia 2 de janeiro, do novo catálogo Sementes A-1 do Ernie.

A família do meu pai era de presbiterianos sem fervor, mas minha mãe trouxe uma dose mais forte de Deus para casa, vindo de uma família de luteranos do meio-oeste. E embora, em quase todas as áreas, a palavra do meu pai determinasse como vivíamos nossa vida, quando se tratava de religião, minha mãe tomava a direção.

Naquela época ela era uma rara nativa do meio-oeste na Nova Inglaterra. Suas duas irmãs e seus pais continuaram em Wisconsin. Como o dinheiro era curto, e com uma família do tamanho da nossa, nós não íamos lá. Esse foi o motivo que nossa mãe nos deu na época, pelo menos, para explicar por que nunca visitávamos sua família. Eu nunca questionei, ou imaginei por quê, no meio dos retratos emoldurados de antepassados dos Plank que cobriam nossa lareira e todas as paredes da nossa velha casa, não havia foto alguma da família dela. Eu questionava pouco naquela época.

Penso hoje que minha mãe deve ter levado uma vida solitária na fazenda – meu pai não era de conversar muito, as mulheres da igreja eram todas da redondeza e, mesmo depois de 20 anos, depois de 30, viam minha mãe como uma forasteira. Ela frequentava o grupo de estudo da Bíblia das mulheres e as reuniões das Moças do Arco-íris durante as quais eram trocadas receitas e dicas de serviços caseiros, e remédios para doenças infantis, e onde, uma vez por ano, as mulheres se reuniam para representar cenas baseadas em lições do Novo Testamento.

Quando ocorria o bazar anual de férias, ela fazia seus pegadores de panela para arrecadar dinheiro para as crianças famintas da África, mas meus pais não tinham vida social fora da igreja. Meu pai não ia a lugar algum, exceto ao armazém e a reuniões dos bombeiros voluntários. À noite, nossa mãe lia romances de Agatha Christie, ou a Bíblia, embora, depois que compramos a televisão, ela tenha desenvolvido uma profunda e surpreendente afeição por Dinah Shore – uma mulher da fé judaica, ela dizia. Mas com uma voz de anjo.

– Se essa Dinah Shore morasse aqui na cidade, eu sei que seríamos amigas – ela me disse uma vez.

Anos depois, quando Dinah foi viver com um homem mais moço, Burt Reynolds, eu encontrei um exemplar do *National*

Enquirer no fundo da cesta de costura da minha mãe, com uma fotografia de Burt e Dinah na capa. O que minha mãe achou disso, ela nunca disse.

A única amiga verdadeira da minha mãe (sem contar Val Dickerson, e Val Dickerson não contava) era Nancy Edmunds, esposa do nosso corretor de seguros, que morava perto. As duas se encontravam para tomar café – não com frequência, porque minha mãe estava sempre ocupada com seus afazeres, mas de vez em quando. Nancy gostava de cuidar de cabelo, e, embora minha mãe nunca fosse pagar para ir a um salão de beleza, deixou que Nancy fizesse uma vez um permanente nela, e de outra vez (isso foi bem depois, quando ambas deviam estar beirando os 50 anos) Nancy tingiu o cabelo da minha mãe. Ele ficou negro, e se o objetivo tinha sido deixá-la parecendo mais jovem – cobrir o cabelo branco – a experiência não deu certo.

– Você estava bem do jeito que era, Connie – comentou meu pai quando viu o resultado.

O mais próximo de um elogio que eu jamais ouvi dele, talvez, embora se possa dizer que tenha sido o contrário, e dissesse menos sobre como ela era bonita antes de tingir o cabelo e mais sobre como tinha ficado esquisita depois.

Alguns anos depois disso, por volta da época em que o mais velho dos filhos dos Edmunds e eu estávamos entrando no ensino médio, descobriu-se que o marido de Nancy, Ralph – nosso corretor na Granite State desde que meu pai tinha começado a administrar a fazenda –, estava desviando dinheiro da empresa. Em seguida, Ralph Edmunds desapareceu.

Uma semana depois as pessoas souberam que ele tinha tomado um trem para Las Vegas, na esperança de recuperar o que perdera, mas não foi isso que aconteceu. Ele foi encontrado num motel ao lado de um cassino, enforcado no cano do chuveiro, com um bilhete endereçado a Nancy, pedindo perdão por ter arruinado a vida dela.

A maior parte das pessoas da nossa cidade parou de se relacionar com Nancy e os filhos depois disso, mas minha mãe ficou do lado da amiga, mesmo depois que eles perderam a casa e o carro e Nancy teve que arranjar um emprego no açougue Perry's. Minha mãe achou um versículo da Bíblia que se aplicava àquela situação, ela disse, mas eu acho, realmente, que foi mais a filosofia otimista de Dinah Shore do que as escrituras que a inspirou. Uma pessoa não abandonava os amigos nos tempos difíceis. Era aí que eles mais precisavam de você.

Dana

Raízes

Depois que a casa de New Hampshire foi vendida, passamos a ser inquilinos, e nunca mais deixamos de ser. Isso pode explicar por que uma das primeiras decisões que tomei na vida foi que um dia teria um pedaço de terra. O tipo de estrutura que haveria sobre ela não importava, mas a terra sim, e uma escritura de propriedade. Raízes.

Val e George nunca se importaram muito com isso – embora Val quisesse uma coisa, um lugar para ela produzir sua arte. Durante todos aqueles anos, havia permanentemente tinta debaixo de suas unhas, e algum quadro sendo pintado, embora quase sempre, quando nos mudávamos, ela deixasse suas telas para trás. Quando ela morreu, não havia quase nada para mostrar dos anos todos que havia passado pintando aqueles quadros estranhos, tristes. Quase sempre rostos, e pessoas que ela imaginava, lugares que não existiam.

Quando era pequena e morava na Pensilvânia, minha mãe queria ser artista, mas nunca houve dinheiro suficiente para ela frequentar a escola de arte, e, além disso, ela me disse um dia, os pais dela – o pai trabalhava numa fábrica; a mãe cuidava da casa – não achavam que ser "artista" era uma profissão de verdade.

Ela estava trabalhando como garçonete em Pittsburgh quando um homem lhe entregou um cartão de visita.

– Com esse corpo esguio e elegante, você podia ser modelo – ele disse, uma conversa velha, mas que ela nunca tinha ouvido. – Ligue-me se for a Nova York e eu arranjo isso para você.

Ela não queria ser modelo. Mas Nova York pareceu uma boa ideia, e sair de junto dos pais uma ideia melhor ainda. Tio Ted lhe deu cem dólares, e cinco dias depois ela estava num ônibus, indo para a cidade grande.

O emprego de modelo significava trabalhar num bar em Times Square usando sapatos de salto alto, carregando uma bandeja com cigarros e balas e vestindo algo que era basicamente uma roupa de baixo enfeitada com tufos de pelo e lantejoulas. Ela era chamada de "A garota das balas e dos cigarros". Nas quintas-feiras à noite, quando o Metropolitan Museum of Art tinha entrada franca, ela ia ver as obras de arte e às vezes comprava um bloco de desenho para copiar algum quadro de que gostasse.

Mas não estava conseguindo estudar arte. Só o dinheiro do aluguel já era uma dificuldade, especialmente para uma garota como Valerie, que nunca foi boa com dinheiro, e que toda vez que tinha uns dólares extras fazia alguma loucura do tipo comprar um conjunto de pastéis de luxo para pintar ou uma bolsa de couro dourado que ela vira na vitrine da Macy's, embora não tivesse onde usá-la.

Foi no trabalho como vendedora de balas e cigarros que conheceu George, que estava tomando um drinque no bar onde ela trabalhava. Ele lhe contou que era escritor. Tinha vindo à cidade para se encontrar com um editor que queria publicar o seu romance. Eles estavam discutindo alguns detalhes do acordo. (Mais tarde, viu-se que os detalhes incluíam um pagamento de quinhentos dólares, *de* George *para* o editor, para conseguir que *Desejo reprimido* fosse publicado. Mas naquela noite, pelo menos, George estava a um passo de se tornar o novo Earle Stanley Gardner.)

Depois de todos os vendedores que havia conhecido (embora em pouco tempo ela fosse estar casada com um), a ideia de estar com um escritor foi excitante para Valerie. Ela disse a ele que queria ser artista.

— Ei, nós devíamos ir para um lugar como Vermont ou New Hampshire e viver da terra — ele disse. — Eu escreveria bestsellers e você pintaria lindos quadros.

Em duas semanas, eles estavam a caminho do norte.

Anos depois, quando Val e George já tinham bem mais de 40 anos e moravam num apartamento fedorento perto de Cocoa Beach, na Flórida – o último lugar onde moraram juntos antes de George ir embora de vez –, George foi a um leilão de arte que tinha visto anunciado no jornal. Ele voltou depois de gastar quase todas as economias que tinham – 800 dólares se a memória não me falha – num monte de objetos que, ele disse à minha mãe, eles poderiam vender pelo triplo do valor que ele pagou, ou mais. Alguns dias depois, ele conseguiu que um avaliador fosse dar uma olhada em sua coleção.

No meio das compras que ele tinha feito naquele dia, havia uma pintura supostamente feita por Salvador Dalí, e outra por Fernand Léger, uma estátua de um caubói feita por Frederick Remington e um desenho que o leiloeiro atribuíra a um discípulo de Leonardo da Vinci, com uma carta presa atrás, supostamente confirmando isso.

O avaliador levou menos de cinco minutos para examinar a coleção. Era tudo falso. George tinha caído num dos contos do vigário mais antigos do mundo.

O avaliador estava se levantando para ir embora quando viu uma pintura sobre o sofá, de uma mulher com um chapéu vermelho, fumando um cigarro.

– Quem pintou isso aqui? – ele perguntou, com um novo interesse na voz. – Você tem uma coisa boa aqui.

A pintura era de Val. Nós tínhamos um quarto de despejo cheio de pinturas suas. Mas não havia mercado para elas – nem na época nem nunca. Por fim, quando estava mais velha, muito tempo depois de George ter partido, ela ganhou um pouco de dinheiro fazendo cartões comemorativos e retratos a pastel de crianças. Cinquenta dólares o retrato, 75 se fossem duas cabeças na moldura em vez de uma.

De modo geral, nós éramos a família menos provável de ser amiga dos Plank. Não éramos exatamente amigos deles, é claro. De fato, ao longo dos muitos anos em que continuamos a receber cartas e cartões da fazenda Plank – reenviados de algum endereço anterior quase sempre –, Val costumava comentar que achava estranha a insistência de Connie de que as duas famílias permanecessem em contato.

Uma noite, Val leu em voz alta uma carta para nós enquanto jantávamos lentilhas, aipo e suco de beterraba, imitando a voz de Connie como se ela estivesse falando as palavras, e rindo de um jeito que eu achei incorreto.

"Diga a Dana por nós que a nossa Ruth acabou de entrar na fase bela e especial da feminilidade", Connie tinha escrito. "Eu sei que ela adoraria saber de Dana a respeito de suas próprias experiências neste assunto."

Meu irmão, Ray, tinha praticamente cuspido o seu suco, ao ouvir isso.

– A fase especial da feminilidade! – repetiu, engasgando.

– Como se eu fosse mesmo escrever uma carta para uma garota que eu mal conheço – eu disse. E logo sobre menstruação.

Nós debochávamos da família Plank, quando nos lembrávamos dela, o que era muito raro, embora houvesse sempre o cartão de Natal, e estranhamente, Val sempre mandasse uma carta de Natal para eles – que era uma gravura em linóleo feita por ela, às vezes acompanhada da foto que George tirava de nós todo ano, usando um timer na câmera para que ele pudesse entrar na foto também. Nós até fazíamos uma visita à fazenda quase todo verão, geralmente por volta da data do meu aniversário e de Ruth, que era a época dos morangos.

Eu acho que Val se importava mais do que gostava de admitir em saber o que essa família estava fazendo, e o que eles achavam de nós. Connie Plank era como aquele tipo de gato faminto e determinado que aparece na sua porta com tanta persistência – não o tempo todo, mas com certa frequência – que você finalmente resolve começar a alimentar.

– Tenho pena do Edwin – Val disse uma vez. – Ele continua vivendo com aquela mulher, mas ela o deixa louco. Ele jamais deveria ter se casado com alguém como ela.

Aqui estava, porém, a coisa mais estranha de todas: em algum momento da vida, num daqueles Natais quando a carta dos Plank chegou, como sempre, com as mesmas notícias (quantos bezerros tinham nascido naquela primavera, a educação das meninas, eventos na igreja e o bazar anual, seguidas pelos agradecimentos a Deus por todas essas bênçãos), ocorreu-me que, se algum dia Connie deixasse de escrever, eu sentiria falta da presença dos Plank em nossa vida. Tinha passado a gostar, especialmente, das nossas visitas à fazenda todos os verões. Eu gostava da segurança da fazenda, para começar – o fato de haver um lugar na minha vida – um único lugar, talvez – que estaria sempre lá, onde quase nada mudaria com o tempo.

E eu gostava de aprender sobre a fazenda – quando nós fazíamos nossas visitas na época dos morangos, Edwin Plank (mesmo muito ocupado, e ele estava sempre ocupado) largava o que estivesse fazendo para me mostrar alguma coisa nova. Ele me explicou por que tinha duas espécies de vacas – Guernseys para creme, Holsteins para leite. Ele estava experimentando um tipo especial de ervilha chinesa com sementes trazidas pelo seu único cliente chinês. ("China" foi o termo que ele usou. Era o início dos anos 60. Era assim que se falava naquela época.)

Uma outra vez ele tinha enfiado a mão no bolso e tirado uma batata que disse ter notado enquanto trabalhava no campo.

– O que você acha disso? Esta batata é a cara do Lyndon Johnson.

Olhando para trás, era surpreendente como ele parecia reconhecer, muito cedo, que eu era uma pessoa que se interessaria por essas coisas. Eu me lembro de um ano em que ele estava animado (tão animado quanto uma pessoa como Edwin consegue ficar) com uma nova variedade de milho que misturava o melhor de dois mundos: o sabor do milho amarelo com a doçura e a textura crocante do milho branco. Uma outra vez ele me contou a história do tomate Big Boy, a primeira variedade híbrida comercial, desenvolvida pelo filho de um fazendeiro ucraniano, que foi lançada pela companhia Burpee um ano antes do meu nascimento e o de Ruth – 1949.

– Imagine inventar um legume inteiramente novo – ele me disse, entregando-me uma amostra. – Isso seria um belo legado para deixar para os seus netos. – Embora eu ainda fosse muito jovem quando tivemos essas conversas – uma vez por ano no máximo, andando pela plantação, enquanto, dentro da casa, Connie servia um café de coador e não instantâneo para Val – eu gostava das nossas visitas. Eu apreciava a reflexão sensata de Edwin Plank sobre o orgulho e o conforto que ele sentia, de manhã cedinho no estábulo, tirando leite das vacas, e, principalmente, andando pelos campos com seu Massey Ferguson, sabendo que os sulcos que estava fazendo eram os mesmos que seu pai e seu avô tinham feito décadas antes.

– Eles já morreram há muito tempo, é claro – ele disse. – A única coisa que permanece com certeza são as estações e as colheitas.

Mesmo muito jovem, eu ficava comovida ao ouvi-lo dizer isso. Uma parte minha admirava a firmeza e a estabilidade, a ordem com que a vida deles transcorria, principalmente ao compará-la com a nossa. Eu amava a ideia de que um punhado de sementes de milho, semeadas e tratadas adequadamente, se transformasse em plantas altas e retas, e em comida. Meninas não deviam ligar para essas coisas – especialmente naquela época –, mas eu nunca liguei para bonecas Barbie ou vestidos. Embora Val, que adorava essas coisas, estivesse sempre comprando-as para mim.

Eu gostava de pôr minhas mãos na terra, sentia-me atraída por ela. Gostaria de poder dirigir um trator. Lá em cima, sozinha no meu quarto, eu experimentava os jeans do meu irmão e enrolava as mangas da camisa. Eu costumava dizer, quando alguém me perguntava, que queria ser enfermeira quando crescesse. Isso ou mãe, porque era isso que as meninas diziam naquela época, mesmo uma menina como eu, com uma mãe como a minha.

Eu nunca disse isso a ninguém, mas a verdade era que eu sonhava em ser fazendeira, como Edwin Plank.

RUTH

Uma longa linhagem

Para todas as gerações da família onde fui criada – dez delas, quando eu nasci –, a coisa que mais importava era ter um filho para herdar a fazenda, e, portanto, para um Plank, o nascimento de filhas, uma após a outra, deve ter sido uma cruel decepção, de certa forma. Mas meu pai nunca se referiu ao nosso gênero como sendo outra coisa que não uma maravilha. Ele se referia a nós como "minhas meninas", e sempre parecia, quando dizia isso, que tinha um orgulho especial por ter gerado aquela prole. Se ele pensava no filho que não teve, nunca demonstrou isso para nós.

Mas permanecia uma questão que nunca era abordada, embora nós todas soubéssemos que ela existia: o que aconteceria com a fazenda quando ele não pudesse mais cuidar da terra? Quem iria tomar o lugar dele?

Desde a mais tenra idade, eu sempre soube o que significava ser uma Plank – que nós fazíamos parte de uma longa linhagem que tinha centenas de anos e que tínhamos a responsabilidade de cuidar bem da nossa terra e de repassá-la à geração seguinte. As pessoas nasciam e morriam. Era a fazenda que ficava, e na nossa família, assim como no mundo em geral, acreditava-se que aquele era um trabalho de homem.

Ninguém jamais duvidou que meu pai nos amasse, mas para ele nunca foi uma coisa natural compartilhar seu trabalho com uma criança do sexo feminino. No caso das minhas irmãs mais velhas, não parecia haver nenhum interesse da parte delas em conhecer o trabalho do nosso pai no estábulo e nos campos, mas eu queria ficar com ele. Não tanto por amor ao trabalho na fazenda, talvez, mas por amor a ele. E talvez porque quando eu nasci ele tenha desistido de tentar ter um filho, ele deixava que eu o acompanhasse em suas tarefas matinais.

Eu tinha que acordar antes do dia amanhecer se quisesse acompanhá-lo ao estábulo, já que seu dia de trabalho começava bem cedo. Nessas manhãs, eu pulava da cama e vestia minha calça e minha camisa, enfiava meus Keds sem nem amarrar o cadarço, e descia correndo as escadas bem na hora em que ele estava largando a caneca de café e se encaminhando para a porta com nossa cadela, Sadie, logo atrás. Às vezes, ele me dava bom-dia, outras vezes não. Meu pai vivia em outro mundo quando estava pensando em vacas e safras.

Normalmente, eu andava alguns passos atrás dele. Era difícil acompanhá-lo, suas passadas eram muito compridas, mas era importante eu chegar ao estábulo com ele, para poder entrar. A porta, com suas dobradiças de ferro, era pesada demais para eu abrir sozinha, mas ele a mantinha aberta para mim, desde que eu não ficasse flanando.

Ao entrar no estábulo, eu era atingida pelo aroma do esterco e do feno perfumado lá de cima no palheiro, onde meu pai tinha armado um balanço para mim e minhas irmãs. Na parede estavam pendurados os arreios e coleiras que nossos velhos cavalos costumavam usar. Eles foram aposentados quando eu era muito pequena, mas meu pai sempre dizia que mereciam viver o resto dos seus dias na casa onde tinham trabalhado e nos pastos que conheciam.

Primeiro nós íamos até os estoques de alimentos. Era lá que meu pai finalmente olhava para mim e me fazia um sinal com a cabeça.

— Quer dar uma ajuda aqui, Ruthie?

Um por um, nós alimentávamos os animais — meu pai na frente e eu, sua ajudante entusiasmada, logo atrás. Sem dizer nada, meu pai pegava o ancinho e punha a forragem no carrinho de mão, depois caminhava por entre as fileiras, certificando-se de que cada vaca recebesse o seu quinhão. Eu ia atrás dele, tentando assobiar como ele. Eu usava a minha enxada para recolher o esterco e depois jogá-lo na vala, que corria por toda a extensão do estábulo, onde nós o juntávamos.

Enquanto trabalhava, eu gostava de pensar em como tudo na nossa fazenda estava conectado — que o feno e a forragem que nossas vacas estavam mastigando tinham sido cultivados ali na nossa terra, e que o esterco que as vacas iam produzir, depois de comê-los, ia amadurecer e ser devolvido à mesma terra na primavera, para fertilizar o solo e começar o processo todo de novo.

Enquanto as vacas estavam comendo, meu pai fazia a ordenha. (Minha tarefa: encher um balde com uma mistura de água e desinfetante para limpar as tetas de cada uma de nossas quatro vacas — duas Guernseys, duas Holsteins — para mantê-las saudáveis.)

Meu pai dizia que nós não precisávamos de uma estrutura complicada para tirar leite. O jeito tradicional era muito bom. Ele se sentava num banquinho de três pernas, com a testa encostada no flanco da vaca e os dedos trabalhando ritmadamente nas tetas, com um balde por baixo para recolher o fluxo de leite morno, e nossa velha gata, Susan, esperando ansiosamente pelo seu quinhão. Sua recompensa, meu pai dizia, por manter sob controle a população de camundongos.

Depois que terminávamos no estábulo, entrávamos no caminhão e começávamos nossa ronda pela fazenda. Pelo silêncio dele, tinha-se a impressão de que nem sabia que eu estava ali, só que ele nunca ligava o motor antes que eu subisse no velho caminhão Dodge e me sentasse ao seu lado e de Sadie. Ele guardava o diário da fazenda no painel e fazia anotações cotidianas sobre chuva e condições de tempo e dados sobre a plantação — com comentários do tipo "pouca resistência à decomposição na parte inferior. Plantar em solo mais seco da próxima vez" ou "folhas em demasia, poucos frutos. Não usar de novo".

Nós íamos parando como leiteiros – checando os repolhos num campo, as cenouras em outro, para ver o que precisava ser limpo ou podado naquele dia, e o que estava pronto para ser colhido. Meu pai sempre mantinha um balde com tesouras e facas no chão para cortar brócolis ou repolho ou alface, quando estavam prontos. Às vezes, eu mastigava uma cenoura que ele tirava do chão para mim enquanto trabalhávamos.

Nós raramente conversávamos nessas manhãs, ou, quando conversávamos, eram apenas poucas palavras. Na maior parte do tempo, ele trabalhava em silêncio ou assobiava. Mas eu adorava essas horas com o meu pai, quando eu o tinha só para mim. Eu esperava pelo fim do seu longo dia de trabalho, quando nos dirigíamos para o poço de irrigação para nadar um pouco – meu pai de short, eu de calcinha, nossos pares de sapatos (as botas pesadas dele e meus Keds) alinhados na borda, lado a lado.

Minha irmãs nunca gostaram da água, mas eu era um peixe, ele dizia. Então ele me ensinou a prender o fôlego debaixo d'água, e nadar *crawl*, e então, no verão em que fiz 7 ou 8 anos, a mergulhar da grande plataforma de granito na extremidade do poço. Ele dizia que eu tinha corpo de mergulhadora, o que significava o mesmo tipo de corpo que ele.

Depois, nós íamos para casa para comer com a família. Minha mãe devia notar nosso cabelo molhado, mas nunca fez nenhum comentário, embora eu percebesse um ar de reprovação. Ela tinha medo de água e se mantinha a uma distância segura do poço, assim como minhas irmãs. Nadar era só para mim e meu pai. O poço de irrigação era nosso lugar, só nosso.

Dana

O jardim no peitoril da janela

À S VEZES, VOLTANDO DA ESCOLA, eu observava outras crianças com seus pais e ficava imaginando como seria ter um pai como aquele. O meu, quando estava em casa, parecia mais um inquilino do que um membro da família. Ele aparecia no intervalo do que chamava de suas viagens de negócios, usando uma camisa extravagante e, se o seu mais recente projeto o tivesse levado a um lugar de clima mais quente, exibindo um bronzeado. Para o meu irmão, o cumprimento de George era um tapa nas costas do tipo que homens de negócios ou colegas de fraternidade costumavam dar uns nos outros. Embora, mesmo quando criança, Ray não fosse o tipo de pessoa de dar tapas nas costas.

Para mim era um beijo no rosto, ou acariciava a minha cabeça como se eu fosse um cachorrinho. Ele me trazia sabonetes e toucas de banho dos hotéis e, uma vez, uma camiseta com rinocerontes na frente que dizia: DEIXEI EM LAS VEGAS. Eu às vezes duvidava que ele me conhecesse de verdade. Como podia achar que algum dia eu usaria aquela camiseta?

Com Val, George parecia adotar uma espécie de humor agressivo e amargo que não tinha nem um pingo de afeto. Normalmente eles desapareciam no quarto logo depois que ele voltava de uma daquelas viagens, mas eu nunca os vi se beijando, e, quando ele falava com ela, era geralmente para debochar de alguma coisa – sua incompetência como dona de casa, sua comida péssima, o dinheiro que ela gastava com tinta.

Eu era jovem demais para entender, mas havia sempre uma impaciência na voz dele que me deixava nervosa.

– Sua mãe arranjou algum namorado enquanto eu estive viajando? – ele perguntava.

E, uma vez, ele disse para o meu irmão:

– Aceite um conselho, meu chapa. É melhor se casar com uma mulher feia. Essas, você pode ter certeza que não vão se meter em encrencas.

Val nunca dizia nada quando ele fazia esses comentários. Nenhum de nós dizia nada. Em momentos assim, meu irmão saía em seu monociclo ou tirava a gaita do bolso e começava a tocar. Val desaparecia em qualquer lugar que tivesse arrumado para fazer suas pinturas. Meu pai geralmente saía para tomar uma cerveja. Ele não parecia mais estar trabalhando no seu romance.

Quanto a mim, eu ia para a biblioteca e procurava alguma nova biografia de uma figura inspiradora (Nelly Bly, repórter; Clara Barton, fundadora da Cruz Vermelha Americana; Harriet Tubman, condutora de metrô). Cuidava dos meus abacateiros no peitoril da janela e fazia misturas interessantes de materiais orgânicos – grãos de café, cascas de ovo trituradas, e cascas de legumes passadas no liquidificador – para usar como fertilizante. Eu fazia experiências com brotos de feijão e mofo de pão. Imaginava que estava morando no campo, criando galinhas e cultivando a terra, sem ninguém em volta para estragar as coisas.

RUTH

Sem sair da linha

As coisas com minha mãe nunca foram fáceis, mas eu adorava o meu pai. Só o meu pai, de todas as pessoas da minha família, parecia me dar valor, mesmo que nem sempre entendesse o que se passava na minha cabeça. Enquanto minha mãe era distante e seca, meu pai só me dava amor. Por mais severo que fosse se eu negligenciasse minhas tarefas no estábulo ou se houvesse mofo nos arbustos de mirtilo sob minha responsabilidade, ele ficava encantado ao ver o quanto eu era diferente das outras.

– Meu varapau – era como me chamava. – Depois de tantos anos plantando milho, alguém lá em cima deve ter achado que eu devia ter uma filha com o cabelo cor de milho.

– Não tive um filho – ele dizia. – Mas tive uma artista.

Durante toda a minha infância, senti a frieza da minha mãe em relação a mim. Ela nunca foi uma pessoa amorosa. Mas enquanto suas expressões calmas e contidas de afeto pelas outras meninas saíam naturalmente – mesmo que não em abundância –, comigo ela parecia estar sempre seguindo instruções, fazendo o gesto de escovar o meu cabelo ou de beijar o meu rosto do mesmo modo aplicado com que executava o processo de cozinhar tomates corretamente na panela de pressão ou de fazer picles. Havia sempre, no comportamento dela em relação a mim, uma impressão de que precisava estar sempre lembrando a si mesma:

"Não deixe Ruth de fora." O carinho dela tinha uma qualidade mecânica. Suas palavras de incentivo eram um script.

Ela cumprimentava Esther ou Naomi por algum trabalho que elas trouxessem da escola ou prendia na parede um desenho que elas tinham feito – depois, como se estivesse seguindo um roteiro, acrescentava:

– E você, Ruth? Mostre-me o que você fez hoje.

O pior de tudo era quando ela me abraçava. Os lábios dela em meu rosto eram secos e gelados. Eu imaginava que ela devia estar contando os segundos para baixar os braços daquele abraço duro. Mil e um, mil e dois. E então ela me soltava subitamente. Um alívio para ambas.

Eu mostrava a ela os meus desenhos, é claro, porque era o que eu fazia melhor. Eu adorava a aula de arte, e ansiava por ter acesso a pastéis e tintas, e coisas como cola e brilho, marcadores, cartolina e papel prateado, que não tínhamos à disposição. Na nossa casa, a mesma caixa de lápis de cera tinha permanecido na prateleira desde sempre. Jumbo, mas tão velha agora que todas as melhores cores – como roxo e laranja, cor-de-rosa, amarelo, carmim – estavam gastas ou só restava um naco.

Perguntei à minha mãe se podíamos comprar uma caixa nova.

– Eles não ficariam usados tão depressa se você não desenhasse com tanta força – foi a resposta. – Além disso, ainda há muito lápis na caixa.

Ela se referia aos lápis marrons, cinza e bege. Na cartilha da minha mãe, as cores não faziam diferença entre si.

E estranhamente, embora eu fosse a única que gostasse de desenhar, minha mãe demonstrava uma forte preferência pelos desenhos que minhas irmãs levavam para ela. A especialidade de Winnie era colorir livros, nos quais ela, melhor do que o resto de nós, aprendera a ficar dentro das linhas. Naomi tinha se tornado particularmente hábil em copiar personagens do *Peanuts*.

– Nós devíamos mandar isto para o jornal – ela disse uma vez quando Naomi trouxe para ela uma cópia de Charlie Brown parado na frente da casa de cachorro, com Snoopy no telhado.

– É uma cópia – eu disse, mas só para mim mesma. Por que o jornal iria querer publicar o desenho da minha irmã, quando eles já tinham os quadrinhos de verdade?

Meus desenhos eram cheios de figuras inventadas que eu desenhava no estábulo, lá em cima no palheiro – figuras imaginárias, belas moças com vestidos ainda mais luxuosos do que os trajes da Barbie de Dana Dickerson. Essa era uma das muitas coisas de que eu gostava no desenho, o modo como – no papel – você podia colocar o que sonhasse, suas únicas limitações eram as da sua imaginação, o que no meu caso significava sem limites de espécie alguma.

Isso era visto como um problema na nossa família – essa vida de fantasia e a minha capacidade de inventar histórias e cenários. Para a minha mãe, este tipo de atividade sugeria um caráter enganador, e uma susceptibilidade às tentações do pensamento impuro. Todas as histórias de que precisávamos estavam na Bíblia. Por que não se contentar com isso?

Mas na minha cama eu deixava a imaginação livre. Às vezes ficava deitada ali, com minha irmã Esther adormecida do outro lado e Winnie no beliche de cima – e inventava personagens e histórias.

Às vezes eu as representava, mas só na minha cabeça. Imaginei uma menina órfã que trabalhava numa fazenda, cuidando da plantação de morangos, até que um dia uma mulher chega e a vê lá. Primeiro, ela compra todos os morangos. Depois, quando a menina está carregando as caixas com as frutas para a limusine dela, a mulher pergunta:

– Onde você mora?

– Ali – a órfã responde, apontando para o estábulo, onde dorme perto das vacas num colchão duro que seu cruel patrão lhe deu, só com um cobertor áspero de crina de cavalo para as noites frias.

– Eu vou levar você comigo – a mulher diz.

– E as minhas roupas? – a menina pergunta, referindo-se a uns poucos farrapos e uma fronha com buracos para a cabeça e os braços que a esposa do fazendeiro cruel tinha dado a ela.

— Não se preocupe com isso — a mulher responde, acariciando a cabeça da menina e apertando-a contra o pelo branco e macio do seu casaco. — Nós vamos comprar tudo de que precisa quando você vier morar comigo em Hollywood. É claro que a mulher é uma estrela de cinema. As duas fazem um filme juntas, no qual a menina órfã, cujo nome é Rose, faz o papel da filha adorada da estrela. Ela agora é famosa. Fora da tela, Rose é adotada pela linda estrela de cinema. Um dia, os cruéis fazendeiros vão ao cinema.
— Aquela linda menina na tela parece familiar — a esposa do fazendeiro diz a ele.
— Meu Deus, é a Rose — ele diz. — Se ao menos a tivéssemos tratado melhor. Agora é tarde demais.
Mais tarde eu contaria a mim mesma uma história diferente. Eu ainda fazia isso à noite — ou às vezes enquanto dirigia o trator ou colhia tomates na fazenda. Por volta dos 12 anos — quando minha mãe mandou para os Dickerson aquela notícia humilhante da minha recente entrada na condição de mulher, com pouca explicação adicional para mim referente a esse acontecimento além da informação de que eu tinha que tomar muito cuidado agora, e que minhas irmãs iriam responder a qualquer pergunta que eu tivesse —, eu comecei a incluir um novo conjunto de personagens nas minhas histórias.
Eram rapazes mais ou menos da mesma idade do rapaz que meu pai costumava contratar para ajudar na fazenda durante o verão, só mais bonitos. Não Victor Patucci, embora ele estivesse sempre por perto. Victor tinha acne — eu imaginava que fosse por causa da quantidade de creme no cabelo — e, em vez de chamar nossas vacas por seus nomes verdadeiros, ele se referia a elas com nomes de garotas da página central da *Playboy*, cujas fotos eu descobri quando estava no palheiro, um dia, escondidas por baixo de uns fardos de feno. O tipo de rapaz que eu gostava era mais na linha de Bob Dylan, cujo álbum — com uma imagem tristonha dele andando por uma rua de Nova York com sua linda namorada de cabelos compridos — eu tocava na vitrola de Sarah

e de Naomi sempre que minhas irmãs permitiam. Eu guardei isso para mim mesma, mas os solos de gaita sempre me faziam pensar em Ray Dickerson.

Às vezes, eu sonhava com Bob Dylan. Às vezes, com Ray. Enquanto minhas velhas histórias tratavam de viagens para comprar vestidos e de quartos com camas de dossel, as imagens que enchiam minha cabeça agora mostravam esses rapazes tirando minha roupa, embora eu nunca conseguisse imaginar como seria se eles tirassem a deles também. Numa delas, Bob Dylan estava escovando meu cabelo. Depois ele estava me beijando. Depois suas mãos estavam tocando os meus seios, e eu estava tocando neles também, enquanto pensava nisso. Depois mais abaixo. No lugar que minha mãe jamais mencionava, exceto para dizer que os bebês saíam dali.

Não só bebês.

QUANDO EU ERA PEQUENA, meu pai trouxe para casa um livro chamado *Harold e o lápis roxo*. Minha mãe nunca se interessou por histórias infantis, mas meu pai costumava levar-me à biblioteca da cidade – em dias chuvosos, quando não havia como trabalhar no campo e não havia nada acontecendo na nossa horta que não pudesse esperar até o dia seguinte.

Nesse livro, o menino chamado Harold ganha um lápis mágico e começa a desenhar coisas com ele, e ao fazer isso as linhas que desenha ganham vida, então quando desenha uma maçã pode realmente comê-la, e quando desenha um foguete segue nele para o espaço.

A mensagem foi clara para mim: uma pessoa que sabe desenhar pode fazer qualquer coisa, ir a qualquer lugar. Esse era o tipo de pessoa que eu queria ser, e o fato do meu pai identificar isso tão bem a ponto de escolher aquele livro para mim era o que eu amava nele. Uma das coisas.

Eu também acreditava que o meu pai – só o meu pai – reconhecia e tinha orgulho do meu talento artístico. Quando precisávamos de um cartaz para a barraca da fazenda (PRIMEIRAS ERVILHAS! CEBOLAS DA PRIMAVERA! POR FAVOR, NÃO DESCASQUE O MILHO! GARANTIMOS QUE NÃO TEM BICHO!), eu era encarregada de fazê-lo. Quando nossa cadela, Sadie, morreu, ele me pediu para desenhar o retrato dela para guardar de lembrança.

Meu pai raramente tirava um dia de folga do trabalho, fora aquelas viagens de carro todo mês de fevereiro para onde quer que os Dickerson estivessem morando na época, e de vez em quando para onde ficava a Escola de Agronomia Estadual, se ele estivesse tendo problemas com alguma praga e precisasse de orientação ou testar o solo. Essas eram as raras vezes em que meu pai tirava o macacão e vestia calças marrons e sapatos comuns. Ele marcava uma hora para ir ao laboratório, e quando chegávamos lá, carregando nossa amostra de solo, ou um Tupperware com um pedacinho de folha com mofo ou um fungo que o estivesse preocupando, ou um novo tipo de bicho de batata, um dos professores analisava a situação.

Minhas irmãs nunca iam junto nessas viagens, e eu adorava poder tê-lo só para mim – sentada ao seu lado no banco do nosso velho caminhão Dodge, ouvindo rádio, ou só o som do seu assobio, ou conversando sobre coisas de um jeito que nunca acontecia quando minha mãe estava por perto. Histórias do passado, de quando ele era criança na fazenda. A ocasião em que passou um verão inteiro cultivando uma abóbora na esperança de ganhar o primeiro prêmio numa competição para jovens talentos da agropecuária na feira da colheita do outono, e então na véspera da competição uma chuva de granizo a tinha destruído. Uma viagem que ele fez para a cidade de Nova York – onde ficava Greenwich Village! Onde ficava Dylan! – com seu avô, para a Feira Mundial de 1939.

A guerra e a obrigação do meu pai de administrar a fazenda da família tinham posto um ponto final em seus planos de cursar uma faculdade. Ele queria isso para mim.

Enquanto isso, ele adorava visitar os professores da faculdade de agronomia, e conversar com eles sobre coisas da fazenda. Eles tinham o estudo, ele tinha a experiência.

– Se pudéssemos trabalhar juntos – ele dizia –, nós fazendeiros poderíamos cultivar de tudo!

Eu adorava aqueles dias, só meu pai e eu perambulando pelo campus da universidade, carregando nossas amostras de solo e de plantas. Quando terminávamos de conversar com algum professor, meu pai me levava para os estábulos experimentais onde eles criavam o gado. Havia um touro lá, uma nova raça que estavam desenvolvendo, embora ainda na fase experimental. Eu perguntei ao meu pai o que isso significava.

– Este é um touro especial. Lá em casa nós emprenhamos as vacas do modo tradicional, mas aqui na universidade os estudantes extraem o sêmen dele e o injetam nas vacas que selecionaram com o objetivo de melhorar a raça. Eles esperam que finalmente venham a conseguir uma raça inteiramente nova, criada aqui mesmo no estado de New Hampshire.

Estávamos parados do lado de fora do cercado do touro, na hora. A placa na frente da baia dizia que o nome dele era Rocky. Ele era o maior touro que eu já tinha visto, embora o fato de ter sido confinado num espaço tão pequeno, e ele parecia muito zangado com isso, sem dúvida contribuísse para a impressão de que aquele animal era enorme. Tive a sensação de que a qualquer momento ele poderia arrebentar as grades e pisar em nós, mas me senti segura, porque estava segurando a mão do meu pai, e sempre me sentia segura quando ele estava perto.

Eu perguntei como eles conseguiam o sêmen. Se fosse mais sabida, talvez tivesse ficado envergonhada, mas não era. Ele jamais teria falado sobre essas coisas se minha mãe estivesse por perto, mas quando éramos só nós dois, como geralmente era, meu pai se soltava bastante.

– Uma das coisas de que eu gosto em ser fazendeiro é ter a oportunidade de juntar cepas genéticas totalmente diferentes e criar um novo tipo de ser vivo. Pode ser uma vaca. Pode ser uma melancia. É isso que acontece quando um homem e uma mulher se juntam também. Você mistura as linhagens e consegue o melhor de cada uma, se tiver sorte. Como eu fiz com você.

Mais tarde naquela noite, o touro entrou nos meus sonhos. Estava batendo com a pata enorme na serragem da baia, e seus olhos estavam vermelhos, e havia baba saindo pelas narinas abertas. Ele era assustador, mas havia nele algo de excitante, também.

Quando desci para o café da manhã, minha mãe estava no fogão, como sempre, fazendo mingau de aveia. Minhas irmãs já estavam em seus lugares.

– Você e seu pai se divertiram na universidade? – ela perguntou.

– Sim – respondi. – Foi muito educativo.

Dana

O conceito de amor

A PRIMEIRA COISA que as pessoas geralmente notavam a respeito de Val era sua altura, que chegava a quase 1,80m. Ela era um pouco mais alta do que George, de fato. Mas essa não era a única coisa que chamava atenção em sua aparência. Ela tinha longos cabelos louros e olhos azuis e se movia como uma bailarina. Seus dedos, embora estivessem sempre sujos de tinta, eram do tipo que você vê em anúncios de revista de loção para as mãos ou anéis de brilhante, não que ela tivesse um. Ela não era bonita como uma estrela de cinema ou uma modelo, mas tinha um rosto comprido e fino, com um espaço surpreendentemente comprido entre o nariz e o lábio superior, o que dava a ela uma leve aparência animal. Era o tipo de pessoa que atraía os olhares dos outros quando entrava numa sala, sem que se esforçasse para isso.

Ao contrário de mim. Eu era baixa, com cabelo de um tom que as pessoas costumam chamar de castanho sujo, e enquanto as pernas da minha mãe eram longas e finas, com tornozelos finos e elegantes e arcos altos como os de uma bailarina, eu tinha batata da perna grossa e pés grandes e largos. Mesmo quando era garota – muito antes da menopausa encerrar o assunto –, eu tinha uma cintura elevada e grossa que fez minha mãe comentar que eu tinha o tipo de corpo para o qual os vestidos de cintura alta foram inventados.

Mas a verdade era que eu não gostava de vestidos. Sempre me senti mais à vontade usando calças ou macacões ou, quando a situação permite, calças largas de homem com a camisa enfiada para dentro, mesmo que isso me deixe com um ar masculino e me engorde. Por que fingir? Eu sou assim.

O fato de Val continuar comprando roupas cheias de babados para mim e coisas para eu colocar no cabelo, mesmo depois de eu tê-lo cortado bem curto, sempre me pareceu bizarro. Todo ano, no meu aniversário, eu ganhava uma Barbie nova que jamais teria tirado da caixa se não fosse pelas vezes em que Ruth Plank e suas irmãs vinham nos visitar. Eu teria dado todas para elas, mas sabia que minha mãe não ia querer que eu o fizesse. Era ela quem realmente adorava aquelas bonecas.

Quem ela gostaria de ter como filha era alguém com quem pudesse fazer coisas como experimentar roupas, inventar penteados ou fazer artesanato e casas de boneca. Val adorava fazer coisas com tecidos e cores vivas e lantejoulas – colares de contas, xales pintados à mão, roupas de babados. Com as unhas sempre sujas de tinta, ela provavelmente teria adorado ir a um daqueles salões de beleza para ser atendida por uma manicure.

Eu nunca achei que houvesse amor entre Val e George, mas Val era muito romântica. Ela costumava fazer coisas como apagar as luzes e acender velas pela casa toda se George tivesse estado fora por um tempo, numa de suas viagens, e ela punha música para tocar, como Peggy Lee ou Dean Martin, e então o recebia na porta com alguma roupa incrível que ela mesma tinha feito, com echarpes e renda e possivelmente não muito mais do que isso, o que horrorizava principalmente o meu irmão. Ele aprendeu a desaparecer nessas ocasiões.

Mas eu tinha a sensação de que ela sempre se decepcionava. Val era uma mulher que amava o conceito de amor – mais, possivelmente, do que a realidade de amar alguém. Ela gostava dos acessórios e do teatro.

O que ela realmente amava – mais do que George e mais do que meu irmão e eu, embora eu acredite que ela nos amava à moda dela – era se enfiar num lugarzinho apertado, esquisito, que tinha criado para si mesma onde quer que estivéssemos morando, para fazer sua arte.

Ela pintava principalmente rostos, geralmente de mulheres. Às vezes recortava figuras de revistas para usar como inspiração. Costumava pintar a si mesma, embora sempre em circunstâncias inventadas – montada a cavalo, num trapézio, usando um vestido longo num baile imaginário. Eu desejava que ela pintasse o meu retrato, mas, se fizesse isso, teria que estudar meu rosto por um longo tempo, e eu sempre tive a sensação estranha de que ela não gostava de olhar para mim. Não que ela não me amasse. Apenas preferia não analisar muito o meu rosto, tendo com certeza reconhecido desde cedo que ele não revelava nenhum sinal daquilo que ela mais amava, que era a beleza.

Eu soube, muito jovem, que gostava de um certo tipo de mulher, o tipo forte. Uma mulher que não era nada parecida com a minha mãe, embora a beleza também pudesse me atrair.

A primeira mulher pela qual eu me lembro de ter tido uma paixonite foi a atriz que fazia o papel de secretária de Perry Mason na TV, Della Street. Perry podia ganhar os casos, e seu amigo grande e alto, Paul Drake, ajudar quando um pouco de força bruta era necessária, mas Della tinha aquele jeito calmo e organizado, de quem nunca se deixa perturbar com nada, e por baixo do seu exterior tranquilo havia uma firmeza e uma autoridade que me agradavam. Ao contrário da mulher com quem eu vivia – minha mãe –, essa tinha controle sobre as coisas.

Eu imaginava como seria se Della viesse para a nossa casa. Como ela jogaria fora todas aquelas culturas de iogurte de datas variadas e quase todas fora da validade que estavam sobre os peitoris das janelas, as latas de suco de laranja cheias de pincéis espalhadas por toda parte, os teipes do meu pai saindo dos carretéis, as revistas *Mad* do meu irmão, as lantejoulas e enfeites de cabelo da minha mãe jogados no chão, e todas as contas não abertas da companhia telefônica e de algum estúdio de gravação onde George um dia gravou um demo, enviadas de qualquer cidade onde tivéssemos morado antes.

Eu assistia ao *The Patty Duke Show*, sobre duas primas idênticas – uma delas criada em Londres; a outra, num lugar perto da cidade de Nova York chamado Brooklyn. A menina londrina, elegante e refinada, Cathy, vai morar com a família da menina do Brooklyn, Patty, que é uma adolescente americana engraçada e travessa. Mas eu sempre gostei mais de Cathy. Ela era sensata e cautelosa, enquanto Patty era namoradeira e imatura. Patty me dava nos nervos.

De fato, eu via um bocado de televisão naquela época, procurando mulheres que pudessem servir de modelo para mim. Eu gostava da voz cheia e confiante de Julia Child, e do modo com que manejava um frango assado, e da corredora, Wilma Rudolph, que ganhou três medalhas nas Olimpíadas de 1960, embora tivesse nascido com pólio. Eu gostava de Donna Reed, não só porque ela era bonita, mas porque parecia bondosa, firme, de um jeito que eu gostaria que meus pais fossem. Eu amava *A família Buscapé*, mas não porque suas travessuras ridículas me divertissem. A pessoa com a qual eu me identificava era a secretária sensata, Miss Jane Hathaway, a única do bando que não era doida. Havia algo em sua figura magra, em suas feições comuns, insípidas até – particularmente pelo contraste com os excessos e firulas de Elly May – que me parecia bonito.

Tinha 13 anos quando percebi que o que eu sentia por essas mulheres era diferente do modo como o meu irmão via certas celebridades e tipos heroicos masculinos.

Para mim, as mulheres cujas imagens cobriam as paredes do meu quarto não eram simplesmente pessoas que eu admirava, ou pessoas cuja música ou cuja atuação me atraía. Eu não apenas *gostava* dessas mulheres. Eu pensava em beijá-las, e pela primeira vez, que eu me lembre – tendo sido a vida inteira uma pessoa aparentemente sem imaginação –, eu imaginei o que gostaria de fazer com elas.

Eu via as mulheres me enlaçando com seus braços e suas pernas, e me acariciando, passando os dedos pelos meus cabelos e pelo meu pescoço.

Não sabia a palavra para descrever o que eu era ou o que sentia, quando comecei a ter esses sentimentos. Eu só sabia que não era como as outras meninas, que gritavam quando viam os Beatles na televisão ou que penduravam retratos de Elvis Presley e Ricky Nelson na parede do quarto.

Eu não queria que um menino, e sim que as meninas – meninas de verdade, meninas da minha escola – sentissem por mim o que sentiam por algum menino. Que demonstrassem aquele tipo de interesse, mas por mim. Como era possível, eu pensava, que elas pudessem se derreter por um imbecil cheio de espinhas, com um pomo de adão saliente que puxava a alça do sutiã delas, quando eu as beijaria com ternura e as amaria?

A primeira vez que eu demonstrei meus sentimentos por uma menina foi no sétimo ano, logo depois que nós nos mudamos para Vermont. O nome dela era Jenny Samuels, e nós tínhamos aula de matemática e de ginástica, juntas. Nossos armários ficavam perto um do outro, o que significava que tínhamos que trocar de roupa lado a lado. Isso era maravilhoso e terrível. Tendo-a nua, ou quase nua, ao meu lado e desejando tanto olhar para ela, e com medo que, se eu olhasse, ela ficasse sabendo.

A maioria das meninas tinha vergonha de ficar nua naquela época. Algumas até trocavam de roupa dentro dos cubículos do banheiro para que ninguém as visse sem roupa de baixo. Ou saíam do chuveiro enroladas na toalha e enfiavam a calcinha por baixo da toalha. Depois viravam de costas e colocavam o sutiã, e você só via os mamilos de relance quando elas ajeitavam os seios dentro do sutiã. E não havia muito para ver, na maioria dos casos, tratando-se do sétimo ano.

Meus próprios seios eram tão pequenos que eu não precisava de sutiã, e não queria usar sutiã, mas Val disse que se eu não usasse ia parecer estranho, e que haveria dois pontinhos pretos aparecendo por baixo da minha blusa se eu usasse cores claras.

— Posso usar uma camiseta por baixo — sugeri, mas ela disse que não, que não era isso que as meninas faziam.

Nesse dia em especial eu já tinha vestido meu sutiã e minha calcinha. Tinha saído bem rápido do chuveiro, para chegar antes de Jenny e ter mais tempo para me posicionar. Tinha planejado estar mexendo na fechadura do meu armário no momento em que ela tirasse a toalha, e então deixar o cadeado cair no chão para ter uma desculpa para me agachar e olhar para cima, e dar uma boa olhada nela.

Jenny tinha seios incrivelmente grandes para uma menina do sétimo ano. Todos os meninos comentavam amplamente sobre isso. Ela devia estar acostumada com o fato de seus seios serem um tópico de interesse na escola, mas não no vestiário feminino, de modo geral.

Acontece que nós éramos as únicas ali naquele dia, porque todas as outras meninas tinham ficado no ginásio mais alguns minutos, para obter informações sobre os testes para animadoras de torcida e para ver uma demonstração das acrobacias que iam ter que executar. A própria treinadora tinha aparecido para dar dicas para aquelas que desejassem um treinamento individual, o que foram todas menos duas.

Eu não tinha interesse algum em ser animadora de torcida, e ninguém iria mesmo me escolher para isso. E, para minha surpresa, considerando seu corpo, Jenny também não se interessou.

Ela se aproximou enrolada na toalha. Ela enfiou a calcinha por baixo da toalha, como sempre. Eu mexi na fechadura, deixei cair o cadeado no momento em que a toalha caiu no chão.

Eu olhei para cima.

Jenny Samuels estava em pé na minha frente, nua da cintura para cima, aqueles seios enormes tapando-lhe o rosto. Surpreendentemente, ela não estava se esforçando para pôr o sutiã. Os dois seios rosados de Jenny Samuels, que eu tinha desejado tanto ver durante todo o outono, estavam bem ali — até maiores e mais cheios do que eu tinha imaginado.

Ela estava sentada no banco, seus mamilos redondos e rosados, a pele branca e sardenta e sua calcinha estampada de flores, com renda na borda, apertando as coxas grossas e rosadas; os seios estavam pendurados ainda mais dramaticamente do que estariam se ela estivesse ereta, porque ela estava curvada, as mãos tapando os olhos. Estava chorando.

Fiquei tão atônita que quase perdi a voz, mas consegui dizer:
– O que foi?
E então, por causa da minha culpa:
– O que foi que eu fiz?
– Você não fez nada – ela respondeu. – São aqueles meninos que ficam por perto, me olhando. Tinha um bando deles esperando nas arquibancadas pelo treino das animadoras de torcida. Eu vi que eles estavam imaginando se me veriam pular. Esse é o tipo de coisa que eles fazem. Eu já não aguento mais isso.

Eu levei um segundo para entender o que ela estava dizendo.
– Estes – ela disse, tocando seus seios enormes, perfeitos, que eu tinha sonhado em tocar. E mais.
– Eles gostam de vê-los balançar.

Eu pus o braço em volta dela. Não do jeito que eu tinha pensado, quando imaginei nós duas juntas, nuas, lutando na lama. Ou esfregando sabonete uma na outra no chuveiro e, depois, enfiando a língua uma na boca da outra, e Jenny se debruçando sobre mim ao nos deitarmos lado a lado, e encostando seus seios maravilhosos no meu rosto, guiando seus mamilos rosados e perfeitos para dentro da minha boca.

O modo como eu a abracei foi estritamente para consolá-la, do mesmo modo que às vezes o meu irmão me abraçava, quando eu estava triste por causa de alguma coisa que tinha acontecido na escola.

Pelo menos naquele momento, eu fui mais como uma irmã, uma amiga.
– Eles não deviam fazer isso com você. São uns idiotas.
– Eu queria ser lisa como você – ela disse. – Sem querer ofender.

— Eu acho você linda — murmurei. E então não consegui me controlar. — Eu amo eles.

Eu estava me referindo aos seios dela. Mas não consegui dizer a palavra, e a palavra peitos, que todas as outras meninas usavam, parecia ridícula e inadequada. Como se o que elas tivessem na parte de cima do corpo fosse algum tipo de piada, e não algo lindo e maravilhoso.

Eu a beijei. Na boca.

Ela soltou uma exclamação, não exatamente um grito. Mais como minha mãe quando abre um dos seus potes de iogurte e encontra um monte de mofo em cima.

— Você é doente — ela disse, agarrando a toalha. — Vou contar à Srta. Kavenaugh.

Quando fiquei mais velha, ao me lembrar desse dia percebi que se alguém na escola era capaz de entender o que eu tinha sentido naquele momento, esse alguém era a Srta. Kavenaugh, nossa professora de ginástica. Mas, na época, eu só soube que tinha estragado tudo.

Quando desse três horas, a escola inteira já saberia que Dana Dickerson era lésbica. Essa parte era verdade. A única salvação foi o fato de nossa família ter se mudado poucos meses depois. Pela primeira vez, fiquei contente por não ficarmos muito tempo no mesmo lugar.

RUTH

Fora das regras

ALÉM DE NOSSAS VISITAS aos laboratórios e estábulos da Escola de Agronomia da Universidade de New Hampshire, eu só me lembro de uma outra ocasião, na vida, em que fui com meu pai a um lugar que não fosse a loja de ração ou o depósito de lixo.

Isso aconteceu nas férias de Natal quando eu estava no sétimo ano, logo depois que minha mãe partiu para Wisconsin para assistir ao funeral do pai dela – um evento que não pareceu causar-lhe muita tristeza, notei. Ela levou minhas irmãs, mas, quando eu lhe disse que preferia ficar em casa, ela não discutiu.

Elas cinco planejavam tomar um ônibus nos dias entre Natal e Ano-Novo, quando não acontecia nada de importante na fazenda. Todo ano, sem falta, meu pai recebia no dia 2 de janeiro seu novo catálogo Burpee e o de Sementes A-1 do Ernie, e começava a preparar sua encomenda. Mas até lá ele também tinha tempo sobrando.

Dois dias depois do Natal – num ano em que meu pai tinha dado de presente à minha mãe um novo ancinho de feno para o trator, a mesma coisa que ela lhe dera –, nós levamos minha mãe e minhas irmãs até a estação de ônibus em Boston, minhas irmãs usando suas roupas de domingo para a viagem, minha mãe um conjunto. Imaginei que nós iríamos voltar direto para casa, ou talvez, se eu tivesse sorte, parar no Schrafft's para tomar um sorvete. Eu conhecia esse lugar por causa da outra vez que tinha estado em Boston, quando nossa mãe nos levou para ouvir o bispo Fulton J. Sheen. Ele não era luterano, mas ela fizera uma exceção nesse caso.

Quando entramos na estrada que ia na direção do rio Charles, meu pai me entregou uma Coca que tirou do cooler que estava atrás.

– O que você acha de irmos visitar um museu de arte, já que estamos perto? – sugeriu.

Ele poderia ter dito "O que você acha de irmos a um bar e nos embebedarmos?" ou "Vamos apostar nos cavalos". Era uma sugestão um tanto bizarra. Mas maravilhosa.

O lugar que ele tinha escolhido para visitar, estranhamente, não era o Museu de Belas Artes. Esse eu descobriria sozinha, mais tarde, quando fosse para uma escola não muito longe dali. Mas naquele dia nós visitamos o Isabella Stewart Gardner Museum. Não sei como ele tinha ouvido falar nele.

– Quando eu era menino, meu pai me levou uma vez ao Fenway Park, para ver Lefty Grove jogar. Parece o tipo de coisa que um pai deve fazer pelo menos uma vez na vida do filho, levá-lo a um lugar extraordinário.

O fato de ele só estar fazendo isso comigo, e de ter escolhido um museu de arte – e não a Old North Church ou o Museu de Ciência, ou o estádio de beisebol –, me encheu de orgulho. Fiquei com medo, quando entramos e vimos o preço do ingresso – cinco dólares –, que ele pudesse achar o museu caro demais, mas ele não hesitou. Abriu a carteira e tirou as notas, contou-as uma por uma, e me entregou o meu tíquete para que eu o entregasse pessoalmente à mulher na entrada.

– Talvez você queira guardar o canhoto – sugeriu. – Como lembrança.

Íamos subindo a escadaria para a primeira sala de exposição – eu ia correndo na frente, excitada por estar num lugar como aquele, uma mansão – quando meu pai me chamou.

— Que surpresa, Ruthie. Veja só quem está ali.

O Isabella Stewart Gardner Museum não parecia de forma alguma o tipo de lugar onde meu pai e eu encontraríamos algum conhecido nosso, então, por um momento, achei que ele tinha visto alguma celebridade – o locutor que nós víamos na estação local de Boston, talvez, ou algum jogador do Red Sox, embora também não parecesse um lugar provável de encontrá-los.

Mas era Val Dickerson, subindo a escada com seu ingresso. Dana e Ray não estavam com ela. Val estava sozinha.

Das outras vezes que eu a tinha visto ao longo dos anos, ela estava geralmente usando suas roupas de pintar, um velho par de jeans e uma camisa de homem – de George, sem dúvida – com as mangas arregaçadas até os cotovelos, o longo cabelo louro preso num rabo de cavalo. Dessa vez, ela usava um vestido e sapatos de salto alto, o que a deixou ainda mais alta do que habitualmente, é claro, e ela estava de batom. Eu nunca tinha notado antes o quanto era bonita.

– Que surpresa! – ela exclamou, dando um passo para trás como que para me examinar. Talvez estivesse fazendo o mesmo que minha mãe sempre parecia fazer, comparando-me com Dana. Senti-me de repente desajeitada, tola. Minha calça estava muito curta e eu tinha uma espinha no queixo.

Mas Val Dickerson não estava olhando para mim do jeito que minha mãe sempre parecia olhar – procurando defeitos. Os olhos dela estavam fixados com tanta intensidade no meu rosto que tive que desviar os meus. Então ela acariciou o meu rosto, e, quando eu tornei a olhar para ela, notei que havia lágrimas em seus olhos.

Eu não soube como interpretar aquilo. Nos meus 12 anos de vida, nunca tinha visto minha mãe chorar, nem mesmo ao receber as notícias recentes de Wisconsin. Mas não era novidade para mim que Val Dickerson não se parecia em nada com minha mãe. Quem poderia saber o que se passava em sua cabeça? Eu estava pensando que talvez o fato de estar perto de tantas obras de arte importantes a tivesse comovido. Com Val, nunca se sabia.

Eu não sabia o que fazer, então examinei meu folheto do museu, que tinha um mapa mostrando onde encontrar as diferentes obras de arte.

— Ela é linda, Eddie — disse Val.

Essa foi a única vez que eu ouvi alguém chamar o meu pai de Eddie. Para a minha mãe, ele era Edwin. Para seus irmãos, Ed.

— Ela tem sorte de não ter herdado a cara feia do seu velho pai — ele comentou. — Escapou de boa, eu diria.

— Que fantástico vocês dois terem aparecido aqui no mesmo dia que eu.

Mas isso ainda era pouco, na verdade. O mais incrível era estarmos lá. Era que meu pai, um homem que nunca tinha visitado um museu de arte na vida, tivesse me levado logo naquele, no mesmo dia que Val Dickerson, que morava no Maine na época, se bem me lembro, resolveu visitar exatamente aquele museu, e apareceu naquela escada de mármore na mesma hora em que meu pai e eu estávamos subindo.

— Que tal tomarmos um café juntos, Val? — meu pai sugeriu.

— Para pôr os assuntos em dia?

Algo no tom da sua voz me soou estranho. Meu pai era sempre calmo e tímido, mas estava agitado quando falou, e a voz dele soava uma oitava mais alta. Talvez ele tenha percebido isso, porque pigarreou.

— Acabamos de chegar — eu disse. — Eu quero ver os quadros.

— É claro que quer — concordou Val.

Ela parecia ter se controlado um pouco, embora seus olhos ainda estivessem úmidos, como se à beira das lágrimas, embora provavelmente não estivesse.

— Ruth é uma admiradora das artes — ele disse a ela. — Você devia ver os desenhos que ela traz da escola. Isso é algo que vocês duas têm em comum.

— Eu adoraria ver o seu trabalho algum dia — Val comentou.

Ninguém jamais tinha se referido aos desenhos que eu fazia como sendo o meu "trabalho". Para a minha mãe, eles eram desenhos.

— Acho que já faz um tempo que você não vê a minha garota — meu pai prosseguiu. — Ela cresceu muito desde a última vez. Devem ser os legumes todos que ela come.

Val agora estava examinando o rosto do meu pai. Ela tinha recuado alguns passos, como uma pessoa que tivesse tocado numa cerca elétrica.

— Você me pegou de surpresa aqui, Edwin — ela disse. (Edwin agora, não Eddie.) — Não sei o que dizer.

— Talvez pudéssemos visitar este museu juntos — meu pai sugeriu. — Você poderia falar sobre os artistas, Valerie. Eu não entendo muito dessas coisas.

Então, por um momento, os dois ficaram ali parados. Meu pai olhava para Val Dickerson, eu achei, de um jeito que eu nunca o tinha visto olhar para a minha mãe, de uma jeito que eu nunca pensei que meu pai pudesse olhar. Passou pela minha cabeça que ele devia estar apaixonado por ela. Quanto a Val, a pessoa para quem ela olhava era eu. Então os dois pareceram se controlar — ou pelo menos Val, e ela se virou de novo para o meu pai.

— Isabella Stewart Gardner era uma mulher extravagante — ela disse. — Viveu fora das regras, à frente do seu tempo. Este lugar era a casa dela.

Eu tinha corrido na frente, impaciente para chegar numa sala que vi do outro lado do corredor, com móveis dourados e um sofá de veludo, e pinturas de anjos no teto. Em parte, talvez estivesse movida pelo impulso de fugir daquilo que imaginava poder ver se ficasse ali parada. O que quer que os dois tivessem a dizer um para o outro, eu não queria saber. Estava apreciando o retrato de uma mulher com vestido à moda antiga pintado por um artista chamado John Singer Sargent. Isso era mais seguro, e mais interessante.

Um minuto depois, meu pai se juntou a mim.

— O que aconteceu com a Sra. Dickerson? — perguntei.

— Surgiu um imprevisto — ele respondeu, com sua voz outra vez normal, mais ou menos. — Ela teve que ir embora. Acho que não vamos tomar café juntos, afinal. Mas quando terminarmos vou comprar um chocolate quente para você na lanchonete. Não ficamos muito tempo no museu. Meu pai parecia achar que o que se fazia num lugar como aquele era passear pelas salas, lendo as placas de metal ao lado de cada obra de arte, parando apenas o tempo suficiente para ler o nome do artista e a data de quando ele nasceu e morreu – ou ela, no caso de uma das minhas preferidas, uma pintora chamada Mary Cassatt.

A estranha agitação que observara nele quando encontramos Val Dickerson não tinha desaparecido. Parecia ansioso e distraído, então eu não protestei quando ele finalmente disse:

– O que você acha de irmos embora? Há um estábulo me esperando cheio de vacas, que não sabem que estamos nas férias de Natal.

Ele não disse quase nada no caminho de volta para casa, mas perto de Peabody comentou:

– Seria melhor se sua mãe não soubesse que nos encontramos com Val Dickerson. Você sabe como ela é a respeito dos Dickerson.

Eu sabia e não sabia. Nosso relacionamento com os Dickerson sempre me intrigara, e agora havia mais esse evento envolvendo um Dickerson que não fazia sentido. Ou – o que era pior – um evento que parecia compreensível, mas que de certa forma me assustava. E se meu pai e a Sra. Dickerson estivessem apaixonados? E se eles fugissem juntos e me deixassem sozinha com minha mãe e minhas irmãs? E aí Dana Dickerson ia ficar com o meu pai. E o que seria do meu amor secreto por Ray Dickerson?

Só que eu sabia que meu pai jamais deixaria a fazenda Plank. O que quer que sentisse por Val Dickerson – e ao vê-la, eu pensei, como ele poderia não sentir? –, meu pai jamais nos abandonaria, nem as suas plantações e os seus animais, ou a nossa fazenda.

Ainda assim, tentei entender aquela tarde. Como, por exemplo, a Sra. Dickerson – que devia ter acabado de pagar a entrada de 5 dólares quando a encontramos – pôde ir embora sem ter visto uma única sala do museu? Por que estava tão arrumada? Quando ela começou a chamar o meu pai de Eddie?

– Ela tinha uma longa viagem de volta até o Maine – meu pai disse, como se isto explicasse tudo, mas era o contrário.

Na semana seguinte, chegou um pacote do Maine com o meu nome. Dentro havia um bilhete dizendo que era um presente de Natal atrasado, embora a nossa família e os Dickerson nunca tivessem trocado presentes no passado, a não ser um ou outro conjunto de pegadores de panela por parte da minha mãe.

Só eu ganhei presente. Soube antes de abrir o que devia ser, a forma da caixa me era tão familiar quanto para qualquer outra garota na época que gostasse como eu da Barbie.

Barbie Rainha da Moda, num vestido comprido sem alças, com três perucas, cada uma de uma cor e de um estilo diferente. Minha mãe não ia gostar, é claro, e não gostou mesmo.

– O que essa mulher está pensando, mandando um presente desses para uma menina de uma família temente a Deus?

Além disso, eu já estava um pouco velha para brincar de boneca.

"Eu achei que você devia ter uma", Val tinha escrito. "Na minha opinião, toda menina precisa ter pelo menos uma Barbie."

Dana

Meio fora do tom

Nós ESTÁVAMOS MORANDO NO MAINE nessa época. O período do quiosque de frutos do mar, embora ele tivesse se transformado num quiosque de sucos de verduras, e isso não tivesse funcionado muito bem. E, de todo modo, era baixa temporada, e por isso George tinha voltado a compor suas canções. Numa tentativa de ganhar algum dinheiro, Val resolveu fazer cartões comemorativos originais, e, sendo franca, as aquarelas que ela pintava nesse intuito eram lindas. O problema estava nos ditados que inventava e escrevia dentro de cada cartão, com uma caneta especial de caligrafia. Todos eram meio fora do tom.
Só porque a sua vida não vai muito bem, não quer dizer que você não pode dançar ao luar.
Quando a água congelar, afie os seus patins de gelo.
O amor é como um ovo de pintarroxo. Azul. E quebra.
Não tínhamos dinheiro. Evidentemente, Val ainda possuía algumas ações de chiclete do tio Ted, que estava guardando, mas então ela as vendeu. Eu me lembro porque voltei para casa de um trabalho que tinha arranjado de dar comida aos bichos dos nossos vizinhos enquanto eles estavam de férias – e havia um monte de sacolas no chão do hall de entrada, com coisas que ela comprara depois que o dinheiro chegou: uma jaqueta para o meu irmão feita de couro macio, um abajur que lançava luzes no teto parecendo constelações, e, para mim, um guia dos pássa-

ros da Nova Inglaterra com um LP que fazia parte do conjunto, então podia-se aprender a identificar os cantos dos pássaros. Durante toda a minha infância, essa foi a única vez que um presente de Val mostrou algum sinal de ter sido escolhido pensando em mim – em mim mesma e não na ideia da filha que ela preferiria ter.

Algumas pessoas na nossa situação financeira teriam guardado o dinheiro no banco, mas depois que pagou algumas contas básicas, como a de energia elétrica, e estocou coisas do tipo frutas secas e lentilhas, ela comprou todos esses presentes. Ela tinha ido a Boston, no nosso velho Rambler azul.

– Resolvi visitar um museu – contou.

Val tinha comprado alguns cartões na loja do museu, isso era evidente. Do que eu me lembro mostrava uma mulher, embrulhada da cabeça aos pés, quase como uma múmia, num pano branco, sentada num sofá, recostada num bando de almofadas.

Essa era a mulher que tinha tanto dinheiro que contratou um artista famoso para pintar o retrato dela, Val disse. Depois que ela morreu, transformaram sua casa no museu que Val tinha visitado em Boston naquele dia.

Quando perguntei se tinha se divertido, ela fez uma cara estranha, com se essa fosse uma pergunta muito difícil de responder.

– Estava cheio demais. Eu fui embora.

RUTH

Como passarinhos

Q UANDO EU ESTAVA NO GINÁSIO – por volta da época que meu pai e eu tivemos nosso estranho encontro com Val Dickerson no Isabella Stewart Gardner Museum – a tradição da nossa peregrinação anual de primavera para visitar os Dickerson terminou. Eu só os vi novamente na barraca da nossa fazenda, durante a temporada de morangos, no verão em que fiz 13 anos. Eu tinha ido colher morangos no campo naquela manhã. Com o fim de semana se aproximando – Quatro de Julho, nosso fim de semana mais movimentado até o Dia do Trabalho –, eu tinha enchido o carrinho enganchado no nosso trator para levar para a barraca quando vi o meu pai atrás do estábulo, falando com alguém. Era estranho vê-lo ali parado daquele jeito, principalmente naquela época do ano. Mesmo antes de reconhecer a pessoa com quem ele estava falando, foi esse fato que me chamou atenção – que algo pudesse tirá-lo do seu trabalho de regar e adubar. Durante a estação mais trabalhosa.

Ele estava falando com Val Dickerson. Ela usava um belo vestido de verão – sem mangas, com a cintura apertada e uma saia rodada com renda nos bolsos. O cabelo dela, que eu estava acostumada a ver num rabo de cavalo, estava solto, caindo até os ombros. Ela me lembrou a Mary, do Peter, Paul e Mary.

Pelo jeito, a Sra. Dickerson estava aborrecida. Ela gesticulava. Meu pai estava imóvel, de botas e macacão, igual a todos os dias, segurando um saco de adubo que ele devia estar levando para o caminhão quando ela o fez parar.

Ela não estava arrumada como da última vez que eu a tinha visto, mas estava incrivelmente bonita. Ao notar isso, senti um pequeno e surpreendente instinto de proteção por minha mãe. Minha mãe devia ter mais ou menos a mesma idade dela, mas tinha engordado muito nos últimos anos, e seu rosto – que tinha sido firme e sólido, como o seu corpo, quando ela era mais jovem, parecia ter inchado e despencado ao mesmo tempo. Exceto por aquela única vez em que Nancy Edmunds tingira o seu cabelo – um engano, com certeza –, ela não fazia nenhum esforço para disfarçar os efeitos devastadores do envelhecimento.

Na igreja, nos ensinavam a não dar importância ao corpo físico, e que a vaidade era um pecado, mas mesmo assim eu achei que ela ficaria triste ao ver a Sra. Dickerson com uma aparência tão jovem e tão bonita.

Eu não fui cumprimentar a Sra. Dickerson, e não havia nenhum sinal de Dana, que devia estar na barraca da fazenda, eu pensei, e, aliás, eu não tinha nenhuma vontade de encontrá-la. A pessoa com quem fui falar foi o irmão dela, Ray, que estava num canto do estacionamento, mantendo no ar, ou tentando manter, um *footbag*.

Normalmente eu não teria pensado em falar com um rapaz da idade de Ray Dickerson – 17 anos, provavelmente – mas ele tinha acenado. Como sempre, só de vê-lo senti uma sensação diferente, perturbadora, mas ao mesmo tempo agradável.

– Só a minha mãe – ele disse –, para fazer um desvio de 45 minutos para comprar morangos. Ela diz que os seus são os melhores.

– Eu achei que vocês moravam no Maine – respondi.

– Nós moramos. Meus pais estão pensando em voltar para Vermont agora. George tentou vender mariscos e lagostas, e depois sucos naturais, mas não deu certo. Ele está em Burlington agora, tratando de algum negócio.

– Você vai se formar em junho?

– Falta um ano ainda – ele contou. – Assim que eu terminar a escola, vou para a Califórnia. Onde as coisas estão acontecendo. Eu tinha ouvido sobre isso, um pouco. San Francisco. No grupo de jovens, o pastor nos tinha feito rezar pedindo forças para resistir à tentação do sexo e das drogas, estimulados pelo rock and roll que vinha de um lugar chamado Haight-Ashbury. O fato de Ray Dickerson estar querendo ir para lá me encheu de admiração.

– Você cresceu – ele observou.

O próprio Ray tinha mais de 1,80m agora. Seus braços, atirando o *footbag*, tinham uma graça selvagem, como um pássaro.

Eu sei o que os meus pais teriam dito sobre o cabelo comprido dele, sem falar nos cílios – *parece uma menina* –, mas ele não parecia, nem remotamente.

Tive medo de que ele adivinhasse o que estava pensando, então fiquei olhando para os morangos da caixa que eu segurava. Ele estendeu o braço comprido para a caixa e pegou um morango particularmente vermelho e suculento, que enfiou na boca, com haste e tudo. Um pouquinho de suco escorreu pelo canto de sua boca, como se ele fosse um vampiro.

– Sabe o que seria legal? – ele disse. – Se as pessoas dessem morangos umas para as outras com suas bocas, como passarinhos.

Devo ter ficado ali estatelada. Nada na minha vida tinha me preparado para aquilo.

– Seu rosto está vermelho como um morango – ele observou. – Do que é que você tem medo?

– Eu só estava trazendo estes morangos para a barraca.

Foi só o que pude pensar. Lá embaixo, naquele lugar entre as minhas pernas que às vezes ficava molhado quando eu desenhava minhas figuras no estábulo, senti uma vibração estranha e excitante.

— Assim — ele disse.
Ele tinha enfiado outro morango na boca. Então, inclinou-se até sua boca alcançar a minha — não foi difícil, porque eu também era alta. Pôs as duas mãos nos meus ombros e apertou a boca contra a minha. Senti o gosto do suco do morango nos lábios dele. Eu abri os meus para receber a fruta.
Foi isso que aconteceu com Adão e Eva, pensei. Aqui vem o demônio.

Dana

Morangos

S EMPRE ME INTERESSEI em cultivar coisas. Gostava de juntar vagens e abri-las para tirar as sementes. Plantava feijões em recipientes plásticos que sobravam das culturas de iogurte da minha mãe, e embora só tivesse 5 ou 6 anos na época, eu sabia, sem que ninguém me explicasse, que você tinha não só que fazer buracos no fundo para drenagem, mas assentar a terra em camadas. Um pouco de areia no fundo. Solo mais rico no topo. Não regar demais, mas também não regar de menos. A pior coisa que você pode fazer a uma planta num peitoril é dar a ela apenas umidade suficiente para as raízes irem para o topo e assarem ao sol.
 E eu fiz mais. Eu fiz crescer abacates começando com a semente e consegui uma trepadeira de batata-doce. Eu plantei sempre-vivas e erva do gato, e escrevi uma vez para uma empresa que anunciava que você podia cultivar seus próprios amendoins, mas eles não deviam estar se referindo a Vermont quando prometeram que a pessoa estaria comendo amendoins quando chegasse a hora da colheita.
 Certa vez tive a ideia de fazer uma casa de brinquedo usando girassóis de verdade como paredes, e convenci George a comprar um pacote de sementes de girassol, que plantei formando um círculo e reguei o verão inteiro. Nós nos mudamos bem na

época em que eles estavam finalmente ficando altos e prestes a dar flor, então nunca pude concretizar minha ideia, mas ela teria dado certo. Depois que partimos, sempre me perguntava como aquele círculo de girassóis que eu tinha cultivado estaria no final da estação. Eu ia amarrar as hastes todas juntas no topo, de modo que elas formassem uma tenda florida, e ia pôr uma cadeira lá dentro, onde eu poderia sentar e ler minhas biografias de figuras importantes da história. Mas em agosto já fazia muito tempo que nós tínhamos ido embora para outro lugar.

Eu gostava de esterco. Anos mais tarde, quando disse isso para Clarice – a mulher que se tornou meu amor –, ela me olhou como se eu fosse louca, embora depois viesse a me conhecer tão bem que entendeu o que o esterco significava para mim – nutriente para o solo, alimento para as coisas crescerem.

– Eu gosto até do cheiro – disse a ela –, não do esterco verde, mas quando ele já está maduro a ponto de se poder pegar um punhado com a mão. (Isso também deixou Clarice horrorizada no início.)

Há um monte de gente que não aprecia esterco, sem dúvida. Às vezes, durante alguma caminhada, quando passávamos por uma área onde o gado estava pastando, eu me inclinava e pegava um monte de esterco e o amassava com as mãos, espalhando os pedacinhos pelo caminho. Eu gostava de pensar sobre todas as coisas que estavam naquele punhado especial de esterco: capim, grãos, sementes de outras plantas, mastigados e processados nos intestinos da vaca, para iniciar o processo todo de novo. Quando você pensa nisso, vê que é uma coisa bonita, eu dizia a Clarice. Ela acabou entendendo.

Assim como eu amava mulheres e não homens, também fazia parte de mim o modo como as imagens e os cheiros e quase todas as sensações ligadas ao cultivo do solo – os rituais de plantar, cultivar e colher – estavam impregnados em mim. Tirando o interesse de George em cultivar um pouco de maconha, principalmente nos nossos tempos em Vermont, isso com certeza não me foi transmitido por George e Valerie. Embora, talvez, eu costumava pensar, eu tivesse tomado gosto por isso na fazenda Plank, durante as visitas que costumávamos fazer na época dos morangos. Normalmente perto dos nossos aniversários, meu e de Ruth.

O fato de fazermos essas visitas à fazenda era muito estranho, considerando que Val não gostava de Connie Plank, e que George não tinha o menor interesse por nada que não fossem os seus projetos para enriquecer rapidamente. Embora nos últimos anos George não nos acompanhasse nessas excursões, como, aliás, também não nos acompanhava a outros lugares. Quem nos levava à fazenda Plank era Val. Alguma coisa a atraía àquela fazenda. E quando estávamos lá eu também sentia essa atração.

Para Val, eu acho que tinha alguma coisa a ver com Edwin Plank – a última pessoa do mundo com quem se podia imaginar que ela pudesse ter alguma ligação. Mais tarde, ela pareceu desenvolver um interesse surpreendente por Ruth, também – como se ao mesmo tempo quisesse e não quisesse saber mais sobre ela. Quanto a mim, o que me agradava nas visitas à fazenda Plank eram a terra e as minhas conversas com Edwin.

Houve uma vez que passamos por lá, numa de nossas mudanças – saindo completamente do nosso caminho para isso, como sempre. Era o fim de semana de Quatro de Julho, e estávamos indo para o Maine, portanto o trânsito estava horrível – o tempo estava quente e úmido, o nosso velho Rambler não tinha ar-condicionado, as caixas com nossos pertences estavam entulhadas no assento entre mim e meu irmão e um caixote com as pinturas e o material de trabalho da minha mãe estava amarrado no teto do carro. George tinha ido na frente, depois de receber uma ligação de um cara que ele tinha encontrado algum tempo antes num bar e que tinha um boliche e precisava de uma pessoa para cuidar do negócio enquanto ele levava a esposa para se tratar de um câncer em Boston. Deus sabe por quê, ele achou que George e Val pudessem ser bons candidatos.

Era uma sexta-feira à tarde quando paramos na barraca, e o estacionamento estava cheio. Val tinha ido comprar morangos, segundo ela. Meu irmão estava mergulhado no seu próprio mundo, como sempre. Ele fumava muita maconha nessa época, e devia estar dopado na hora, embora minha mãe nunca percebesse isso.

Só faltava um ano para Ray se formar na escola, e eu sabia que ele estava contando o tempo até poder nos deixar e ir para o oeste. Eu não esperava que fôssemos vê-lo com frequência depois que ele fosse embora, e ficava triste ao perceber o quanto estava ansioso por partir. Tínhamos crescido na mesma casa, com os mesmos pais – duas pessoas que nunca deviam ter tido filhos para começo de conversa –, mas éramos tipos de pessoa completamente diferentes um do outro, e tínhamos lidado com aquela situação de maneiras totalmente distintas. Eu trabalhava como babá depois da escola para juntar dinheiro para a universidade, dava um duro danado. Ray viajava.

Mesmo assim, adorava o meu irmão, e a ideia de que o único parente que eu realmente amava ia partir me fazia sentir um imenso vazio. Apesar de diferentes, estávamos ligados por um elo muito forte, como dois marinheiros naufragados, perdidos numa ilha deserta no meio do oceano, sobreviventes da educação recebida dos nossos pais. Depois que ele partisse, não haveria ninguém por perto que pudesse compreender, e era difícil imaginar que outra força além da morte de um dos nossos pais – e talvez nem isso – fosse suficiente para trazê-lo de volta para casa. Naquele verão, à medida que sua partida ia se tornando mais iminente, eu vivia com medo do dia em que ele me deixaria sozinha com eles. Eu sabia que esse dia estava chegando.

No dia em que fomos à fazenda Plank comprar morangos, ele ficou no estacionamento brincando de *footbag*. Fui até o estábulo e além dele, até a enorme extensão verde escura, pontilhada de morangos, que constituía a fazenda que tinha passado por gerações de Plank, terminando com Edwin.

Eu já tinha ido lá outras ocasiões ao longo dos anos, aquelas vezes em que Edwin me mostrou algumas coisas interessantes como tirar o olho de uma batata para criar uma nova planta ou como arrancar as folhas extras de um pé de tomate, mas essa era a primeira vez que explorava a fazenda sozinha. Tinha 13 anos e me senti puxada por uma força tão real quanto a da gravidade, só que esta me levou para os campos – passando pelas plantações de morango, espinafre e brócolis, por couve-flor, berinjela, acelga, pimentão e milho.

Os talos batiam na minha cintura. A temporada ainda estava começando. Eu estudei as espigas de milho, começando a se formar, o modo como o solo formava montículos ao redor da base dos talos, o feijão plantado entre o milho. Ninguém tinha me ensinado isso ainda, mas acho que entendi por instinto que plantar feijão no meio do milho devia ter algo a ver com o equilíbrio da química do solo, fornecendo nutrientes que o milho podia ter retirado.

Olhei para o céu, calculando a hora. Meio-dia, ou quase isso. O dia estava quente, mas o sol era agradável sobre a minha pele. Eu estava longe o suficiente de todo mundo para poder tirar a blusa, expondo meu estômago e meu peito achatado – a lembrança de Jenny Samuels ainda me perseguia, o fruto maduro e tenro do seu corpo contra a dureza do meu. Eu me deitei e enfiei os dedos no solo fofo, até o punho. Senti o cheiro da terra. Adormeci, como se tivesse nascido naquele lugar, ou sido enterrada ali.

Foi o som do trator que me acordou. Depois o motor foi desligado e eu ouvi a voz familiar de Edwin Plank.

– É você, Dana? Sua mãe está procurando você por toda parte.

Eu enfiei minha blusa. A figura alta e queimada de sol, naquele macacão velho, inclinou-se sobre mim. Estava sorrindo.

– Sabe de uma coisa? – ele disse. – Eu também costumava tirar umas sonecas por aqui.

Eu poderia ter ficado envergonhada, mas não fiquei.

– Suba ali – ele prosseguiu, indicando o trator. – Eu dou uma carona para você.

Foi assim que ele me levou de volta para o estábulo e para o estacionamento, onde minha mãe e Ray esperavam com os morangos. Eu me lembro de ter pensado que aquele tinha sido o melhor passeio que eu já tinha feito.

— Que pena que você e Ruth não se encontraram — comentou o Sr. Plank. — Ela deve ter ido até a casa.
— Aquela menina cresceu mesmo desde a última vez que eu a vi — disse Val. — Você deve tê-la visto, certo, Ray?
— Vi — meu irmão concordou. — Ela me deu alguns morangos.

RUTH

A fase de engrossar

MEU PAI VIVIA em função do clima, o que significava que o resto de nós também vivia. Nós mantínhamos um pluviômetro bem do lado de fora da porta da cozinha, que o meu pai checava toda vez que caía algum chuvisco. Toda noite, exceto quando estava preparando feno, ele voltava para casa a tempo de ouvir o noticiário noturno, embora o que ele quisesse mesmo ouvir fosse a previsão do tempo – nosso homem do tempo em Boston, Don Kent (Don para o meu pai), que naquela época, antes de haver uma tecnologia avançada, ficava parado ao lado de um grande quadro-negro, no qual escrevia a temperatura mais elevada e a mais baixa previstas para o dia, e o que nós deveríamos esperar durante a semana.

No verão em que completei 13 anos, nós soubemos – antes mesmo do meu aniversário em julho – que estávamos encrencados. Em abril, com as primeiras sementes no solo e sem chuva por dez dias, meu pai e seu ajudante, Victor Patucci, tinham começado o trabalhoso processo de irrigação, só para que as sementes pudessem germinar, e em maio, quando continuava sem chover, todos os brotos na nossa fazenda pareciam murchos e secos.

Durante as manhãs, no estábulo, eu não ouvia mais o meu pai assobiar, e nos finais de tarde, olhando pela janela do meu quarto, ou do palheiro no estábulo onde eu costumava ficar no balanço desenhando, eu podia ver pela curvatura das costas dele, e pelo modo como examinava o céu de vez em quando, que meu pai estava extremamente preocupado. À noite, quando ele finalmente voltava do campo, um clima sombrio pairava sobre a mesa da cozinha. Quando rezávamos na hora do jantar, ninguém pedia para chover. Não era preciso.

A época dos morangos chegou com a menor safra que nós já tínhamos visto. Na noite do meu aniversário, caiu uma chuva leve sobre a fazenda que durou alguns minutos – nada mais do que isso. Meu pai entrou sacudindo a cabeça depois de checar o pluviômetro.

– Mal dá para assentar a poeira – ele disse à minha mãe, enquanto ela passava as batatas. – Se não chover logo, não sei se vamos conseguir salvar o milho.

Uma das razões da fazenda Plank ter sobrevivido todos esses anos enquanto outras não conseguiram tinha a ver com o fato de termos três poços de irrigação – mais do que qualquer outro pedaço de terra nas redondezas. Mas em julho eles estavam tão baixos que se podia ver a espuma se formando no alto, e a lama ao redor das beiradas que tinham rachado e secado.

Agora nós todas éramos chamadas – até mesmo minhas relutantes irmãs, e até minha mãe – para ajudar com o cano de irrigação. Eu me lembrava de algumas vezes em verões passados em que foi divertido andar pela lama com os pés descalços. Mas naquele verão não havia nenhuma alegria em nós quando passávamos os dias trocando os canos de lugar para manter os brotos vivos, segurando o cano de alumínio o mais alto possível, especialmente nos campos de milho, para não quebrar os talos, voltando para casa depois de escurecer com os músculos dos braços tão doloridos que chegavam a latejar.

Mesmo com todo esse trabalho, a produção foi um desastre naquela temporada. Não só os morangos, mas os tomates, os brócolis e vagens, os pepinos. Nossa produção caiu 50%, o que não deixou dinheiro para todos os consertos que meu pai precisava fazer no estábulo e no trator e, o mais significante para mim, para comprar material escolar e a caixa grande de lápis pastel oleosos que eu tanto queria. A empresa de sementes que sempre nos deu crédito no passado mandou uma carta em outubro daquele ano dizendo que, diante das contas não pagas, eles não podiam mais nos vender sementes para o ano seguinte sem pagamento antecipado ou contraentrega. Mais notícias ruins.

Então chegou o dia 22 de novembro. Minha mãe estava cozinhando doce de leite para o bazar anual da igreja. Meu pai estava no campo, limpando o resto dos talos de milho. Minhas irmãs estavam na escola, mas eu tinha ficado em casa aquele dia, com gripe. Minha mãe devia estar com o rádio ligado. Eu ouvi um grito vindo da cozinha, de um tipo que eu nunca ouvira dela.

– Eu tenho que ir chamar o seu pai – ela disse, colocando o doce de leite sobre a bancada. Bem na fase de engrossar, quando até eu sabia que a pessoa não podia parar de mexer.

Depois, eles voltaram juntos para casa e me deram a notícia.

– Deus deve ter um plano para ele – ela disse, mas isso não fazia nenhum sentido.

Aquela noite nós rezamos pelos Kennedy. A panela de doce de leite inacabado continuava na bancada – a única vez que me lembro da minha mãe ter deixado uma panela desse jeito.

Nós todos assistimos ao funeral pela televisão. Eu me lembro da minha mãe, sentada em sua cadeira diante da tela redonda da nossa Zenith em preto e branco, sacudindo a cabeça enquanto o cortejo descia a avenida Pensilvânia, a câmera mostrando imagens de Jackie e das crianças com seus trajes de luto. Embora Jackie Kennedy fosse uma democrata, e além do mais uma católica, minha mãe gostava dela, quase tanto quanto gostava de Dinah Shore. Possivelmente o único tópico em que ela e Val teriam concordado – Jackie Kennedy.

– Aquela pobre mulher – ela disse. – O que ela vai fazer agora?

– Eles são milionários, Connie – meu pai disse. – Eles têm uma mansão em Cape e empregados e tudo o mais. Não há perigo dessas crianças ficarem sem comer.

* * *

Ao CONTRÁRIO DE NÓS, era o que eu estava pensando. Com a seca do verão, os juros do empréstimo que meu pai teve que fazer para comprar sementes e uma vaca doente que fez aumentar a nossa conta com o veterinário, meu pai precisou vender seu adorado Modelo T, que guardávamos no estábulo para usar em ocasiões especiais e passeios de domingo. Para o Natal, nossos pais tinham dito, poderíamos escolher um único item no catálogo de roupas do Montgomery Ward: um suéter ou uma saia.

O que a pessoa com o suéter ia usar na parte de baixo do corpo? Minha irmã Sarah quis saber.

– Misturar e combinar – nossa mãe respondeu. – Vocês, meninas, usam tamanhos quase iguais e podem trocar entre si.

Como costumava acontecer, a observação dela me excluía. Não havia como uma peça de roupa comprada para as minhas irmãs – até mesmo a mais velha – pudesse caber no meu corpo esguio.

O ano seguinte foi melhor, mas outras dificuldades surgiram. Antes, os produtos que vendíamos na barraca de nossa fazenda não estavam disponíveis em lugares como Grand Union e o A&P, mas agora todas as grandes cadeias tinham começado a vender mais itens do tipo que a pessoa precisava ir até a fazenda Plank para comprar – outras variedades de alface, melões diferentes e ervilhas frescas, e, como eles compravam no atacado, vendiam mais barato. Uma pessoa que comprasse no supermercado também encontraria artigos que nós não produzíamos, como abacaxis do Havaí e mirtilos antes da estação local.

Eles não têm gosto de nada, meu pai dizia. Mas as pessoas não pareciam notar isso. Ele queria saber o que tinha acontecido com o paladar das pessoas. Excesso de comida congelada e de sabores artificiais. Ninguém apreciava mais o produto genuíno.

Dana

Vivendo por tabela

TERIA SIDO DIFÍCIL DIZER quem Val amava mais, Jackie Kennedy ou Jack. Ela amava o estilo de Jackie e seus vestidos de baile, o modo como ela redecorou a Casa Branca, seu interesse pela arte. Mas, para a minha mãe, JFK era o homem perfeito – forte, bonito, charmoso e rico.

Valerie passou a vida criando cenários românticos imaginários. Acho que, para ela, eles eram mais importantes do que o amor de verdade – e o fato do príncipe de Camelot não ter conseguido ser fiel à esposa não parecia incomodar minha mãe. Val se interessava mais pela imagem do que pela substância – e em termos de imagem, ninguém superava JFK. Tenho certeza de que ela nunca se recuperou totalmente do choque de sua morte.

Todo o resto daquele mês de novembro, e depois disso, ela mal conseguiu sair da cama. Foi o único período da sua vida, de que eu me lembre, em que ela não pegou num pincel.

– Ela vai sair dessa – afirmou George.

Meu irmão e eu apenas olhamos para ele. Val não era o tipo de pessoa que se entusiasmasse facilmente por qualquer coisa, assim como não era de desistir. Quando uma ideia ou um sentimento se apoderava dela, era para ficar.

George passou a maior parte daquele inverno viajando. Ele teve uma ideia para um game show e achou que se conseguisse uma reunião com as pessoas em Hollywood cujos nomes ele tinha tirado dos créditos de *What's My Line?* – Goodson e Todman – elas a comprariam.

Ele tinha ido para Los Angeles no início de dezembro. Recebíamos um cartão-postal mais ou menos uma vez por semana, falando sobre estrelas de cinema que ele tinha visto e restaurantes fantásticos no Sunset Boulevard, mas sem mencionar nenhuma reunião.

"Eu estou fazendo contatos", ele escreveu. "Neste negócio, o mais importante é conhecer as pessoas certas."

Quem eram essas pessoas, ele não disse.

Meu irmão ficou aborrecido por George ter ido para a Califórnia antes que ele, Ray, tivesse conseguido ir. Na visão de Ray, ele tinha tido a ideia primeiro – no seu caso, de ir para o norte, não para o sul. Mas o oeste era o oeste. Ele achava injusto que George tivesse ido para lá sem ele, quando ele era, obviamente, um tipo muito mais californiano do que George.

Ray tinha 17 anos nessa época, e lavava pratos num restaurante perto do nosso apartamento, economizando para sua fuga. Apesar de Val raramente pensar no nosso futuro, ela tinha medo de que se ele não fosse para a universidade pudesse ser mandado para o Vietnã, mas Ray disse que isso não aconteceria de jeito nenhum. Ele pretendera fazer os exames de seleção para a universidade, mas perdeu o prazo quando se esqueceu de pôr um selo no envelope com o cheque. Depois disso, decidiu que não precisava mesmo fazer faculdade. Ray provavelmente achava que poderia resolver qualquer situação com seu charme, e até aquele momento isso tinha sido verdadeiro.

EM FEVEREIRO, OS BEATLES chegaram à América, o que alegrou um pouco Val. Na escola, as meninas estavam enlouquecidas por causa deles. A única diferença de opinião a respeito deles estava em qual dos quatro era mais bonito. Paul era o franco favorito, mas muitas meninas na nossa classe gostavam também

de John. As rebeldes tendiam a preferir George ou, se você fosse meio esquisita, Ringo.
— De quem você gosta mais, Dana? — minha colega em economia doméstica, Angie O'Neil, me perguntou, logo depois da primeira aparição deles no Ed Sullivan. — Deixe-me adivinhar: George? Ou Ringo.
Eu poderia ter dito que nenhum deles me interessava. Eu poderia tê-la chocado completamente e confessado que minha paixão na época era Honor Blackman, que fazia o papel da bela antropóloga que combatia o crime em *The Avengers*, Sra. Cathy Gale, e que usava colantes apertados que eu às vezes me imaginava abrindo e tirando como se ela fosse uma banana sendo descascada.
— George — eu disse, sem me comprometer.
— Isso é bom. Porque eu amo Paul.
Ela disse isso como se estivéssemos realmente no páreo para conseguir namorar um deles. Assim nós não competiríamos uma com a outra.
— Eu adoro o sotaque britânico deles — comentou.
Isso era verdadeiro em relação a Honor Blackman também, então eu concordei.
Se Val fosse mais interessada, poderia ter explorado mais o tema da minha falta de namorados na adolescência. Os rapazes ligavam para mim às vezes para pedir o dever de matemática, ou para pedir conselhos sobre garotas de que eles gostavam. Eu tinha um bom relacionamento com eles, na verdade. Acho que entendiam, quer refletissem sobre isso ou não, que sob muitos aspectos eu era igual a eles.
— Você acha que Lorena gosta de mim? — perguntou-me uma vez um rapaz que era meu amigo, Mike, enquanto fazíamos o dever de biologia juntos. Cortando planárias ao meio e vendo-as regenerar-se.
— É provável — respondi. Eu também gostava de Lorena, essa era a verdade; e eu imaginava que poderia ser razoavelmente exci-

tante conversar com ele sobre ela, embora não fosse revelar a Mike ou a qualquer outra pessoa a natureza do meu interesse por ela.

– Ela tem um corpo incrível – ele disse.

O fato de ele dizer isso para mim – uma garota que tinha o corpo menos incrível possível – pareceu-me quase um elogio na época. Eu tinha conseguido livrar-me tão bem da minha identidade feminina que uma pessoa como Mike foi capaz de fazer esse comentário sem achar que estava ferindo os meus sentimentos. E não estava mesmo.

– Bem, Cassie Averill também é um bocado sexy – comentei.

– Cassie não é tão bonita quanto Lorena – ponderou Mike.

– Mas ela tem os melhores seios.

Eu tinha ouvido meu irmão conversando com os amigos. Foi assim que eu aprendi como os rapazes falavam. Se Mike achou estranho ouvir isso de uma garota, não demonstrou.

– Você acha que eles são maiores do que os de Lorena? – ele quis saber.

– Sem dúvida alguma. Eu a vi no vestiário.

Ele estava colocando uma planária numa lâmina, mas não foi por isso que suspirou.

– Se ao menos você pudesse levar uma câmera lá para dentro para me mostrar.

– É mesmo.

– Você acha que Cassie gosta de mim?

Assim eram os rapazes, mudando o seu objeto de interesse por qualquer tostão. Bastava uma menção a um par de seios tamanho G e ele se esquecia da garota com seios tamanho M pela qual estava obcecado um minuto antes.

– Você não a viu olhando para você na aula de história? – perguntei.

– Agora que você mencionou isso, eu vou convidá-la para sair.

– Mas promete que vai me contar tudo? Estou contando com você.

Eu vivia por tabela naquela época, ouvindo as histórias dos rapazes que eram meus amigos, conversando sobre coisas que eles conseguiam fazer com as garotas pelas quais eu era apaixonada, e depois ouvindo essas mesmas garotas falando sobre as coisas que elas faziam com os rapazes que eram meus amigos. Eu estava sempre me apaixonando, essa era a verdade, mas ninguém jamais se apaixonou por mim. Nasci com um corpo de mulher, com os desejos de um homem, e, como estávamos em 1964, e ninguém falava sobre essas coisas, eu achava que era a única pessoa no mundo que tinha esse problema.

RUTH

Se soltando

MEU PAI ME CONTOU um dia que, quando menino, na fazenda, ele e os irmãos queriam muito ter um balanço de corda sobre o poço de irrigação mais fundo da propriedade. Mas na época nenhuma das árvores em volta do poço era alta ou forte o bastante para aguentar a corda. Eles precisavam de uma árvore melhor.

Havia um jovem carvalho crescendo junto a um poço, mas a árvore nunca engrossou o suficiente durante a infância do meu pai para aguentar o peso de um balanço ou do menino que iria se balançar nele.

Então, seus irmãos cresceram e foram embora, meu pai formou sua própria família, e finalmente a árvore ficou suficientemente alta e forte para aguentar um menino pendurado numa corda. O único problema foi que nunca nasceu menino algum.

Depois que eu nasci, meu pai desistiu do sonho de ter um filho para herdar a fazenda, mas ele não tinha desistido do sonho de ter um balanço de corda. No verão em que eu fiz 8 anos ele armou um.

Minhas irmãs nunca o experimentaram. Elas tinham medo de água. Mas durante todo aquele verão e todos os verões seguintes, eu ia para o poço no final da tarde ou no começo da noite, depois que terminava minhas tarefas na fazenda, esperava perto do estábulo pelo meu pai e ia com ele e Sadie até o poço para nadar. Eu já ia de maiô. Ele tirava o macacão e a camiseta e ficava só de cueca. Depois se agarrava na corda, dava uma corrida para ganhar impulso e saltava dentro d'água.

Por mais que eu quisesse dividir o poço com ele – eu era a única nadadora da nossa família além dele – nunca consegui tomar coragem para saltar do balanço dentro do poço. Eu segurava a corda e me balançava por cima da água. Era de me soltar que eu tinha medo.

Então, num verão, quando eu tinha acabado de fazer 15 anos, fez um calor tão brutal que mesmo depois que o sol se punha a temperatura nunca ficava abaixo de 30 graus, e só de se vestir e escovar os dentes você ficava cansada. Até minha mãe desistiu da rotina diária de assar pão e de cozinhar feijão, já que nós só queríamos mesmo era chupar picolés.

Um dia ela foi ao médico em Concord – "um problema feminino" foi só o que ela disse a respeito. Minhas irmãs tinham ido junto para comprar material escolar, mas na última hora eu resolvi não acompanhá-las. Estava quente demais.

Então eu fiquei sozinha em casa. Era uma segunda-feira – o dia em que a nossa barraca fica fechada.

Eu sempre quis desenhar a figura humana, mas, como nunca tinha estado numa aula de arte de verdade, nunca tinha conseguido trabalhar com um modelo vivo. Então eu tive a ideia – talvez tenha sido o calor do dia que me inspirou – de ficar nua na frente do espelho e desenhar a mim mesma.

Fui para o meu quarto – o quarto que dividia com minha irmã Winnie – e tirei a roupa. Sentei-me no chão defronte do espelho, de corpo inteiro, com meu bloco de desenho na minha frente e comecei a desenhar.

Essa foi uma coisa que aprendi ao longo dos anos desenhando nus, embora aquela fosse a primeira vez que fazia isso. Existe algo no ato de estudar um corpo nu, como faz um artista, que permite que a pessoa o aprecie como forma pura, apesar de todos os traços tradicionalmente considerados como imperfeições. Numa aula de desenho de figura viva, as dobras de gordura de uma mulher obesa adquirem uma espécie de beleza. Você pode olhar para o peito mirrado de um homem, ou pernas ou nádegas, com ternura. A velhice não é feia, é apenas comovente.

Naquele dia – meu corpo magro e desajeitado de 15 anos dobrado diante do espelho, naquele calor impossível – eu me vi não como uma garota alta demais ou magra demais, uma garota cujos seios eram pequenos, o pescoço muito comprido, os quadris muito estreitos. Eu me vi como uma obra de arte, imaginei um retrato meu, pintado como eu era naquele dia, pendurado na parede de um museu, e a ideia não me deixou envergonhada, mas excitada.

Então eu me examinei mais atentamente, um pedacinho de cada vez – as linhas do meu pescoço e das minhas costelas, a curva do músculo da minha batata da perna, e os músculos dos meus braços, duros de capinar a terra e de guardar fardos de feno. Eu acompanhei o desenho do meu nariz e o modo como minhas narinas se abriam na base sobre minha boca surpreendentemente larga. No passado, eu tinha ficado muitas vezes na frente do espelho olhando criticamente para as minhas feições, mas agora eu me via como um artista me veria, imaginando como os pintores cujas obras eu tinha estudado nos livros da biblioteca me retratariam na tela – Picasso e Matisse, também Vermeer ou Van Gogh ou El Greco e Rembrandt – e quando fiz isso tornei-me algo que nunca tinha sido antes, uma imagem de beleza.

Imaginei então como seria olhar para o meu corpo todo e não só para o meu rosto com olhos de artista. Analisei meus dedos dos pés e das mãos, minha barriga e minhas coxas. A vergonha foi então substituída por fascínio e excitação. Tornei-me uma pesquisadora do meu próprio corpo, e, para a artista que havia em mim, o meu corpo se tornou belo.

Não sei quanto tempo fiquei ali, mas enchi muitas páginas do meu bloco. Horas podem ter passado, embora ainda estivesse claro lá fora, e eu sabia que minha mãe e minhas irmãs só voltariam em algumas horas, e que meu pai estaria em seu trator até o pôr do sol, cortando feno. Corada não só por causa do extremo calor do dia, mas por ter passado a tarde desenhando a mim mesma, fui nadar no poço da fazenda. Normalmente eu usava o meu maiô no poço, mas naquela tarde deixei minha pele nua sentir a água. Quando voltei à superfície para respirar, ouvi o som do trator do meu pai do outro lado da colina e o mugido das vacas pastando. Logo acima da superfície dele, havia uma pequena nuvem de mosquitos, e as asas de um deles refletiu a luz do sol parecendo uma joia, e eu senti o cheiro do feno recém-cortado.

Lembre-se deste momento, eu disse a mim mesma, mas só na minha cabeça. Mesmo sendo muito jovem, sabia que estava contemplando um tipo de perfeição que uma pessoa só consegue perceber poucas vezes na vida.

Saí do poço e peguei um punhado de lama da beirada, passando-a pelo meu corpo até cobri-lo quase todo. Depois subi no balanço de corda e voei mais alto do que nunca por sobre a água. E então eu larguei a corda.

Dana

O mundo sob controle

Isso NÃO JUSTIFICAVA as ausências e a falta de atenção de George, mas eu acho que ele realmente acreditava que cada uma de suas grandes ideias ia mudar nossa vida. Jamais conheci uma pessoa tão otimista diante do fracasso constante. Ele simplesmente não desistia e não entendia quem se comportasse de outra forma, pessoas como o meu irmão, por exemplo.

Para Ray, o simples esforço de chegar até o fim de um dia era às vezes difícil. Quem olhasse para o meu irmão, acharia que ele tinha o mundo sob controle. Bonito e engraçado, charmoso e atlético; as garotas o amavam, e até os professores lhe davam uma segunda chance quando ele se ferrava. Quando estava bem, ele era o Mestre do Monociclo, pedalando pela rua principal de qualquer cidade em que estivéssemos morando naquele ano como se fosse o prefeito ou talvez o rei.

Mas outros dias — e havia mais desses à medida que ele ia ficando mais velho — ficava na cama até meio-dia, ou eu o via encostado numa árvore qualquer, mastigando um talo de grama, ou tocando as mesmas oito notas na sua gaita, sem parar.

— Seu irmão é sensível — Val dizia, embora para mim fosse mais do que isso. Às vezes me parecia que faltava ao meu irmão uma camada crucial de pele que as outras pessoas tinham e que lhes permitia atravessar o dia quando ele não conseguia.

Na ocasião em que sua namorada de ginásio terminou o namoro (e, embora fosse no início louca por ele, também o deixou; "Você não me dá espaço para respirar", ela disse) Ray não saiu do quarto o fim de semana todo, e eu podia ouvi-lo chorando do outro lado da parede.

Depois ele ficou bem de novo – não simplesmente bem, mas fantástico, embora tivesse adquirido uma certa amargura.

– É provável que eu pule de um prédio um dia desses – disse-me uma vez, quando estávamos em seu quarto. – Conhecendo a mim mesmo.

Ele estava tocando para mim um disco que tinha acabado de comprar, do The Doors.

– Jim Morrison – ele disse. – Esse é um cara que entende. Ele e eu provavelmente estaremos mortos antes dos trinta.

– Para com isso. Eu odeio quando você diz coisas assim.

– Vamos ser realistas, irmãzinha – ele me disse uma outra vez.

Estávamos vendo televisão, e exibiam cenas do Vietnã, imagens de vietnamitas parados ao lado de uma aldeia que tinha sido queimada, crianças nuas chorando.

– O mundo é um lugar podre. É cada um por si e olhe lá.

– Como você espera chegar a algum lugar com essa sua atitude negativa? – George perguntava a Ray. – Você deve ter herdado isso da sua mãe.

– E aonde foi que essa atitude positiva o levou? – Ray retrucava, mas não para George. Sempre para mim. George já tinha saído da sala nessa altura. Ele era do tipo que fazia as suas declarações bombásticas a caminho da porta, e saía antes que você pudesse responder, não que eu fosse responder. Essa era a especialidade do meu irmão.

Mais de uma vez, George gastou um bocado de dinheiro – 3 ou 4 mil dólares, provavelmente, o que devia ser tudo o que ele possuía na época – buscando uma patente para uma de suas invenções. Cada vez ele ficava mais esperançoso do que antes. Quando chegava a carta do advogado que ele tinha contratado para informá-lo, infelizmente, que outra pessoa já tinha tido a mesma ideia de criar o distribuidor elétrico de comida de gato, ou o quebrador e misturador de ovos que ele tinha passado um ano de sua vida desenvolvendo, George a lia em voz alta para Val, com um tom de orgulho na voz. Para ele, a grande notícia não era que sua invenção estava morta, seu dinheiro desperdiçado, mas sim que a existência de uma patente anterior servia para validar seus bons instintos e sua inteligência por ter imaginado aquilo.

– Eu sabia que estava no caminho certo desta vez – declarou, referindo-se ao misturador de ovos. – Um dia, Dana, quando você estiver na sua cozinha e seu marido disser que quer ovos mexidos para o café da manhã, e você não estiver disposta a sujar uma tigela e um garfo ao mesmo tempo, então você pega o seu misturador e vai se lembrar do seu velho pai.

– Nós vamos pensar em George quando virmos os cheques irem para o Sr. Cheguei Lá Antes – provocou Ray, do outro lado da mesa de jogo, na qual fazíamos nosso dever de casa e nossas refeições, nos intervalos em que George não a estava usando como escrivaninha em qualquer casa que estivéssemos ocupando naquele ano. – De que adianta ter uma boa ideia se ninguém paga a você por ela?

Quanto a mim, nada disso importava muito. Eu ainda estava presa na parte da história em que eu era retratada tendo um marido, uma pessoa que esperaria que eu preparasse ovos mexidos para ela. Nessa época eu já sabia que não ia me casar. Pelo menos, não com um homem. Mas eu não abria a boca para falar sobre isso, como fazia a respeito de quase tudo.

– Esse é o seu problema na vida, Ray – George continuou. – Você está sempre medindo o sucesso em termos de dinheiro. Essa é apenas uma maneira de ver as coisas.

Isso não era verdade nem naquela época, e mais tarde meu irmão se transformou numa pessoa que não se interessava nadinha por dinheiro. Viria um dia em que ele estaria morando basicamente numa caixa de geladeira, até onde posso determinar. Mas na época Ray realmente queria ir para a universidade. Ele poderia ter feito o que fiz, e trabalhado em três empregos para pagar pelos estudos, mas Ray nunca foi de se esforçar muito para conseguir as coisas. Talvez seja isso que aconteça quando uma pessoa é tão bonita, inteligente, engraçada e charmosa quanto ele era. Se coisas boas não caírem no seu colo, elas desistem ou talvez comecem a culpar todo mundo por isso, exceto a si. Enquanto uma pessoa como eu aprende cedo que vai ter que dar duro para conseguir cada pequena coisa.

Ray era bom em tudo, mas um dos seus talentos especiais era basquete. Naquela época, uma pessoa de 1,86m era considerada alta, e, ao contrário de muitas pessoas que tinham a altura dele, ele também tinha graça e velocidade. Qualquer que fosse a cidade para onde nos mudássemos, ele acabava jogando no time e sendo uma estrela, não que nossos pais jamais tenham ido a um jogo. Eles diziam que basquete não era o barato deles.

Então, no meio da temporada, ele parava de treinar. O técnico lhe dava uma advertência, e, quando não adiantava, dava outra.

— Você não acha melhor começar a ir aos treinos? — perguntei uma tarde quando ele apareceu em casa e eu sabia que deveria estar treinando com o time.

— Eles precisam de mim — ele respondeu, rindo. — Aqueles caras não vão chutar seu melhor jogador só porque não quero passar uma tarde linda treinando arremessos que sei fazer dormindo.

Naquela sexta-feira à noite eles tinham um jogo importante contra um time rival. Embora fosse inverno, a temperatura abaixo de zero, George e Val nunca davam carona, então meu irmão e eu fomos para o jogo na bicicleta dele, eu na garupa, segurando sua sacola de ginástica contra o peito. A verdade é que eu adorava o meu irmão. Teria ido a pé, junto com ele, para não perder um jogo.

Quando chegamos à escola, eu entrei pela frente no ginásio enquanto Ray dava a volta até o vestiário dos rapazes. Sozinha na arquibancada, eu me vi sentada ao lado de um bando de garotas mais ou menos da idade do meu irmão.

— Meu irmão joga no time — eu disse. — Vocês devem conhecê-lo. Ray Dickerson.

Só de dizer o nome dele eu sentia orgulho.

Ele saiu do vestiário alguns minutos depois, usando suas roupas normais e carregando sua sacola.

— Vamos embora, irmãzinha — ele disse. — Vamos dar o fora daqui.

Muitas faltas, o treinador disse a ele. Estava fora.

— Vão perder este jogo de lavada — ele me disse. — Mas nós não ficamos lá para ver.

RUTH
À moda antiga

Nós vimos os Dickerson muito pouco durante meus anos de ensino médio. As cartas de Natal pararam, e, sem ter um endereço para onde mandar, minha mãe não enviou mais o cartão de Natal anual para os Dickerson e o pegador de panela feito em casa para substituir o do ano anterior.
Mas, estranhamente, por mais incômodo que tivesse sido ouvir minha mãe dizer regularmente: "O que será que Dana Dickerson estará fazendo neste momento?", o fato de ela ter emudecido em relação a este tópico foi pior. Ter tido na minha vida, desde que me entendi por gente, uma pessoa a quem minha mãe se referia como sendo minha irmã de aniversário e depois vê-la desaparecer do nosso cenário familiar tão de repente, como se um furacão a tivesse levado, deixou-me ainda mais desconfiada e ressentida em relação ao que ela teria representado em nossas vidas.
E havia aquela outra parte: o fato de eu ainda pensar no irmão dela e naquele dia no estacionamento.
Tive dois namorados durante o ensino médio. O primeiro – por mais estranho que isso me pareça agora – foi Victor Patucci – que trabalhava para o meu pai desde os 14 anos, por um salário que provavelmente só dava para ele comprar creme para o cabelo e calotas extravagantes.

Ele era muito diferente das figuras que povoavam meus sonhos – poetas e cantores e artistas. Sem ter nunca demonstrado muito interesse por cuidar de fazendas, ou por qualquer coisa que tivesse a ver com vida rural, Victor parecia ter apenas uma paixão na época: seu carro – um Chevrolet El Camino 1962, que anunciava a sua chegada à fazenda Plank uns três minutos antes de parar atrás da barraca, só pelo som que saía de trás, e pela música – The Tijuana Brass, Mitch Ryder. Ele parecia ter uma predileção especial por "The Ballad of the Green Berets". Eu sabia disso porque toda vez que ela começava a tocar, ele parava o que estava fazendo e cantava a letra junto com Sergeant Barry Sadler.

Victor, porém, tinha uma vantagem: ele me levava para longe da fazenda – e o mais importante, para longe da minha mãe, e na época isso era o bastante para justificar o relacionamento, embora não me levasse para onde eu gostaria de ir.

Todo fim de semana à noite, quando eu estava no segundo ano, Victor dirigia o El Camino até o estacionamento ao lado da loja de ração – um lugar que eu associava com o meu pai, o que me deixava ainda mais desconfortável do que eu ficaria de qualquer jeito. Ali, sentada no carro com aquele rapaz, recebendo suas atenções tão passivamente quanto uma vaca, era como se meu pai me estivesse vigiando, vendo aquelas mãos desajeitadas e ásperas de Victor Patucci desabotoando minha blusa e apertando os meus seios não como se os estivesse acariciando, mas como se estivesse me ordenhando.

Eu sabia o que despertava aquele ardor, ou pelo menos o fato de ele ter me escolhido para essas sessões semanais de namoro: ele queria assumir o negócio da minha família. Aos 19 anos, ele já tinha resolvido que um dia ia administrar a fazenda Plank – como gostava de me dizer – trazer a nossa operação para o século XXI. A administração de fazendas à moda antiga estava com os dias contados, dizia.

– Sejamos realistas – ele dizia. – O seu velho é um dinossauro. Se vocês quiserem manter este lugar funcionando, vão precisar de um cara como eu.

No verão de 1967, Victor fez ao meu pai uma proposta para aumentar os lucros na barraca. Ele iria toda semana, com a picape do meu pai, até o North End em Boston, aos mercados ao redor de Faneuil Hall, e traria de volta produtos lá vendidos por um preço barato. Assim, nós poderíamos vender para os nossos fregueses artigos como mangas e abacaxis, e buquês de rosas do Chile, e aqueles cravos que se encontravam no grande mercado de flores, tingidos de verde ou roxo ou azul — cores que não eram encontradas nas pétalas dos cravos de verdade.

O dia que nossa cadela Sadie morreu deve ter sido a única vez que vi meu pai mais triste do que no dia em que ele finalmente concordou com os planos de Victor Patucci. Fiquei parada na frente da casa com ele, naquela manhã, enquanto ele tomava seu café no raiar do dia, vendo Victor sair com o caminhão para trazer as frutas e os legumes importados para revendê-los na barraca.

— Nenhum fazendeiro deveria vender a produção de outro homem — ele disse, chutando a terra.

— É só até as coisas melhorarem — eu disse a ele, embora nós dois soubéssemos que as coisas só tendiam a piorar.

— Baixinho arrogante aquele — meu pai disse, vendo Victor desaparecer na estrada. Ele tinha dito ao meu pai que havia um tio dele que trabalhava com agricultura na parte italiana de Boston. Ninguém acreditaria por quanto se podia comprar tomates lá. Não Brandywine. Não Big Boy. Não Glamour ou Zebra.

— Atualmente, o quente é movimentar o estoque, Ed — Victor lhe dissera. Todos os outros trabalhadores chamavam o meu pai de Sr. Plank, mas para Victor meu pai era Ed.

— Achei que o importante era colocar boa comida na mesa das pessoas — meu pai disse, voltando para o estábulo.

ERA UMA COISA CURIOSA, essa obsessão de Victor em assumir a nossa fazenda, apesar de um desinteresse quase absoluto por tudo o que tinha a ver com o cultivo da terra. Ele me apresentou sua visão uma noite no A&W em Dover. Para início de conversa, estava na hora de fazer sexo. E de planejar o nosso futuro.

— Andei pensando — ele disse. — Você poderia ser a sra. Victor Patucci.

Fora todos os outros motivos que eu pudesse ter para não querer passar minha vida na companhia de uma pessoa cuja ideia de uma noite divertida era passar algumas horas assistindo à corrida de cachorros, eu expliquei a ele como funcionavam as coisas na família Plank. Nossa terra e nossa fazenda eram tradicionalmente passadas para o filho mais velho. Na ausência de um filho, o mais provável era que minha irmã mais velha, Naomi, que estava noiva do futuro marido, Albert, fosse a herdeira, e se não havia mais três irmãs e seus futuros maridos na minha frente.

Victor já pensara nisso, é claro. Como ele tinha observado, Albert já anunciara sua intenção de se tornar professor de ginástica — tendo desistido relutantemente de sua aspiração original e altamente irrealista de jogar na NBA. Sarah, a outra irmã, que já tinha um candidato a marido, escolhera uma pessoa igualmente não qualificada e nada adequada para cuidar de fazenda — um rapaz chamado Jeffrey, com uma perna significantemente mais curta do que a outra, que cursava contabilidade na faculdade e tinha cometido o erro desastroso, por ocasião de sua primeira e única visita à nossa casa, de anunciar que gostava de dormir até tarde, de preferência até meio-dia.

— A sua família vai precisar de um homem para administrar os negócios — disse Victor. — Nem me importo de manter o mesmo nome, embora, depois que tivermos um filho, para quem deixar a fazenda quando você eu chegarmos à idade de nos aposentar, eu pense que faria sentido mudar o nome para Patucci.

Com apenas 19 anos, o meu namorado já estava planejando não só tomar a terra do meu pai e o sexo dos nossos futuros filhos, mas até a aposentadoria. Eu dei até logo para ele pouco depois disso.

TERMINEI COM VICTOR pouco antes de iniciar meu último ano de escola.

Tive alguns flertes depois disso, mas o único namorado além dele durante minha adolescência — o que me levou ao meu baile de formatura – foi um que minha mãe arranjou para mim na igreja. Roger era muito religioso, planejava ser pastor, e nunca tocou nos meus seios ou em qualquer outra parte do meu corpo além da minha mão, que ele segurava de vez em quando, quando um pedaço qualquer do culto a que assistíamos juntos o comovia particularmente.

Minha mãe achava Roger perfeito, e eu suponho que, ao concordar em sair com ele, eu estivesse manifestando o desejo que ainda cultivava de agradar-lhe – por mais impossível que essa tarefa continuasse sendo. Nos meses em que namorei Roger, eu me aproximei mais disso do que em qualquer outra época da minha vida, embora o preço – a saber, todas as horas passadas na companhia de Roger Ferlie – tenha sido muito alto. Consolava-me com o fato do meu pai também expressar desprezo por esse namorado. Sempre foi o meu pai quem me compreendeu. Enquanto minha mãe parecia me confundir com outra pessoa.

– O rapaz é um imbecil, Connie – ele disse à minha mãe. – Eu não quero ver nossa filha saindo com uma pessoa que seria capaz de calçar um par de mocassins para colher tomates. Eu gostaria de vê-lo amarrar um fardo de feno ou fazer o parto de uma vaca. Depois de ele acordar, é claro. Por volta da hora do almoço.

Eu tinha contado a Roger sobre o meu desejo de ir para a escola de arte em Boston e trabalhar como ilustradora de textos médicos ou como professora de arte. Ele disse que achava importante uma esposa ficar em casa com as crianças e deixar o trabalho para o homem. Quando terminei com ele na noite do baile de formatura, depois de passarmos a festa inteira jogando damas porque ele não gostava de dançar, ele disse que ia rezar por mim.

– Já foi tarde – meu pai disse, quando contei a ele. Minha mãe ficou tristíssima. Essa foi a primeira vez em anos que a ouvi imaginar, de novo, o que Dana Dickerson estaria fazendo.

– Eu me pergunto o que a sua irmã de aniversário estará fazendo neste momento – comentou, aparentemente do nada. – Imagino se ela estará pensando em sossegar. Vocês já estão com quase 18 anos. Talvez ela já esteja noiva e pensando em formar sua própria família.

Ao dizer isso, assumiu uma expressão pensativa. Nós todas sabíamos que mais do que quase tudo, exceto o paraíso, nossa mãe queria ser avó. Com cinco filhas, parecia haver grande probabilidade de isso acontecer, mas ainda não tinha acontecido, e, embora nós ainda fôssemos muito jovens, ela já estava impaciente e gostava de falar sobre nossa experiência futura como mães.

EU NÃO PENSAVA em ter filhos, naquela época. Mas pensava um bocado em sexo. Para mim, a definição de sexo era Ray Dickerson. Fazia quase cinco anos desde o dia no estacionamento em que Ray me passou o morango com a língua, mas eu tinha reproduzido a cena na minha cabeça uma centena de vezes. Mais, provavelmente. Depois eu criei outras variações.

Eu imaginava nós dois num quarto em algum lugar, sozinhos. Ele estaria nu. Eu o estaria desenhando.

Havia um tipo de trabalho que eu gostava de fazer naquela época – uma forma de desenho que ensino aos meus alunos nos meus grupos de arteterapia – chamado desenhar contornos. A ideia é manter os olhos apenas no objeto ou na pessoa que você está desenhando, e não no papel. Você move a sua mão que segura o lápis ao longo dos contornos da forma que pretende representar – um vaso de flores, uma cafeteira, ou, no caso da minha fantasia particular, o corpo nu de Ray Dickerson – sem levantar o lápis do papel.

Isso significa que o que você cria é uma única linha que se desenrola sobre o papel, como um carretel, só que o que ela simboliza é, a seu modo, uma representação do objeto. A imagem que você cria normalmente é bastante distorcida, mas que pode dar uma ideia melhor do que você está desenhando do que se tivesse trabalhado arduamente no seu bloco de desenho, verificando de vez em quando a figura, apagando linhas e medindo os espaços entre as coisas, para ser mais exato.

No meu sonho, Ray Dickerson estava posando nu para mim, mas ele tinha explicado as regras. Eu estava proibida de tocar nele, só podia olhar. A princípio não tive problema com essas restrições. Estava em pé em frente a uma mesa, toda vestida. Eu movia um lápis número 2 sobre o papel, embora meu olhar jamais se afastasse de Ray. Ele tinha um belo corpo, é claro. Além disso, ele tinha aqueles olhos.

O truque para um bom desenho de contorno é fazer com que o movimento da sua mão e a velocidade com que ela se move ao longo do papel imitem ao máximo o que os seus olhos fazem ao passear pela forma que você está desenhando. No meu sonho, quando eu chegava à região abaixo da cintura de Ray, o lugar onde surgiam seus pelos pubianos – e abaixo disso –, eu começava a sentir o meu corpo se agitar e o meu rosto enrubescer.

Nesse ponto, o meu sonho ficava um tanto vago. Eu nunca tinha visto um homem nu, embora no banco da frente do carro de Victor Patucci, depois de termos tomado nossos ice cream sodas, eu tenha tocado em um.

Daquelas vezes, foi sem querer. Agora eu queria.

A VIDA INTEIRA eu tinha sido uma boa filha, ou tentado ser. A pessoa que sonhava era muito má. Ela não tinha nada a ver com a moça que minha mãe imaginava que eu fosse. A moça que eu era, na verdade, possuía desejos obscuros de um tipo que minha mãe teria dito que só o demônio produz. Agora, no meu sonho, eu levantava o retrato que tinha feito de Ray Dickerson, e chegava mais perto para analisá-lo. Eu encostava os lábios no papel.

— Bom trabalho, Ruth — ele dizia, estendendo os braços. — Agora venha até aqui.

Dana

Navio ancorando

A ÚLTIMA PATENTE QUE GEORGE tentou conseguir, até onde eu sei, foi para algo chamado o Afinador Falante de Violão. Era designado para qualquer pessoa que quisesse realmente tocar violão, mas não tivesse nenhum ouvido musical – e as duas coisas se aplicavam a George. Ele tinha criado essa máquina com uma espécie de mecanismo de afinação dentro e um minicassete com uma voz de mulher, que registrava as notas da corda que você estivesse tentando afinar e dizia coisas do tipo: "Só está um pouco agudo" ou "Já está quase bom. Só vire um pouco o botão no sentido anti-horário". De todas as ideias que ele teve na vida, ele disse a Val, esta foi a melhor.

– Fique de olho na janela, Valerie – ele disse a ela. – Porque o navio deste homem está atracando.

Logo depois da minha formatura no ensino médio, George e Val fizeram o que foi sua última mudança juntos, para St. Pete Beach, na Flórida – um lugar que George escolheu para eles de acordo com a teoria de que morar num clima quente era melhor para o processo criativo. Ainda esperando pelo dinheiro que pretendia ganhar com suas invenções, George voltou a compor canções. Ele tinha ouvido uma nova dupla country no rádio – uma daquelas duplas que faziam sucesso com uma música e depois desapareciam tão depressa quanto tinham surgido. Mas algo na forma como aquelas duas vozes se entrelaçavam (combinavam, ele disse, com a inspiração daqueles crepúsculos sobre o golfo) o fez voltar a compor.

Apesar das fitas instrucionais, ele nunca aprendeu a tocar violão direito, mas pegava o violão assim mesmo e começava a dedilhar as cordas. Passou uma tarde sentado na varanda do apartamento deles na praia (uma fileira de flamingos de plástico no pequeno quintal, cortesia de Val) trabalhando na melodia e na letra, que deu a Val para datilografar para ele.

– Eu conheci um cara num bar em Nashville que tem ótimos contatos – ele contou.

Val e eu não fizemos nenhum comentário.

George mandou a fita pelo correio, acompanhada de uma folha de papel com a letra, para alguém que ele tinha ouvido falar que trabalhava num lugar chamado Music Row.

RUTH

Viagem à lua

Por sugestão da minha professora de arte, eu tinha me inscrito na Escola de Arte de Boston. Sem dizer nada à minha mãe, tinha preenchido o formulário, junto com outros que mereceram sua aprovação: Escola de Enfermagem em Manchester; a universidade estadual aonde meu pai e eu tínhamos ido daquela vez para ver o touro premiado; a Escola de Formação de Professores Estadual.

– Você podia ser professora – ela disse. – Até parar de trabalhar para criar seus filhos.

Para a inscrição na Escola de Arte, eu precisava mandar alguns trabalhos meus. Meu pai me ajudou a fazer isso, pedindo emprestada uma máquina fotográfica ao seu irmão mais velho, levando o filme para Concord para montar as imagens em slides.

– Sabe o que devíamos fazer com os extras? – ele perguntou, quando os trouxe para casa uma semana depois, esperando uma hora que minha mãe não estivesse por perto (não por acaso) para mostrá-los e analisar as imagens. – Devíamos mandar alguns para Val Dickerson. Sendo uma artista também, ela com certeza irá gostar.

Eu nem sabia que nós ainda tínhamos o endereço dos Dickerson, mas, evidentemente, o meu pai tinha.

Em abril daquele ano – na época de plantar ervilha e espinafre, que era como nós medíamos o tempo na fazenda – chegou o envelope de Boston. Eu tinha sido aceita e, melhor ainda, tinha ganhado uma bolsa de estudos. Nós já tínhamos recebido respostas positivas de outras escolas, mas agora tínhamos um motivo forte para eu escolher Boston.

— Vamos ter que contar a ela na hora do jantar — meu pai disse.

— E se ela não concordar?

— Eu posso convencê-la — ele garantiu.

Então eu ia para a Escola de Arte em setembro. Naquele verão, cuidei dos morangos e trabalhei mais horas na barraca da fazenda do que habitualmente para conseguir o dinheiro de que precisava para livros e material — que ia ser mais do que se eu fosse para uma escola normal, minha mãe fez questão de dizer. Não tirei um dia de folga o verão inteiro. Até minha mãe comentou o quanto eu tinha trabalhado. Mais do que as outras quatro meninas juntas, ela observou, com um certo espanto.

Um dia qualquer no início de agosto, um homem parou na barraca da fazenda procurando um queijo — um produto que vendíamos graças à conexão com Wisconsin.

— Preciso de um pedaço grande para prender na traseira da minha moto — disse ele. — Estou indo para Woodstock.

Eu não sabia do que ele estava falando. Do jeito que eu tinha trabalhado nos últimos três meses, a única notícia do mundo fora da fazenda que tinha chegado até lá tinha a ver com a missão Apolo, que estava prestes a ocorrer. Mas agora o homem estava me explicando — como se eu morasse numa caverna — que ia haver um festival de música dali a poucos dias. O maior e melhor que já tinha acontecido. Ele começou a citar os artistas que iam cantar no festival. Praticamente todos. (Mas não o meu ídolo, Bob Dylan.)

— Você deve ter uns 18 anos, certo? — ele perguntou. — Você devia ir. Um dia os seus netos vão lhe perguntar sobre ele, e você poderá dizer que esteve lá.

— Meus pais jamais me deixariam ir — disse ao homem enquanto embrulhava o queijo e um saco de ameixas frescas que eu tinha colhido naquela manhã.

— Garota, se você tem que pedir permissão para ir a Woodstock, então é melhor não ir.

Nós saímos escondidas no meio da noite e tomamos o ônibus de Concord. Minha irmã Edwina foi comigo. Winnie e eu raramente fazíamos coisas desse tipo juntas, mas ela estava passando por uma fase de rebeldia e isso pareceu ser algo que uma pessoa faria se quisesse passar uma mensagem para os pais de que não era mais uma garota luterana boa e piedosa, frequentadora assídua da igreja.

A companhia Greyhound nos levou até Albany, Nova York. De lá foi fácil conseguir carona naquele fim de semana, principalmente para duas garotas desacompanhadas.

Quando chegamos a Woodstock, havia uma caravana de automóveis e ônibus Volkswagen indo na direção do festival. Dois minutos depois de eu levantar o polegar, um automóvel cheio de rapazes um pouco mais velhos do que nós parou e nos deu carona. Eu pensei no que a minha mãe diria se os visse. Meu pai iria dizer que eles precisavam de duas coisas: um banho e um emprego.

— Ela é a sua melhor amiga, certo? — o motorista me perguntou quando entramos atrás, apontando para Winnie.

— Somos irmãs — eu disse a ele, encolhendo as pernas, um problema que eu tinha quando viajava no banco de trás de Fuscas, mesmo quando não havia cinco pessoas lá dentro.

— Vocês não parecem irmãs. Deviam ter uma conversa com sua mãe, ou com o leiteiro.

— Nós não temos um leiteiro — Winnie disse. — Fomos criadas numa fazenda com nossas próprias vacas.

Todas as minhas irmãs eram pessoas incrivelmente sérias e literais, sem nenhum senso de humor. Winnie era, provavelmente, a pior delas.

— Eu fico com a baixinha — anunciou o amigo dele. — A piadista.

Minha irmã me lançou um olhar. Eles estavam passando um cigarro de maconha de mão em mão. Ela não quis, mas eu sim. O mais perto que o carro deles conseguiu chegar foi a uma distância de uns quatro quilômetros do local do festival — a fazenda de um cara qualquer, os rapazes tinham dito. Eu tentei imaginar o meu pai dizendo: "Claro, você quer organizar um festival de música para algumas centenas de milhares de hippies? Pode vir para cá." Evidentemente, esse Max Yasgur era um tipo diferente de fazendeiro.

Assim que saltamos do carro e começamos a andar, largamos aqueles rapazes. Tinha começado a chover, e eles tinham encontrado umas garotas mais animadas. Eu estava usando meus tamancos e minha irmã estava de mocassim. Tínhamos vestido nossas calças bocas de sino da Penney's, mas não parecíamos fazer parte daquela turma.

— Eu jamais deveria ter deixado você me convencer a vir — disse Winnie.

— Se você não gostar, pode voltar para casa — disse a ela, embora eu mesma estivesse um pouco arrependida. Mas nós continuamos andando.

Por fim, encontramos um lugar para pôr nossas coisas a cerca de um quilômetro do palco, ao lado de uma família com um bebê e de um casal que estava dançando de um jeito que parecia não ter nada a ver com a música. A mulher estava sem blusa.

A chuva tinha ficado mais forte. O sistema de som berrava instruções sobre o que fazer se você estivesse passando mal por causa de ácido, e para onde ir se entrasse em trabalho de parto. Alguém disse que Santana estava no palco, mas era difícil saber de onde nós estávamos, havia tanta gente em pé na nossa frente e o som mais alto que ouvíamos era o do gerador.

— Eu preciso ir ao banheiro — Winnie disse. — Acho que estou ficando menstruada.

Ela estava chorando.

Depois que ela foi, comecei a andar pela lama, no meio das mantas das pessoas. Eu tinha tirado os sapatos na esperança de evitar que ficassem totalmente arruinados, embora achasse que isso já tinha acontecido.

— Ei, varapau — alguém gritou. Numa reação automática, olhei para o lado, embora a voz não se parecesse com a do meu pai. Um cara qualquer. Nunca tinha me ocorrido que o meu apelido fosse óbvio.

Surgindo aparentemente do nada, uma garota pôs um comprimido cor de laranja na palma da minha mão.

— Experimente isto — ela disse.

As coisas começaram a parecer distorcidas, como o que acontece quando você desenha com uma caneta pilot em um pedaço de silicone e começa a esticá-lo. O som vinha em ondas, tão lindo que eu senti primeiro vontade de chorar, depois de gritar. Lá no palco, Santana estava cantando "Evil Ways".

— Eu te amo — alguém gritou.

— Eu amo todo mundo — outra pessoa berrou.

Eu estava encharcada agora, e coberta de lama. Um monte de gente à minha volta tinha tirado a roupa, não apenas a camisa. Era a primeira vez que eu via um homem nu ao vivo, não um desenho num livro ou uma das estátuas do Isabella Stewart Gardner Museum. As pessoas estavam esfregando lama na pele uma das outras, pintando o rosto como se fosse pintura de guerra, massageando a lama na barriga e nos seios das mulheres, inclusive de algumas que estavam grávidas.

Pela primeira vez na vida, eu tive saudades de casa. Pensei nos meus pais — no meu pai principalmente. Eu o imaginei indo para o estábulo com seu café para começar o dia, assobiando "Ó que bela manhã", depois imaginando por que eu não tinha aparecido para ajudá-lo com a ordenha. Indo, finalmente, me procurar, e encontrando o bilhete que eu tinha deixado na noite anterior. Eu o imaginei chamando a minha mãe.

— As meninas não estão aqui, Connie — ele estava dizendo. — Winnie e Ruth.

Pode ter sido o efeito do comprimido laranja, mas comecei a chorar. Eu não sabia mais como voltar para o lugar onde minha irmã e eu tínhamos deixado nosso saco de dormir. Eu olhei para o céu. Era difícil calcular que horas eram, por causa da chuva, mas achei que minha mãe já devia ter posto o feijão no fogo. Nós estávamos na época do milho agora. Do jeito que eles deviam estar preocupados conosco, poderiam ou não comer esta noite.

Sentei-me no chão enlameado. Quando pensei em vir aqui, eu tinha imaginado desenhar as pessoas. Tinha trazido um bloco e lápis de cor na minha mochila. Como se esta pudesse ser uma viagem para desenhar.

Estava chorando quando ouvi a voz.

– Ruth Plank. Não acredito. Logo você.

Durante anos, seu rosto bonito tinha tido um papel importante nas minhas fantasias, deitada à noite na cama, ou cuidando dos pés de alface, mas agora que o via em pessoa levei um minuto para localizá-lo – ele estava tão molhado – com o rosto sem barba, ao contrário da maioria dos homens ali, mas o cabelo até o meio das costas. Ray Dickerson.

– Você cresceu – ele disse.

Ele segurou minhas mãos e me levantou da lama, de modo que eu fiquei de frente para ele. Nós éramos quase da mesma altura.

– Trouxe alguns morangos? – perguntou.

E me deu um beijo na boca.

NÃO FAZ MUITO SENTIDO contar o que aconteceu nos dois dias seguintes. Eu já ouvi gente demais descrever suas viagens com ácido – as cores e os sons extraordinários; o amor que sentiam, não só pelos outros seres humanos, mas por cada formiga que subisse por suas pernas, por cada talo de grama. Eu já ouvi, um sem-número de vezes, histórias sobre a transformação milagrosa vivenciada por esses indivíduos, na qual o sentido da vida era revelado e a vida que eles tinham conhecido até então terminava; sobre o prazer sexual indescritível. No meu caso, tudo isso aconteceu no decorrer dos dois dias que eu passei com Ray Dickerson – tudo exceto o sexo. A consumação, pelo menos. Estranhamente, embora nós tivéssemos feito todo o resto. Em parte foi por causa da chuva, e da lama, e da quantidade de pessoas em volta o tempo todo. Mesmo completamente chapado em Woodstock, Ray era um romântico, com um traço antiquado que eu também tinha.

– Quero ficar sozinho com você – ele me disse. – Eu quero deitar você numa cama e esfregar óleo no seu corpo. Quero fazer massagem em você.

Esse não era o tipo de coisa que uma garota como eu estava acostumada a ouvir. O estranho era que essas coisas também eram as que eu imaginava em minha cabeça. Estar com Ray Dickerson era como estar com uma versão masculina de mim mesma. Eu estava olhando num espelho e vendo quem eu teria sido, se fosse um menino. Eu amava essa pessoa.

A droga pareceu me dar uma sensação nova, um outro modo de olhar o mundo. Tudo ficou mais intenso, um pouco como o que acontece quando uma pessoa olha para um pedacinho de grama com uma lente de aumento, captando um raio de sol, e a grama pega fogo. Durante aqueles dias, eu descobri novas cores diferentes de qualquer cor que havia no arco-íris, e sons que pareciam ter sido criados por instrumentos de outro planeta, frequências indetectáveis até agora. Minha pele vibrava com as sensações. Eu estava dentro da cabeça das pessoas à minha volta. Eu sabia o que elas viam e o que estavam sentindo, especialmente Ray. Eu entrei em seu cérebro.

EM ALGUM MOMENTO no decorrer daqueles dois dias, pensei na minha irmã e imaginei, brevemente, o que teria acontecido com ela, mas não me senti culpada. A culpa parecia ser uma emoção que o LSD tinha apagado, e, de todo modo, eu tinha entendido desde que iniciamos a viagem que o que ela estava buscando ao ir ali não tinha nada a ver com passar o tempo na companhia da irmã mais moça. Talvez ela estivesse dançando nua com algum cara também, embora eu duvidasse, e de fato eu tinha razão.

Logo depois de ter ido procurar o banheiro naquele primeiro dia, Winnie tinha achado uma família cujo filho pequeno estava apavorado com aquela multidão, e tinha apanhado uma carona com eles até Buffalo, de onde ligou para o rapaz que estava namorando havia um ano e meio, Chip, para ele ir buscá-la. Num raro momento de intimidade imaginária no ônibus a caminho do festival, ela havia me confessado que achava Chip chato e desinteressante (avaliação com a qual eu concordava), mas a experiência que Winnie teve em Woodstock evidentemente marcou uma guinada no relacionamento deles. Uma semana depois de ela ter voltado do festival, eles ficaram noivos, e um ano depois se casaram. Foi ela quem deu o primeiro neto à nossa mãe, nove meses mais tarde. Charles III. A cara do pai, espinhas e tudo.

Com Ray, falta de atração sexual nunca foi um problema. Todos aqueles anos que eu tinha passado sonhando com ele – passando morangos entre nossas bocas, demorando o olhar sobre o corpo dele enquanto o desenhava, implorando para ele deixar que eu tocasse nele. Agora eu finalmente podia fazer isso, e minhas mãos não conseguiam sair de cima dele. Nem as dele de cima de mim.

O que aconteceu depois ainda é um pouco nebuloso para mim. O festival terminou, é claro, e então, vagarosamente, como refugiados de um país bombardeado, saímos dos campos devastados, esburacados, cobertos de lixo do que tinha sido a fazenda de Max Yasgur. Sendo uma garota criada em fazenda, e não estando mais chapada, eu me vi imaginando como eles conseguiriam recuperar aquela terra, se alguma coisa iria tornar a crescer ali. Era difícil imaginar alguma plantação vingando naquele lugar, embora, tendo estado lá, eu não tenha dúvidas de que crianças foram concebidas em quantidades significativas naquela semana.

Mas eu saí virgem de Woodstock. Na autoestrada, onde centenas de participantes esfarrapados pediam carona, e vans cobertas de adesivos de flores e fitas enlameadas se arrastavam de um jeito estranhamente desanimado, não muito diferente de um cortejo fúnebre, Ray me disse adeus com uma brusquidão que me deixou atônita.

– Imagino que qualquer dia a gente volte a se encontrar – ele me disse, entrando num carro com um cartaz na frente que dizia simplesmente "Oeste".

A mesma pessoa que tinha coberto o meu corpo de beijos horas antes partiu como se estivesse indo comprar uma garrafa de leite na padaria. Na ausência de qualquer outra destinação, e sabendo que dali a três semanas eu ia me matricular na Escola de Arte de Boston – o sonho da minha vida – eu acenei para ele e disse: "Paz." Mas depois, no ônibus, eu chorei.

Quando cheguei em casa no dia seguinte, meus pais falaram menos do que era de se imaginar sobre a minha ausência. Em parte por causa do passeio de Neil Armstrong na Lua, que era o assunto do momento. Havia também uma preocupante infestação de bichos de milho, e minha mãe estava radiante com a notícia de que Winnie e Chip estavam noivos. Principalmente, eu acho, ela não queria pensar no que eu tinha feito durante aqueles dias em que estive ausente. Era melhor fingir que eles nunca tinham acontecido.

Dana

Fuga para o Canadá

L OGO DEPOIS QUE O MEU IRMÃO saiu de casa, no verão de 1969 – destino, San Francisco, Haight-Ashbury – a primeira carta do Serviço Seletivo apareceu na nossa casa. Ray não tinha se alistado, é claro – como tinha sido solicitado a fazer, anos antes –, mas eles o tinham finalmente encontrado, apesar de nossas inúmeras mudanças de casa.

George nunca prestou atenção aos detalhes da vida – multas por excesso de velocidade das suas inúmeras viagens, atrás de uma grande ideia ou outra, ou as contas e as ameaças que nos seguiam de um endereço para outro. Ele estava em Hollywood quando chegou a notificação para o meu irmão, mas de qualquer maneira não teria prestado atenção nela, e Val não era muito melhor para lidar com coisas desse tipo. Ao ler a carta da comissão, ela tinha ficado momentaneamente nervosa, mas era uma mulher que levava a vida como se não tivesse o poder de alterar o resultado de coisa nenhuma.

– Eu não sei como encontrá-lo – ela disse para ninguém em particular, atirando a carta no lixo, junto com outros lembretes amáveis ou menos amáveis de contas não pagas. – Só sei que ele está em algum lugar na Costa Oeste.

As cartas continuaram chegando. Depois houve um telefonema. Depois do seu aniversário no dia 30 de dezembro, Ray tinha se tornado o número três na loteria do alistamento; o status dele era agora de 1A. Ele foi intimado a se apresentar diante da comissão de alistamento dentro de duas semanas ou seria considerado como estando em desobediência para com o governo federal.

– O que eu posso dizer? – disse Val ao telefone. – Se eu soubesse onde achar o meu filho, eu mesma estaria falando com ele.

Era o verão de 1970. Pelo quinto ano seguido, eu estava trabalhando como garçonete (e à noite num laboratório) para juntar dinheiro para a universidade, morando em casa. Nessa altura – com a guerra se expandindo, o número de soldados mortos chegando a quarenta mil –, Ray era oficialmente um criminoso, e havia um mandado de prisão contra ele.

Em algum momento daquele mês de agosto, nós finalmente tivemos notícias suas. Embora nunca tivéssemos mandado dizer nada – sem saber como fazer isso –, Ray deve ter calculado a situação em que se encontrava.

– Eu estou indo para o Canadá – ele disse quando ligou. – Vocês provavelmente não me verão por muito tempo.

– Como podemos falar com você? – perguntei a ele.

Apesar de termos sido sempre completamente diferentes um do outro, adorava o meu irmão. Não podia imaginar a vida sem ele.

– Eu provavelmente estarei na Colúmbia Britânica – ele disse. – Um cara que eu conheço está indo para lá. Talvez me torne um pescador.

Eu tentei imaginar o meu irmão num barco. Não era exatamente o destino que nos fizeram esperar durante todos aqueles anos. Ele não parecia o tipo de pessoa que desse para pescador, mas, se me perguntassem que tipo de pessoa ele era, eu teria dificuldade para responder. Ele era do tipo que fazia o melhor passe de gancho já visto no basquete e depois parava de treinar pouco antes da decisão do campeonato. Ele era do tipo que leu para mim um livro inteiro da trilogia de Tolkien, toda noite durante três meses, e nunca mais fez algo parecido. Ele era do tipo que podia passar o dia inteiro encostado numa árvore, emitindo os sons mais fantásticos na sua gaita, mas que, quando alguém o convidava para entrar numa banda, sacudia os ombros e dizia que não sabia tocar direito.

— Você tem que ligar para nós quando chegar lá — disse a ele.

— Preciso saber onde encontrar você.

— Mas a ideia é *não* ser encontrado. A ideia é desaparecer.

— Se você for embora, eu não vou ter ninguém.

Eu estava com 20 anos, mas tinha aprendido havia muito tempo a não contar com George e Val para nada.

— Você vai ter a mesma pessoa que sempre teve, Dana — ele disse. — Você mesma. A única pessoa estruturada entre todos nós.

E então ele foi embora. Ao contrário de George, que se afastava por longos períodos, Ray não enviou cartões-postais contando suas aventuras, relatando progressos, cheios de pontos de exclamação, prometendo que o sucesso estava 99,9% garantido. Depois que Ray foi para o Canadá, ele desapareceu.

— Você vai poder olhar de frente para eles quando aparecerem na porta, e dizer que não faz ideia de onde eu possa estar — ele tinha dito, pouco antes de desligar. — E estará dizendo a verdade.

Ele tinha razão. Um homem de uniforme militar apareceu procurando pelo meu irmão. Ele entregou a Val um papel dizendo que Ray agora estava oficialmente listado como criminoso, por não ter se alistado no serviço militar em tempo de guerra — e que a recusa em informar onde ele poderia ser encontrado também era crime. Aquele papel ela não se conteve apenas em jogar fora. Ela o queimou.

Naquela época, nas noites em que eu não estava trabalhando e a televisão estava ligada, e aparecia alguma notícia sobre o Vietnã, eu assistia a Val sacudir a cabeça, como se encontrasse algum consolo ao ver os rostos magros e desesperados dos filhos de outras mulheres, em seus capacetes e jaquetas militares.

— Pelo menos ele não está lá — Val dizia, quando apareciam na televisão imagens de aldeias em ruínas e soldados saltando de aviões no meio da selva. Eu nunca tinha visto Val demonstrar tanta preocupação pelo meu irmão como demonstrou quando ele não estava mais lá para ver.

Quanto a mim, eu sonhava em desaparecer também, embora meu sonho fosse a faculdade, e era para isso que eu estava economizando desde o ginásio. Na minha cabeça, eu via uma mulher de vestido comprido caminhando na minha direção com os braços abertos. Eu mesma nunca usava vestidos. Mas gostava de garotas que usavam. Eu as via apertando meus ombros e acariciando o meu rosto de um modo que eu jamais havia experimentado. Eu me via passando as mãos pelos cabelos delas. Nós estávamos em algum lugar no campo, sem ninguém por perto.

A imagem mais clara que eu conseguia formar disso: aquele lugar onde eu tinha me deitado naquele dia, na fazenda de Edwin Plank, com o sol batendo no meu peito e o gosto de morangos em minha boca, sentindo o perfume do feno recém-cortado.

RUTH

Desenhando modelos vivos

N O PRIMEIRO ANO da faculdade de arte, nós fazíamos muito desenho de figuras. Eu sempre tinha sido boa nisso por causa de todo o tempo passado no estábulo com meu caderno de desenho. Agora nós tínhamos um modelo nu todos os dias – às vezes homens, às vezes mulheres. Eu descobri que não sentia desejo algum por aqueles modelos nus masculinos. Eu via o corpo humano tão clinicamente quanto um médico olha para um paciente na mesa de operação. Não fazia diferença se o meu trabalho do dia era desenhar uma mão ou um vaso de flores ou o corpo nu de um homem. O importante era fazer isso bem.

E eu fazia. Duas semanas depois do início das aulas, minha professora de desenho de modelos vivos me chamou.

– Você tem muito talento para desenhar figuras, Ruth – ela me disse. – Vou passar você para a minha turma mais avançada.

Eu também tinha aulas de teoria da cor, fazia um curso sobre história da arte, e tinha uma aula de gravura, mas a aula de que eu mais gostava era a de modelo vivo. Eu agora desenhava o tempo todo, e nos fins de semana passava horas no Museu de Belas Artes, sentada nos bancos, copiando os belos desenhos da renascença italiana e os estudos de Michelangelo, Raphael e Botticelli. Naquela primavera, um desenho que eu fiz da minha colega de quarto – uma garota do Texas cujo interesse era grandes desenhos abstratos – ganhou o prêmio de melhor desenho de aluno num concurso da faculdade.

Minha mãe, ao receber a notícia, e sempre cética a respeito do custo da minha educação, quis saber se esse prêmio era em dinheiro. Meu pai foi até lá para ver a exposição, e depois me levou para jantar no North End, num restaurante recomendado pelo único italiano que ele conhecia em New Hampshire, seu empregado de longo tempo, Victor Patucci. Casado agora, com um filho a caminho, parecia que Victor tinha abandonado sua velha ambição de assumir a fazenda Plank e tinha se resignado a cuidar da estufa.

– Essas pessoas que posam para vocês na faculdade – meu pai disse. – Elas não se importam de tirar a roupa e deixar que todos os alunos fiquem em volta olhando?

– Isso é arte, pai. Eles são pagos para isso. Ninguém acha nada demais.

– Os tempos mudaram mesmo – ele concluiu, cortando o espaguete em pedacinhos com o garfo, do jeito que sempre havíamos feito na fazenda. – Quando eu era jovem, faziam tanto barulho por causa disso tudo que deixavam você maluco. Se as pessoas pudessem conversar sobre essas coisas e não agir como se tudo fosse tão pecaminoso, talvez não tivéssemos nos metido em tanta encrenca.

"Que tipo de encrenca?" Eu poderia ter perguntado, mas não perguntei.

O prêmio de desenho que eu ganhei incluía, de fato, uma quantia em dinheiro, mas apenas cem dólares. E minha mãe tinha uma certa razão em se preocupar com finanças, porque, mesmo com a minha bolsa de estudos, pagar os cursos – sem falar no material – estava começando a ficar quase impossível.

Eu vi um anúncio no *Phoenix*. "Precisa-se de artista. Deve possuir muita habilidade em desenhar nus. Salário mínimo agora, mas perspectivas de ganhos futuros para a pessoa certa." Liguei para o número e marquei uma entrevista em Jamaica Plain, praticamente no final da linha do metrô. Minha colega de quarto, Tammy, ficou com medo que o cara que eu ia ver fosse algum pervertido que administrasse uma rede de prostituição ou de tráfico de escravas brancas, mas eu não fiquei nem um pouco preocupada com isso. Uma das boas coisas de ter quase 1,80m era que os homens tendiam a não se meter com você.

Afinal, o cara que tinha posto o anúncio não era nenhum pé-rapado. Josh era pequeno e magro, não muito mais velho do que eu, embora já tivesse um início de calvície. Ele usava óculos de lentes grossas e, julgando pelos livros em sua estante, parecia gostar de poesia beat e de filosofia oriental. Mesmo antes de ele abrir a porta do apartamento, pude ouvir a música que estava tocando lá dentro: Marvin Gaye. Enquanto que a maioria dos meus colegas de faculdade ouviam Bob Dylan e Neil Young, ou Joni Mitchell, ou Linda Ronstadt, Josh Cohen era um cara estritamente R & B.

Um exemplar de *Tudo o que você sempre quis saber sobre sexo (mas tinha medo de perguntar)* estava sobre a mesa, ao lado de um cachimbo.

– Você sabe quantos exemplares foram vendidos deste livro? – Josh perguntou. – Milhões. O cara que bolou o livro está feito para o resto da vida.

"A questão é que isso prova que existe mercado para mais livros como este."

– Mas as pessoas já compraram esse livro – eu disse.

– A sua mãe só tem um livro de receitas? Ela só lê uma única história?

O simples fato de pensar na minha mãe, naquele cenário, já era algo chocante. E, de fato, embora tivesse vários livros de receitas – quase todos escritos por grupos de mulheres de igrejas luteranas para levantar fundos em algum bazar – ela era um exemplo perfeito de mulher que só lia uma história. A que ela acreditava que tinha sido escrita por Deus. Mas eu entendi o que ele estava querendo dizer.

– Estou procurando um artista para trabalhar comigo na criação de um outro manual sobre sexo – ele disse. – Meu orçamento é limitado, mas, se eu gostar do seu trabalho, posso dar-lhe uma participação nas vendas.

Josh vinha de Nova York. O pai dele trabalhava no comércio de tecidos. Ele sabia vender como o meu pai sabia plantar milho. Aquilo fazia parte da sua natureza.

Eu aceitei o emprego. Pela primeira vez na vida desde que tinha uns 6 anos, eu não passei o verão trabalhando nos campos e na barraca da fazenda Plank. Em vez disso, sete dias por semana eu tomava o metrô para Jamaica Plain para desenhar figuras de homens e mulheres, também contratados por Josh através de anúncios no *Phoenix*, executando uma incrível variedade de atos sexuais.

Eu trabalhei no livro – *Êxtase sexual* – até o Dia do Trabalho, quando entreguei os últimos desenhos. A maior parte dos desenhos era focada apenas nos corpos dos amantes, mas a última imagem que eu criei – minha *pièce de résistance* – mostrava um homem e uma mulher numa cozinha estilo hippie (um belo pão de forma sobre a mesa, maços de ervas pendurados nas vigas). Eles estavam se divertindo sobre a bancada da cozinha.

A soma total do que eu ganhei com os 127 desenhos eróticos/educativos que criei para o projeto de Josh Cohen chegou a 1.270 dólares. Para explicar a minha ausência de casa, tive que dizer à minha mãe que tinha conseguido um emprego de verão no Filene's, sem pensar que isso levaria minhas irmãs a perguntar se eu tinha desconto como empregada e, caso tivesse, se elas podiam vir fazer compras comigo. Eu nunca as vira tão interessadas em alguma coisa que eu estivesse fazendo.

Ironicamente, passei o verão com gente que não usava roupa alguma. Da manhã até a noite, ficava sentada numa cadeira dura, desenhando atos sexuais, mas quando voltava para o meu pequeno apartamento, perto de Central Square, eu ficava sozinha, embora de vez em quando algum homem me convidasse para sair. Eu sempre recusava. Não conseguia tirar Ray Dickerson da cabeça.

Dana

Partindo

Eu me matriculei na faculdade. De todos os lugares onde meus pais tinham morado, o que eu me sentia mais ligada era New Hampshire – o estado onde eu tinha nascido, o único lugar onde nós tínhamos possuído uma casa – então escolhi a universidade estadual de lá. A universidade de New Hampshire era famosa pelo seu departamento de agricultura, e esse sempre foi o meu interesse. A faculdade ficava a menos de uma hora de carro da fazenda Plank.

Eu estudava biologia e química de solo, agricultura, pecuária. Nos dois anos anteriores, tinha trabalhado nos fins de semana e nas férias como garçonete, o que me rendeu dinheiro suficiente para o primeiro pagamento do meu curso. Para o resto, eu estava contando em conseguir trabalho.

Como parte da minha bolsa de estudos, fui trabalhar nos estábulos experimentais. Uma das minhas tarefas era rotular e catalogar diversas amostras de esperma de touros reprodutores – uma tarefa para a qual os meus anos de tentativa de manter em ordem as culturas de iogurte no caos da cozinha da minha mãe tinham me preparado muito bem. Fui logo promovida ao posto mais importante de coletora de espécimes – uma arte que tinha um certo grau de perigo. E fui trabalhar no estábulo de Pequenos Animais de Criação, onde descobri o meu amor pelas cabras.

Estava feliz trabalhando no estábulo. Gostava de ouvir o mugido do gado nas noites em que trabalhava até tarde, e do som suave e ritmado que eles faziam enquanto comiam na gamela e eu limpava suas baias. Quando terminava o meu trabalho – depois de ter trancado os cercados, rotulado os meus frascos e guardado todos eles nos suportes apropriados, na geladeira, tirado o macacão e vestido minha calça cáqui para voltar ao campus, sentia uma grande satisfação por tudo o que me cercava.

Pedalando minha bicicleta de volta para o refeitório ou para o dormitório, eu me via muitas vezes assobiando de um jeito que Edwin Plank costumava fazer.

– Eu amo o mundo – eu disse alto uma noite, indo de bicicleta do estábulo para casa.

Não achei que alguém fosse ouvir, mas uma mulher emparelhou a bicicleta dela com a minha.

– Eu também – ela disse. – Esse é um traço muito raro.

Ela parecia ter mais ou menos a minha idade, embora mais tarde eu viesse a saber que ela era vários anos mais velha. Clarice cuidava muito bem de si. Qualquer um que imagine que o fato de ser lésbica signifique que a mulher não seja atraente nunca conheceu Clarice. Seus cabelos eram compridos e cacheados, amarrados atrás com uma faixa estampada, e, embora estivesse andando de bicicleta, usava brincos compridos que balançavam e batiam no seu pescoço comprido e elegante enquanto ela pedalava. Suas unhas estavam pintadas com um esmalte cor de pérola – algo que não se costumava ver numa pessoa que estudasse na Faculdade de Agronomia.

Ela era professora assistente de história da arte na universidade. Eu me lembro de pensar que isso era bom. Não tinha nenhum interesse em ter aulas de história da arte. Ela não ia ser minha professora, pelo menos não de história da arte.

– Eu adoro pedalar a esta hora do dia – ela disse. – A luminosidade dos campos fica diferente. Você já viu o trabalho de um pintor chamado Turner?

Eu poderia ter contado a ela que meu pai um dia comprou uma pintura que era supostamente de Turner – um dos seus diversos negócios malsucedidos. Mas calei a boca.
– Um pintor inglês – ela disse. – Do século XIX. As pinturas dele têm um tratamento maravilhoso de luz sobre paisagem.
– Eu estou na escola de agricultura – contei a ela.
– Uma fazendeira. São poucas. Você cresceu numa fazenda?
– Não.
Eu hesitei. Eu nunca tinha sido capaz de explicar, realmente, de onde ou de quem eu vinha.
– Minha mãe é artista, eu acho – eu disse, e os olhos dela se iluminaram ao ouvir isso. – E meu pai...
"Sumiu" eu disse a ela. O modo mais adequado que eu encontrei para descrever George.
O dela também, ela me disse. Ou, pelo menos, não falava mais com ela.
– Meus pais não aprovaram certas escolhas que fiz – disse ela.
Ela saltara da bicicleta e estava andando do meu lado enquanto falava. Então me disse o seu nome. Eu já tinha olhado para o traseiro dela no assento da bicicleta. Agora eu podia ver suas pernas fortes e elegantes.
– Você tem planos para o jantar? – ela me perguntou.
Não foi uma decisão difícil, desistir do refeitório.
Nós conversamos a maior parte da noite. Até pararmos de conversar, e, quando paramos, também foi bom.

RUTH

Faça amor, não faça guerra

EU NÃO TIVE NOTÍCIAS de Josh Cohen por um bom tempo. Já tinha quase esquecido o livro *Êxtase sexual* quando recebi um telefonema dele na primavera seguinte.

— A procura tem sido fantástica — ele contou. — Meu pai encomendou uma segunda edição.

Uma segunda edição era novidade para mim. Nem tinha sabido da primeira.

— Quantos exemplares?

— Mil e quinhentos, e continua vendendo.

Em vez de tentar encontrar uma editora para publicar seu livro, Josh tinha resolvido publicar e vender por conta própria, com a ajuda do pai, o vendedor de tecidos. Evidentemente, eles estavam anunciando o nosso pequeno manual de sexo em lugares como a seção de sexo exótico dos jornais, e em festivais de música e manifestações contra a guerra. O anúncio era simples e direto: "Faça amor, não faça guerra — e aprenda aqui como."

Os custos de produção do livro eram um pouco incertos, mas o preço era imbatível: $2.99. Minha parte nos lucros, dez centavos por livro.

Naquele mês de abril, Josh me enviou um cheque de 2 mil dólares. No mês seguinte, chegou um cheque de mais mil. Quando o verão começou, eu já tinha pago meu empréstimo escolar e tinha dinheiro suficiente para cobrir as despesas com instrução no ano seguinte. Até então eu tinha ganhado mais dinheiro do que o meu pai levantava num verão trabalhando na nossa fazenda.

Nunca tinha me ocorrido, quando eu estava fazendo aqueles desenhos, perguntar a Josh como eles iam ser apresentados, mas, quando finalmente pus as mãos num exemplar, descobri meu nome na folha de rosto. *Texto* (na realidade, o texto consistia apenas de nomes que ele tinha inventado para as posições) *de Josh Cohen. Ilustrações de Ruth Plank.*

Eu guardei segredo do livro, especialmente da minha família, embora concordasse em ir a uma convenção com Josh no Arizona, na primavera, durante o recesso escolar. Dois quartos no hotel, e ele pagaria a minha passagem.

A convenção era na verdade uma exposição de vibradores e brinquedos sexuais e todo tipo de coisas que eram vendidas em lojas na Harvard Square — instrumentos de sopro e cristais e coisa para dança do ventre. Um dos negociantes estava vendendo espéculos vaginais. Muita gente estava vendendo óleo de massagem e velas, algumas com interessantes formas anatômicas. Os participantes eram mais velhos do que nós, mas ainda razoavelmente jovens — a maioria por volta dos trinta anos. Mais mulheres do que homens. Feministas, lésbicas, hippies e artistas.

— Você fez essas ilustrações? — um homem me perguntou. Ele deu um exemplar do livro para eu autografar. — Você tem muito talento, cara. Me diz uma coisa, você sabe fazer todas essas posições?

O estranho era que eu não tinha experimentado nenhuma delas. Eu tinha 22 anos nessa época — morando sozinha em Boston como estudante de arte — e ainda era virgem. A principal experiência sexual da minha vida — virtualmente a única — tinha acontecido durante o tempo em que passei em Woodstock com Ray Dickerson.

— Eu tenho um namorado — eu disse, só para me livrar dele.

— Que pena. Eu gostaria de levar você para o deserto e transar até não poder mais.

Dana

Nem a metade

TINHA HAVIDO UM MOMENTO explosivo em que Val e George anunciaram que não amavam mais um ao outro. Não foi um dia difícil e traumático o dia em que George partiu. A verdade era que George estava sempre partindo. Ele viajava tanto que era difícil dizer onde estava morando, ou para onde estava indo, ou qual o objetivo da viagem. Desde que eu consigo me lembrar, George estava sempre desaparecendo. Então, quando ele desapareceu para sempre, levei muito tempo para notar.

Ele tinha ido para Nashville com um monte de letras de música na mala e algumas fitas demo que tinha feito no nosso gravador de rolo. Uma delas era a canção de amor que ele tinha imaginado George e Tammy cantando juntos, embora nessa altura eles já tivessem se separado, então ele estava procurando outra dupla para fazer de sua canção o sucesso estrondoso que sabia que ela ia ser.

Minha mãe recebeu alguns cartões-postais de Nashville, depois um de Austin, dizendo que Nashville não era mais o lugar da música country, e sim Austin. Depois um cartão de Nashville de novo, para dizer que ele tinha um encontro marcado com uma grande estrela em ascensão, embora não pudesse dizer o nome dela. Depois ele ligou de Portland, no Maine, para dizer que tinha conseguido uma carona para o norte com um amigo músico, da Flórida (Flórida? Quem fazia música na Flórida?) e se eu podia me encontrar com ele para jantar.

Era a primeira vez em um ano que eu via George, e possivelmente a primeira vez que ele tinha me procurado. Assim que nos sentamos no restaurante, o motivo ficou claro.

– O problema com fitas demo hoje em dia – ele disse – é que ninguém consegue nada se não tiver uma qualidade de som profissional. O que eu preciso para deslanchar o meu trabalho é contratar um produtor classe A e uns bons músicos de estúdio para gravar minhas composições, para eu conseguir chegar nas mãos das pessoas certas. Acho que com mil dólares eu conseguiria fazer isso. Eu sei que você guardou algum dinheiro para a faculdade, mas só vai precisar dele no ano que vem. Eu estava esperando que você pudesse me ajudar nesse meio-tempo.

Eu olhei para ele do outro lado da mesa do restaurante – a camisa estilo western, o rosto bronzeado (eu adivinhei) de uma sessão de bronzeamento artificial. Três dias antes, quando recebi o telefonema dele, eu tinha tido uma pequena esperança de que talvez o nosso relacionamento fosse um pouco mais afetuoso do que imaginava.

– Meu pai quer jantar comigo – eu tinha dito a Clarice. – Sei que não devia ligar, depois de ele ter negligenciado tanto a família, mas não posso evitar. Eu estou contente.

– Isso é bom – ela disse, com os braços ao redor do meu pescoço. – Mas tome cuidado. Eu não quero que você se machuque.

Agora George estava estendendo a mão para o seu drinque.

– Eu devolveria o dinheiro em três semanas. Quatro semanas no máximo. O primeiro cheque que eu receber, mando para a minha garotinha.

Larguei o garfo. Eu tinha pedido frango, mas todo o meu apetite tinha desaparecido. George comeu um pedaço do seu bife.

– Eu não sou a sua garotinha – eu disse. – Nunca fui.

– Eu sei, eu sei. Você está bem crescida. Como o tempo passa depressa. Eu me lembro de quando você era só um bebê.

– Lembra mesmo? – perguntei a ele. – Porque eu mal me lembro de você. Você nunca estava por perto.

– Eu estava fazendo negócios, meu bem. Não é fácil sustentar uma família. Fique sabendo.
– Como assim? – questionei. – Você nunca cuidou de nada. Deixou tudo por conta de Val, e ela também não foi muito boa nisso.
– Foi por isso, provavelmente, que nós criamos filhos tão independentes e bacanas – ele disse. – Vocês nunca tiveram nada de bandeja. Uma coisa que eu queria que meus filhos herdassem de mim era autoconfiança. E veja como você se saiu bem. Você sabe se virar, isso é certo.
Eu olhei duro para ele.
– Se alguém foi responsável por eu ter me tornado quem eu sou, esse alguém não é você – eu disse. – Se eu me dei bem, não foi por sua causa. Foi apesar de você.
– Ouça. Eu diria que agi bem com você, considerando as circunstâncias.
"A sua mãe" ele começou, mas a frase não foi a lugar nenhum. "A sua mãe também estava aprontando" ele afirmou, finalmente. "Você não sabe nem a metade."
– O que Val fez ou deixou de fazer não importa. Pelo menos ela não nos abandonou.
Eu me levantei da mesa.
Nós nunca mais nos falamos.

RUTH

Uma questão de anatomia

MINHA MÃE e Nancy Edmunds vieram ficar comigo no fim de semana. Elas faziam parte de um grupo que costurava colchas – a única atividade não relacionada à igreja da minha mãe, além da nossa fazenda. Havia uma exposição de colchas de Appalachia de que elas tinham ouvido falar e queriam ver. Tinha sido ideia de Nancy aproveitar para passar o fim de semana fora – viajar de carro, ver a exposição de colchas e talvez visitar o Filene's, ou o Freedom Trail, comer frutos do mar na beira da água, e dormir na minha casa. Nancy podia dormir no sofá e minha mãe podia dormir comigo.

Esta era a primeira vez nos quase dois anos que eu estava em Boston que minha mãe visitava o meu apartamento. Ela não tinha vindo quando eu me mudei, nem para a exposição onde o meu desenho foi premiado. Ao saber da sua visita, senti uma mistura de irritação e excitação. Depois de todo esse tempo, eu nunca tinha superado o desejo de agradar-lhe e a decepção toda vez que fracassava.

Nós estávamos no restaurante, comendo a sobremesa, quando Nancy puxou o assunto.

– Nós ouvimos dizer que você publicou um livro. Uma realização e tanto.

Eu estudei a minha fatia de torta, sem conseguir dizer nada. Em nenhum momento das últimas horas que eu tinha passado

com minha mãe o comportamento dela em relação a mim tinha me parecido diferente do que sempre fora. Amigável, mas distante.
— Não exatamente — eu disse, com a boca seca. — Só estava ajudando um amigo. Como você soube?
— Um freguês na barraca da fazenda — respondeu minha mãe.
— Uma moça comprando tilápias. Ela perguntou se nós éramos parentes da artista que tinha feito os desenhos de um livro que ela comprara.
— Que tipo de livro é esse? — Nancy perguntou. — Nós ainda não vimos nenhum exemplar.
— É uma coisa ligada a anatomia — eu disse a ela. — Eles acharam que eu faria um bom trabalho por causa do meu desempenho nas aulas de desenho.
— Todas as minhas filhas mostraram ter talento para desenhar — afirmou minha mãe. — Você precisava ter visto os desenhos de Snoopy que Naomi costumava fazer. Eles publicaram um no jornal.
Excepcionalmente, ela não mencionou Dana Dickerson. Não me escapou, é claro, que pela primeira vez a falta de interesse da minha mãe tinha servido para alguma coisa. Ela nunca mais perguntou sobre o livro, embora Nancy tivesse tocado no assunto uma ou duas vezes.
— Não se esqueça de trazer um exemplar para casa um dia desses — ela disse.
Eu não levei, e ninguém comentou nada.

Dana

Uma boa cerca

PELA PRIMEIRA VEZ NA VIDA, eu estava feliz. Tinha terminado o bacharelado na Faculdade de Agronomia da UNH. Estava morando em Newmarket com Clarice, que lecionava em tempo integral na universidade. Sentia-me culpada por não estar podendo pagar a minha parte das contas, mas ela disse que eu não me preocupasse, que uma coisa compensava outra. Eu tinha uma horta grande nos fundos que nos alimentou o verão inteiro, e, quando chegou o outono, enchi potes com vagens, picles e beterrabas, e meu molho de tomate feito em casa. Toda noite, quando Clarice chegava do trabalho, eu estava com o jantar pronto e velas acesas. À noite, em nossa cama, eu massageava seus lindos ombros, suas costas estreitas, tensas de tanto corrigir provas. Nunca me cansava de olhar para seu rosto bonito, inteligente e bondoso.

– Você é tão bonita – eu dizia a ela. Não conseguia me conter. Eu dizia isso a ela todo dia.

"Eu amo o seu corpo", eu dizia.

– Sinto o mesmo por você – ela murmurava, embora nós duas soubéssemos que eu estava longe de ser bonita – meu corpo parecia um toco de árvore, meu rosto era quadrado e comum. Eu imaginava a batata que Edwin Plank teria tirado do bolso para me representar: pálida, redonda e feia. Enquanto o cabelo de Clarice caía até o meio das costas numa exuberante massa de cachos dourados, o meu era ralo e espetado, cortado bem curto como o de um rapaz.

— Para mim, você é linda — ela dizia, acariciando o meu rosto.

Eu tinha um plano. Queria encontrar um pedaço de terra na região costeira, perto o suficiente da universidade para Clarice poder ir e vir com facilidade. Não muita terra como a fazenda Plank, apenas alguns acres onde eu pudesse cultivar verduras diferentes como as que estavam entrando na moda como uma alternativa à alface lisa e crespa. Eu também gostaria de plantar morangos e framboesas.

Eu tinha um dinheiro guardado. Não era muito, alguns milhares de dólares apenas. Quando eu ia ver uma propriedade, o que tinha começado a fazer, era tudo muito acima das minhas posses.

— Por que não esperamos para ver essa propriedade quando o seu marido puder ir conosco — os corretores de imóveis diziam quando eu pedia para eles me mostrarem uma lista.

Quando eu dizia que não era casada, eles fechavam o livro.

Um fim de semana, eu fui até Eliot, Maine — logo depois da fronteira de New Hampshire —, para ver uma coisa que queria comprar de aniversário para Clarice. Era uma cama de ferro antiga, anunciada para vender no *Pennysaver*. Eu sabia que Clarice sempre quisera ter uma.

O homem que estava vendendo a cama devia ter quase 90 anos. A esposa dele tinha morrido recentemente e depois de dividir a cama com ela por 63 anos, ele não conseguia mais dormir nela.

Fletcher Simpson tinha morado na casa a vida inteira. Era uma casa pequena, apenas dois quartos (um para ele e a esposa, o outro o quarto de costura dela, já que eles não tinham tido filhos). Havia uma varanda e um jardim de sempre-vivas e, nos fundos, canteiros com ruibarbo e aspargos e todo tipo de ervas, e três tipos de frutas vermelhas. Ele tinha plantado uma ameixeira em comemoração ao quinquagésimo aniversário de casamento deles.

Eu disse que aquele era exatamente o tipo de lugar que eu sonhava possuir um dia. Tive a intuição de que podia falar francamente com ele, então disse que estava procurando uma propriedade como aquela para morar com a minha namorada e criar cabras e começar a produzir queijo de cabra. Nós teríamos uma barraca para vender produtos, talvez – bem pequena. Do tipo onde você deixa buquês de zínias com uma jarra ao lado para as pessoas colocarem dinheiro, confiando na honestidade delas, e elas honram a confiança.

– Quanto você quer pagar? – ele perguntou.

Eu disse a ele que tinha economizado 13 mil dólares. Mesmo em 1974, isso não era muito.

– Vou combinar uma coisa com você – Fletcher disse. – Você me paga isso, para eu poder me mudar para a Flórida. Toma conta do meu cachorro, e no dia primeiro de cada mês me manda um cheque de cem dólares. Isso fica entre nós dois, sem envolver o governo.

Seis semanas depois, ele tinha assinado a escritura e Clarice e eu nos mudamos para lá. Ajudamos Fletcher a fazer as malas, primeiro, depois o levamos de carro até Boston e o colocamos no avião para Fort Lauderdale. Prometemos enviar regularmente notícias da sua beagle, Katie, o que fizemos.

Nós nunca tiramos a cama de ferro do lugar, é claro. Ela ficou onde estava, e nós dormíamos nela, abraçadas, todas as noites, com Katie roncando a nossos pés. Nos verões, eu cuidava das frutas e verduras – sem esquecer os buquês de zínias, como planejado. Esse departamento era de Clarice.

O ano todo eu cuidava dos animais, e comecei a estudar a arte de fabricar queijo de cabra, que ainda não estava na moda, embora viesse a ficar. Todos os cursos sobre pecuária que eu tinha feito na universidade não tinham me preparado para a realidade de criar cabras – ordenhar uma cabra que acabara de parir, ou o cheiro de um macho no cio, ou acertar o ponto do queijo – mas eu aprendi depressa. Passados dois anos, nós estávamos citadas na revista *Yankee*. As pessoas começaram a comprar nosso queijo mediante boleto bancário, e restaurantes em Burlington e Portland o ofereciam em seus cardápios.

Cabras são animais maravilhosos, inteligentes, afetuosos – engraçados até – embora, se você não tiver uma boa cerca, possa se esquecer da sua plantação de framboesas. Eu aprendi essa lição do jeito mais duro.

Na universidade, Clarice estava no que eles chamavam de "a caminho da estabilidade". Ela não falava sobre sua vida privada, então eu não ia a festas de professores, o que achava ótimo. Nós tínhamos poucos amigos. Só precisávamos uma da outra. Éramos o casal mais feliz que eu conhecia.

RUTH

Ossos e dentes

Depois que minha mãe teve a quinta filha, ficou claro que pela primeira vez em dez gerações não haveria um filho para herdar a fazenda Plank. Um dos irmãos do meu pai não tinha filhos. Outro, como ele, só tinha filhas. O último irmão teve um filho – um menino que eles tinham começado a pensar que poderia vir a herdar a fazenda, embora Jake Plank nunca tivesse se interessado a mínima pela ideia.

Mas isso nunca aconteceu. Três dias depois de chegar ao Vietnã, aos 20 anos de idade, Jake foi morto por fogo amigo perto de uma base do exército em Da Nang. Então só restaram filhas na geração abaixo, e nenhuma de nós tinha entusiasmo suficiente pela vida de fazendeira para lutar o suficiente para ultrapassa o problema do gênero.

De nós cinco, eu era a única que tinha algum interesse pela fazenda, mas, para mim, isso tinha menos a ver com o cultivo da terra e mais com o prazer da companhia do meu pai. Eu queria produzir arte, não milho.

Quando minhas irmãs e eu éramos pequenas, todo mundo estava ocupado demais para pensar sobre a herança familiar. Sobreviver aos dias difíceis, e depois às estações, era tudo o que o meu pai conseguia fazer. Mas, à medida que ele foi envelhecendo, dava para ver que o problema o incomodava. E Victor Patucci, no barracão de ferramentas, lubrificando o trator, ou preparando as encomendas de fertilizantes e sementes, como uma raposa vigiando o galinheiro, lambendo os beiços.

Isso se tornou particularmente evidente quando nossos problemas financeiros pioraram. Embora meu pai tivesse sempre mantido a tradição ianque de pagar à vista e evitar dívidas, quando eu saí de casa, ele e minha mãe estavam fazendo um empréstimo todos os invernos só para conseguir sobreviver até a estação seguinte. Em 1973, o ano em que fiz 23 anos, nós tínhamos um hipoteca de mais de 50 mil dólares na nossa propriedade.

Eu estava morando em Boston na época, trabalhando numa firma de design gráfico (e, ainda, espantosamente, recebendo de vez em quando um cheque pelo *Êxtase sexual*), mas eu fui em casa num fim de semana no outono, para ajudar a vender abóboras alguns dias antes do Halloween.

Mais uma vez estávamos num período de seca, e embora já tivesse passado a época de nos preocuparmos com a colheita, meu pai continuava de olho no pluviômetro e não estava gostando do que via. No meio dos pontinhos cor de laranja onde ficavam as abóboras, nossos campos nunca tinham parecido tão secos.

Era quase hora do pôr do sol, e dava para ver que o tempo estava mudando. Nuvens escuras tinham se juntado no horizonte. As vacas, no estábulo, emitiam sons, inquietas. Depois do seu velho amigo Don Kent, o homem do tempo da WBZ, meu pai confiava no gado para dizer a ele o que estava acontecendo meteorologicamente.

Minha mãe lavava a louça do jantar. Winnie estava lá, para trabalhar com ela numa colcha de berço para a filha de uma mulher da igreja que acabara de ter bebê. Nosso pai lia o jornal, expressando aborrecimento com as notícias. Ele tinha votado em Richard Nixon, mas depois de Watergate disse que nunca tinha confiado no cara.

A princípio achei que alguém tivesse disparado um tiro de revólver no quintal. Depois veio o som, como uma explosão. Quando veio a segunda explosão, notamos tratar-se de um trovão. Saí para a varanda bem a tempo de ver um raio cair no estábulo. Um minuto depois, houve um cheiro de queimado, e começou a sair fumaça do telhado.

– Edwin, pega a mangueira – minha mãe gritou. Ela estava ligando para o serviço de emergência. Nunca tinha visto um prédio pegar fogo antes. Este foi engolido pelas chamas em poucos minutos, as linhas do telhado não mais visíveis debaixo das línguas de fogo. Meu pai tinha calçado as botas – não teve tempo para amarrar os cadarços – enquanto corria para o estábulo. Depois de trinta anos combatendo incêndios em propriedades alheias, ninguém precisava dizer a ele como ficava um estábulo cheio de palha quando um raio o atingia.

Quando chegamos ao estábulo, as chamas tinham atingido as baias, e estavam subindo pelas paredes na direção do telhado. Toda a minha vida eu tinha vivido perto de vacas, mas nunca as tinha visto gemer como agora, com as chamas devorando-as. O ar estava permeado pelos gritos das vacas queimando e pelo som de nossas vozes, gritando e berrando, e pelo cheiro de carne queimada. Na escuridão incandescente, eu vi o balanço no palheiro pegando fogo, girando como um laço ao cair da viga e se espatifar no chão, e, junto com ele, nosso cata-vento.

Os maridos das minhas irmãs vieram correndo – primeiro Andy, depois Chip, Steve e Gary. Nós estávamos pegando qualquer coisa na cozinha que pudesse conter água – a chaleira, os baldes, o coador de café, mas era um esforço tão inútil quanto cuspir nas chamas. Elas tinham atingido o céu agora, onde uma lua cheia brilhava como uma medalha. Até as folhas do bordo ao lado do estábulo estavam queimando. A fileira de espantalhos, que meu pai construíra para atrair compradores de abóboras, queimava como uma parada de aldeões vietnamitas fugindo de um bombardeio aéreo. Na forma bizarra como os incêndios se comportam, a placa que eu tinha pintado aquela tarde – AS MELHORES ABÓBORAS DA CIDADE! ESCOLHA A SUA! – permanecia intacta, mas, ao lado dela, uma fileira de fraldas do bebê da minha irmã Winnie balançava, em chamas, sob o vento mortal. Ao lado do nosso velho caminhão Dodge, meu pai parecia um homem assistindo ao fim do mundo. O que, de certa forma, era verdade.

Finalmente, os caminhões de bombeiro chegaram, e as mangueiras começaram a jorrar água, mas já era tarde demais para salvar o estábulo, ou qualquer coisa que houvesse lá dentro. Vacas, ferramentas, equipamentos, gado. Tudo queimado.

A coisa toda estava terminada por volta da meia-noite, embora o rescaldo continuasse ardendo durante dois dias. Minha mãe, a que se saía melhor diante de uma crise, sugeriu que nós mesmas colhêssemos as abóboras e as levássemos até a casa de um vizinho para vender. Ninguém iria querer vir à fazenda Plank agora para uma tarde divertida com os filhos. Apenas para trazer travessas de comida e compaixão.

Nós tínhamos seguro, mas não o suficiente. Uma das vacas tinha escapado do incêndio – uma velha leiteira chamada Marilyn, cuja baia ficava mais perto da única porta aberta. Ignorando as palavras dos bombeiros, meu pai tinha corrido para o estábulo para soltá-la momentos antes de a viga principal desabar. Do resto, só sobraram uns poucos ossos e dentes. Minha mãe cuidou deles. Meu pai, embora não tenha chorado, não teria aguentado ver aquilo.

Na primavera, nós reconstruímos, mais ou menos. Para economizar, e para conseguir que o prédio ficasse pronto o mais rápido possível, meu pai escolheu uma estrutura de metal pré-fabricada que Victor tinha achado, com um telhado laminado para substituir o velho estábulo de madeira que tinha estado na propriedade desde que o meu tataravô Gerald Plank ergueu as vigas com a ajuda dos vizinhos em 1857. Esse tinha sido um dia que a esposa dele registrara numa carta para a mãe dela.

"Quando a última viga foi erguida", ela escreveu, "os homens desceram das escadas para uma refeição composta de pão de milho e ensopado de carne que eu e as outras esposas preparamos. Todos menos o meu bom marido, que, como manda a tradição, amarrou uma arvorezinha no ponto mais alto. Ela vai ficar lá por algumas estações, eu imagino, mas o estábulo em si eu espero que esteja de pé bem depois que Gerald e eu tivermos voltado ao pó."

Nós compramos outro trator, é claro – um Ford 8N usado, arrematado num leilão.

– Este não vai ter que durar tanto mesmo – meu pai observou calmamente para a minha mãe quando o trouxe para casa, um triste substituto do nosso Massey Ferguson de um vermelho brilhante. – Não há uma outra geração de Plank aguardando para assumir este lugar.

Ele substituiu também nossas ferramentas, e comprou uma segadora, mas o incêndio marcou o fim dos dias de leite e creme frescos na mesa obtidos das vacas que meu pai chamava de "nossas garotas". Meu pai não tinha mais ânimo para isso, segundo ele.

Uma semana depois do incêndio, meu pai recebeu o primeiro telefonema de uma construtora – um conglomerado de Nashua que tinha sabido do desastre e, evidentemente, achou que era um bom momento para fazer uma oferta pela nossa propriedade. A Meadow Wood Corporation estava procurando terra para construir condomínios de casas bonitas e baratas em regiões rurais que fossem suficientemente próximas de hospitais e lojas para atrair a próxima geração de jovens casais, o homem disse – um projeto que ia começar com casas para famílias que estavam aumentando e depois ia incluir moradia assistida e uma clínica 24 horas. Eles gostariam de enviar um representante para conversar com nossa família sobre uma possível venda, em termos altamente atraentes, ele assegurou.

– Que audácia desse sujeito – meu pai disse, depois de desligar o telefone. – Intrometendo-se na privacidade de um negócio familiar num momento difícil, mostrando a carteira.

Em janeiro, ele estava fazendo sua encomenda ao Sementes A-1 do Ernie, como sempre. Mas nós todos sabíamos que, se alguma coisa não mudasse, em pouco tempo eles conseguiriam comprar a propriedade.

PARTE II

RUTH
Um universo de três

Depois da minha formatura na faculdade – uma cerimônia assistida por meu pai e minha mãe, coisa rara de acontecer – fiquei morando em Boston. Eu estava trabalhando numa firma de design, mas também estava pintando à noite e nos fins de semana. Sentia muita falta de certas coisas da fazenda – o cheiro do estábulo, o gosto de vagens frescas cruas, tiradas do pé, o céu noturno quando não há nenhuma luz para diminuir o brilho das estrelas. Mas, principalmente, foi um alívio descobrir, depois de tantos anos, que as antigas tristezas que eu tinha sentido a vida toda – o vento gelado da decepção da minha mãe, o carinho das minhas irmãs umas pelas outras e a distância que mantinham de mim – não doíam mais tanto quanto antes. Meu pai era a única pessoa da família à qual eu me sentia profundamente ligada – mas até mesmo o carinho e o cuidado dele pareciam, às vezes, uma tentativa óbvia demais de me compensar pelo que eu não recebia da minha mãe e das minhas irmãs.

– Você tem alguém especial na cidade grande? – ele me perguntou uma vez, quando fui passar um fim de semana em casa, em maio, para ajudar a plantar tomates. Para o meu pai – um homem que geralmente restringia suas conversas comigo a novas variedades de milho, ou às diferenças entre o índice de gordura do leite das Guernseys *versus* as Holsteins, ou ao progresso de suas tentativas em criar uma nova variedade de morango precoce superdoce – essa era uma pergunta extraordinariamente íntima.

– Eu tenho um encontro de vez em quando – eu disse, não dando muita margem a mais conversa sobre o assunto.

A verdade era que, nas raras ocasiões em que eu saí com homens durante aqueles anos, a experiência não foi das melhores. Quase toda vez que o homem sugeria que fôssemos juntos a algum lugar – geralmente a um cinema, ou jantar, ou tomar uma cerveja em Harvard Square – eu me via contando os minutos até conseguir voltar para o meu apartamento.

Não havia nada de tão terrível nesses homens. Só que não havia nada neles que me atraísse e, na ausência disso, eu não via sentido naquilo tudo. Quando me beijavam, eu registrava a sensação dos seus lábios sobre os meus, de suas mãos se movendo em minhas costas ou possivelmente sobre os meus seios, mas com o distanciamento de uma pessoa que está desenhando uma cena e não a vivendo. Eu não sentia nada.

Eu era uma virgem de 24 anos. A única pessoa com quem eu falava sobre isso, por mais estranho que pareça, era Josh Cohen. Nós não nos víamos regularmente, mas ao longo dos anos, desde que ele me contratara para fazer as ilustrações de *Êxtase sexual*, tínhamos cultivado uma amizade.

Josh gostava de experimentar coisas novas. Ele me contava sobre as orgias de que participava e dos fins de semana que passava em lugares remotos em Vermont ou no Maine ou no interior de Nova York, onde as pessoas andavam nuas, trocando livremente de parceiros – numa época em que ninguém tinha que se preocupar com as implicações desse tipo de comportamento para a saúde.

Quanto a mim, os segredos da minha natureza e dos meus desejos estavam guardados nas páginas do meu caderno. Mesmo ali, eu não tinha interesse no tipo de atividades que Josh praticava nos fins de semana em que dirigia seu conversível para um daqueles lugares, "para brincar", como ele dizia. Josh gostava de banheiras de água quente cheias de belas mulheres e de jovens empresários de Boston com corpos sarados, subindo uns por cima dos outros como um pilha de gatinhos no palheiro. Pelo que eu entendi, evitar qualquer envolvimento emocional era o objetivo principal. Aquilo não me atraía minimamente.

— Ninguém que viu seus desenhos acreditaria que você vive como uma freira — ele disse, uma noite, quando estávamos jantando num restaurante cubano perto do meu apartamento.

— Você inventa todas essas coisas esquisitas que as pessoas poderiam fazer umas com as outras. Mas você mesma nunca faz nada.

— Eu nunca conheci ninguém que me fizesse querer experimentar tudo isso — respondi.

Isso não era inteiramente verdade. Havia permanecido, ao longo de todos esses anos, uma imagem em minha cabeça — não tanto uma imagem, mas um sentimento — de um único homem com quem eu podia me imaginar fazendo amor com a mesma naturalidade com que eu respirava. Esse homem era Ray Dickerson.

Então eu morava em Cambridge sem ninguém. Tinha minhas experiências sexuais por meio da pintura e do desenho. Eu nem sempre criava cenas eróticas, mas quando criava era como se eu não as estivesse apenas desenhando, mas, sim, vivendo-as. Eu às vezes ficava a noite inteira acordada, pintando, e quando finalmente me deitava para dormir o meu corpo estava molhado de suor. Ninguém via essas pinturas a não ser eu. Elas eram cruas demais para outros olhos.

Era o outono de 1974. A primeira geada já tinha caído, e as folhas estavam mudando de cor. Eu me lembro disso porque tivera um dos meus raros encontros aquela noite, com um homem simpático que tinha me levado ao cinema.

Esse homem, Jim, era uma pessoa extremamente decente que parecia gostar muito de mim, por razões que eu nunca consegui entender, considerando o pouco entusiasmo que eu demonstrava por ele. Não sentia nenhum desejo por ele e jamais conseguiria fingir.

Jim tinha me levado de volta para o meu apartamento.

Lembro-me das folhas secas na calçada, e de pensar com certa melancolia na árvore de bordo em frente à nossa casa na fazenda – onde meu pai fazia pilhas gigantes de folhas para que eu e minhas irmãs nos jogássemos. Enquanto caminhávamos para casa, Jim me contou algo sobre a área de seguros – o campo que ele escolhera – e como eram poucos os que a dominavam de fato. Tentei ouvir, mas minha cabeça estava voando.

Chegamos à porta do meu prédio.

– Eu gostaria de tornar a vê-la – ele disse, aproximando-se de mim de uma maneira que eu sabia que significava que estava planejando me beijar.

"Posso subir com você?" – perguntou. "Quem sabe podemos ouvir música?"

– Eu tenho trabalho amanhã – respondi. – Preciso acordar cedo.

Eu o beijei, ou pelo menos nossas bocas se tocaram, embora eu não tenha sentido nada quando isso aconteceu.

Essa é uma das coisas misteriosas que passei anos avaliando – como é possível que uma pessoa tenha um modo de tocar em você que deixe sua pele praticamente pegando fogo, e outra (um homem muito melhor, talvez, ou pelo menos um homem muito bom que ama você sinceramente) simplesmente não possua o talento para esse toque. E se ele não possui, as outras coisas não importam. Se uma pessoa não mexe com o seu coração, não há nada que a sua cabeça possa fazer a respeito disso.

Fui capaz de desenhar todos aqueles casais fazendo amor numa variedade de posições, e Josh pôde vender exemplares em número suficiente para chegar aonde chegou – um homem muito rico com sua própria editora, dirigindo um Porsche 1987 na direção de Esalen (ele tinha se mudado para Los Angeles nessa altura), com duas coelhinhas da *Playboy* ao lado. Havia no mundo milhares de pessoas que tinham, evidentemente, analisado aquelas ilustrações, ou pelo menos comprado o livro.

Mas a verdade é que não existe um livro que possa dizer a uma pessoa como fazer amor, e, o mais triste de tudo, talvez, é que por mais amor que uma pessoa tenha no coração, ela não vai necessariamente conseguir fazer com que a outra pessoa sinta desejo por ela. Ou ele a toca da maneira certa ou não. Isso não é algo que se possa ensinar a alguém. Soube disso aquela noite, na porta de casa, com Jim, quando lhe dei boa-noite, esperando firmemente nunca mais tornar a vê-lo.

Horas depois, o telefone toca. Mas eu estava no meio de um sonho. Eu não dou bola. Só que o telefone continuou tocando. Parou por um momento. Depois recomeçou.

Quando um telefone toca no meio da noite – e toca sem parar – você só pode supor que aconteceu algo terrível com alguém que faz parte da sua vida. Então chutei as cobertas e finalmente atendi.

– Ruth.

Eu só precisei ouvir isso para reconhecer a voz. Ray. Eu não o via desde o dia em que ele entrou naquela van saindo de Woodstock e foi embora sem nem olhar para trás.

– De onde você está ligando?

Eu tinha visto Dana uma ou duas vezes ao longo daqueles anos, quando ela passou pela nossa fazenda. Tinha tomado cuidado para não revelar a intensidade do meu interesse pelo seu irmão, mas tinha perguntado, com a maior naturalidade possível, o que ele andava fazendo, então soube do Canadá. Do alistamento militar. E também do silêncio. E agora ele estava aqui.

– Eu estou morando numa ilha na Colúmbia Britânica – ele disse. – Trabalho como carpinteiro. Há outros aqui na mesma situação, partimos quando o Exército veio atrás de nós. Mas eu costumo é ficar mesmo sozinho.

Ainda me lembro do que senti, ali no meu pequeno apartamento aquela noite, segurando o telefone. Uma corrente elétrica passando pelo meu corpo, uma represa aberta, água correndo sobre as pedras.

– Sempre tive esperança de que você ligasse – disse.

– Eu estava pensando que você podia vir até aqui – ele disse. – Ia ser bom ver você.

Nessa altura eu já sabia que precisava ser cautelosa, mas só senti saudade e desejo. Aquele era o único homem que tinha sido capaz de me atingir, de me tocar profundamente. Tivera a coragem de se afastar de mim com tanta naturalidade. Mas também tinha voltado.

Aquele dia eu larguei meu emprego e meu apartamento, joguei fora a maioria das pinturas que estava fazendo, exceto algumas que guardei num depósito. Não disse quase nada aos meus pais. Só falei que ia visitar uma amiga no Canadá. Quatro dias depois, eu estava indo para o oeste num avião.

Ele estava esperando por mim no aeroporto em Vancouver. Nós não falamos muito na longa viagem para o norte – uma hora até a balsa em Nanaimo, uma hora na balsa, mais três horas até o rio Campbell, e outra viagem de balsa até a ilha onde ele morava, Quadra.

Ele ficou o tempo todo com a mão na minha perna. Eu podia sentir a palma da mão dele na parte interna da minha coxa, quente sob a minha saia.

Não pedi que ele me contasse detalhes do que estava fazendo, nem como estava se arranjando naquele lugar – nem perguntei sobre seus planos para o futuro ou se eu me encaixava neles. Às vezes ele olhava para mim sem dizer nada. Na estrada, passou a maior parte do tempo olhando para a frente, para o contorno das montanhas no horizonte. Embora eu nunca tivesse estado nesse lugar, não tinha dúvidas do nosso destino.

A última viagem de balsa foi curta. Dez minutos depois de termos entrado, a balsa atracou e Ray ligou o motor do caminhão dele. Vagarosamente, saímos para o cais e atravessamos a cidade, que não passava de uns poucos edifícios – um correio, um armazém.

Foram mais vinte minutos de viagem numa estrada de terra onde não vimos praticamente um único carro, até ele me dizer:

– Chegamos.

Não havia outras casas à vista. Nem eletricidade, nem, como vim a saber mais tarde, água encanada.

Aquela noite, ele me despiu sob a luz de um lampião. O que aconteceu depois não se pareceu com nenhum dos desenhos que eu tinha feito para o livro. Pela primeira vez, o olho que sempre parecia estar examinando a minha vida, observando-a – desenhando-a, até – estava fechado, e eu era simplesmente Ruth, uma mulher dentro do seu próprio corpo, explorando o dele. Não tenho ideia de quanto tempo ficamos naquela cama. Até de manhã, e muito mais. De vez em quando, nós dormíamos um pouco. Quando acordávamos, um de nós estendia os braços para o outro, e tudo recomeçava. Eu perdi a noção do tempo, e de tudo o mais.

FOI NO FINAL DO OUTONO que eu cheguei à ilha com Ray. Poucas semanas depois caiu a primeira neve. Uma camada de gelo se formou no riacho de onde tirávamos água, e Ray quebrou-a com um machado. Mesmo com o fogo aceso o dia todo, a casa de dois cômodos – sem isolamento térmico, só com uma vidraça nas janelas – era tão fria que havia manhãs em que eu acordava e via minha respiração no ar, ou gelo sobre os cobertores.

Eu não ligava para nada disso. Nem para o fato de que nossa água vinha de um riacho que ficava a uns cem metros da casa. Ou para o fato de que o dinheiro era tão pouco que vivíamos de arroz, feijão e manteiga de amendoim. No verão, Ray tinha trabalhado em construção, mas não havia trabalho para um carpinteiro amador na ilha quando chegava o inverno.

Pus um anúncio no armazém, oferecendo aulas de arte. Ninguém se interessou. Parecia que não éramos os únicos na ilha com pouco dinheiro disponível.

Mas éramos ricos sob outros aspectos. Do lado de fora da janela, nós às vezes avistávamos águias, veados sempre. Dávamos longas caminhadas. Ele lavava e enxugava o meu cabelo. Ray tirava água do riacho, esquentava-a no fogão a lenha, enchia uma velha banheira de ferro, acendia velas e me dava banho.

Às vezes Ray começava a construir alguma coisa na nossa propriedade – uma sauna a lenha com um fogão feito de um velho tambor de óleo, um estúdio para mim. Ele fazia o desenho, e às vezes comprávamos material juntos, ou passávamos alguns dias pendurando placa de reboco ou aplanando madeira. Mas aprendi logo que os projetos de Ray normalmente ficavam inacabados. Ao nos depararmos com um problema, ele ficava frustrado.

– Eu não preciso mesmo de um estúdio – disse a ele. – Gosto de ficar aqui deitada desenhando você.

Era verdade. Tinha algo nele ali deitado na cama, nu, que me fazia lembrar de Cristo na cruz. Aqueles braços compridos estendidos, as pernas musculosas, e uma certa expressão que misturava sofrimento e êxtase. Era difícil dizer qual dos dois com mais intensidade.

Nós passávamos muitas horas naquela cama. Ray tinha uma voz grave, lenta, e adorava ler alto para mim. Lemos todos os livros do *Senhor dos anéis*, as *Crônicas de Nárnia*, e *Duna*. Ele lia poesia para mim – Yeats e Browning, Emily Dickinson, Edna St. Vincent Millay, William Blake. Às vezes, recitando alguns versos, ele ficava tão comovido com as palavras que começava a chorar.

Mesmo então, ele era um homem frágil. Mas na época, isso só o tornava mais encantador para mim. Enquanto o meu pai parecia tão estoico que era difícil saber o que estava sentindo, toda emoção que passava por Ray aparecia em seu rosto. Quando estava alegre, era capaz de dançar como um louco. Quando estava triste – e isso era surpreendentemente frequente – chorava abertamente. Muitos anos mais tarde, aprendi como se chamava esse comportamento, mas na época eu o chamava de franco e real.

Briga uma vez. Eu tinha comentado com Ray que ele não tinha atendido a um homem ali perto que lhe pedira ajuda para colocar o telhado em sua casa. Não era muito dinheiro, mas era algum, finalmente. Só que Ray tinha demorado tanto a aparecer que o cara acabou chamando outra pessoa.

– Eu decepcionei você – ele disse, chorando. – Sou um idiota.

– Você nunca me decepciona no que realmente importa – eu disse. – No seu amor por mim.

Quanto a isso, na verdade, eu nunca duvidei dele. Enquanto eu falava, minhas mãos acariciavam seus longos cabelos louros, da cor dos meus – mas, enquanto os meus eram lisos, os dele eram uma massa de cachos onde eu gostava de enterrar o rosto.

– Eu amo o seu cabelo – eu disse.

E aí não houve mais conversa. Só beijos.

Nós fumávamos muita maconha. Ele não teria tido dinheiro para comprar, mas tinha plantado uma boa quantidade no verão anterior, e, ao contrário das outras plantas que cultivara, essas renderam uma boa colheita. Tirando uma meia dúzia de vezes – incluindo Woodstock – eu nunca tinha fumado antes, e não gostava de começar o dia com um baseado como Ray fazia. Mas gostava de ficar chapada antes de fazer amor. E nós fazíamos amor o tempo todo.

Perguntei se ele achava estranho eu nunca ter transado com outro homem. Ele refletiu um longo tempo sobre a minha pergunta.

– Você é desse jeito – ele disse. – É o tipo de pessoa que não consegue fazer nada que não seja verdadeiro para você, e você teve que esperar até ter certeza de ter achado o seu único amor verdadeiro na terra.

Meu único amor verdadeiro era ele, é claro. Do mesmo modo que eu sabia que eu era o dele – embora, no caso de Ray, não tenha havido falta de parceiras antes de mim. Mas nenhuma delas era a certa, ele disse.

Depois de todos esses anos, ainda é difícil dizer isto, mas eu acreditei na época, com certeza absoluta, que Ray Dickerson era o meu destino. Eu me entreguei inteira, acreditando que ficaríamos juntos para sempre.

Ele dizia que queria construir um relacionamento em que nós dois fôssemos como uma só pessoa. Ao ouvir essas palavras agora, a ideia tem uma conotação sinistra, mas na época ela parecia ser o objetivo mais idealista e maravilhoso que duas pessoas apaixonadas podiam ter para si. Nenhum limite. Nenhum segredo. Nenhum centímetro do corpo do outro que não conhecêssemos.

Quando a primavera finalmente chegou e o tempo ficou mais quente, passávamos os dias nus, quase o tempo todo – algo que se podia fazer morando onde morávamos, sem vizinhos a menos de dois quilômetros de distância. Nadávamos um bocado, num lago perto da nossa cabana, onde ninguém jamais aparecia. Eu sabia havia muito tempo – acho que sempre soube – que Ray tinha uma tendência à melancolia e uma sensibilidade tão aguda que às vezes me dava a impressão de que ele não tinha sido feito para viver no mundo que nós conhecíamos. Um dia, quando passamos por um veado atropelado por um carro, caído na beira da estrada, ele ficou tão acabrunhado que deu meia-volta e voltou para colocarmos o cadáver na traseira do caminhão dele e o enterrarmos. De outra vez, quando fui à cidade sem ele e demorei mais do que o habitual, encontrei-o sentado na porta da cabana, puxando os cabelos.

– Eu achei que você tinha me abandonado – ele disse. – Não pude suportar a ideia.

Ele me trazia presentes: um gatinho que uma menina em frente à cooperativa de alimentos estava oferecendo em uma caixa cheia deles. Uma garrafa de tinta verde para desenhar e um pincel feito com uma mecha do seu próprio cabelo, amarrado a um pedaço de osso, uma caixa de música, e um par de chinelos de seda muito delicados, que desconfio que ele tenha roubado da casa de um mulher rica para quem ele trabalhou por pouco tempo. Ele me trouxe uma bolsa de veludo, dentro da qual havia conchas que ele tinha juntado na praia para mim, que ele foi colocando, uma por uma, sobre a pele nua da minha barriga. Um dia ele voltou da cidade com ostras frescas, também apanhadas na praia, para eu comer, mas não conseguiu abri-las, então, finalmente, depois de tentar durante uma hora, ele foi até a praia e as deixou lá.

– Elas não devem morrer à toa – ele disse.

Ele disse que nós devíamos inventar uma língua própria que ninguém mais entendesse, não que houvesse alguém por perto para escutar nossas conversas.

— O governo deve estar de olho em mim — ele disse. — E em você também, só porque está comigo.

SABENDO O QUE SEI AGORA, é difícil descrever como era amar Ray. Anos atrás uma viciada em cristal de metanfetamina em processo de reabilitação foi falar na escola do meu filho. Ela contou que mesmo depois de dez anos sem usar a droga, ainda sentia falta da sensação de ter aquela substância mortal em suas veias. Se tivesse continuado a usar, ela teria morrido, sabia disso. Mesmo assim, a vida sem a droga às vezes parecia uma coisa sem importância. Uma decadência triste embora necessária.

Ouvindo-a falar naquele auditório cheio de outros pais preocupados, sentada ao lado do meu bom marido, com quem nessa altura eu já vivia fazia vinte anos, o rosto de Ray era tudo o que eu conseguia ver, e uma onda de tristeza e de saudade me invadiu, tão forte que tive que tapar os olhos. Mesmo depois de tanto tempo.

De volta aos nossos dias na Colúmbia Britânica, o que eu sentia quando ele estava dentro de mim era algo que nunca tinha sentido antes, e eu quase desfalecia de prazer. Depois de estar com ele há algum tempo, bastava que tocasse em minha mão para o meu pulso ficar acelerado, minha pele, quente.

Ele tinha inventado nomes para todos os lugares do meu corpo que gostava de tocar, que eram todos os lugares do meu corpo. Ele me fez prometer que jamais falaria esses nomes para ninguém a não ser ele, e, apesar de tudo o que aconteceu no fim, passados trinta anos eu nunca falei.

Levávamos horas fazendo amor, o que me deixava exausta. Depois eu ficava fraca demais para tentar fazer amigos, ou desenhar, ou até mesmo limpar a casa. Tudo à nossa volta estava caindo aos pedaços, mas nunca parecia haver tempo para consertar nada.

Ele cantava para mim, canções que inventava — todo dia uma canção diferente, letra e música. Como ele nunca parecia descansar, e eu sim, ele às vezes se sentava na beira da cama e tocava sua gaita para me fazer dormir – melodias ciganas que invadiam os meus sonhos.

Muitas vezes ele me disse que queria ter um filho comigo.

– De onde viria o dinheiro? – eu perguntava. – Como nós viveríamos?

Eu podia dormir numa cama gelada, comer apenas arroz, mas sabia que, se tivéssemos um bebê, iria querer mais para ele. Escola, amigos, uma casa com água encanada, biscoitos no forno, festas de aniversário, uma árvore de Natal.

Como estávamos vivendo, mal víamos alguém além de nós mesmos, embora cada vez mais – nas raras ocasiões em que íamos à cidade comprar mantimentos, eu me visse procurando uma oportunidade de conversar com alguém. Não importava com quem, bastava ser uma voz diferente. E então eu me sentia culpada, como se tivesse traído Ray, sabendo o que ele tinha dito para mim milhares de vezes: que ele jamais iria precisar de outro ser humano além de mim. De mim e do nosso filho. Um universo de três.

Às vezes eu imaginava o que meu pai pensaria se me visse naquele lugar. Eu imaginava seu rosto bondoso, preocupado – a expressão que ele tinha quando ficava muito tempo sem chover, ou quando uma das vacas tinha febre do leite, ou quando os veados comiam o milho, e então eu sentia saudades de casa. Eu queria ficar com Ray, mas também estava sentindo saudades de certos aspectos do mundo. Queria acreditar que havia uma maneira de ter os dois – as coisas que eu amava e o homem que amava acima de tudo – mas não sabia como fazer isso acontecer.

Quando o outono chegou – quase um ano depois de eu ter chegado à ilha – Ray estava falando diariamente em termos um bebê. Ele sabia que ia ser uma menina, ele me disse, e tinha até um nome para ela: Daphne.

Eu usava um diafragma – algo que tinha comprado pouco antes de viajar para Vancouver, ao encontro de Ray. Agora toda vez que eu o tirava do estojo, ele sacudia a cabeça.

– E a Daphne? – ele dizia. – Você não quer que ela venha morar conosco? Ele dizia isso como se houvesse uma pessoa de verdade do lado de fora da porta, sozinha e com frio, precisando de alimento e descanso, e eu estivesse negando isso a ela. Às vezes, quando fazíamos amor agora, era como se o rosto da nossa filha não concebida estivesse encostado no vidro embaçado da janela, implorando para nós a deixarmos entrar.

– Eu quero jogar essa coisa fora – ele dizia. – Quero queimá-la. Mas eu punha o diafragma assim mesmo. Eu não conseguia nos ver como pais, responsáveis por outra pessoa além de nós mesmos.

Então, numa noite de novembro, nós estávamos deitados juntos na cama – o luar entrando pela janela, iluminando o corpo nu do homem que eu amava – e me vi conversando com Ray sobre algo que quase nunca eu tocava com ele, tão intensa era a nossa vida juntos.

– A vida inteira eu tive a sensação de que não fazia parte realmente da minha família – eu disse. – Eu amo o meu pai, e talvez ame a minha mãe e as minhas irmãs, mas elas parecem seres diferentes de mim. Eu não as conheço realmente. Elas não me conhecem.

– Eu sou a sua família agora – Ray disse.

Eu sabia disso. Mas uma pessoa só não era exatamente uma família. Você precisava de mais do que isso.

– Vamos construir nossa família – ele disse. – Nós vamos ser nossa própria tribo. Que vem de nós e deste lugar.

Naquela noite fizemos amor sem o diafragma.

– Você é a minha família agora – ele disse, seus olhos me olhando com intensidade. – A única que eu quero ter. Nós vamos construir uma família só nossa.

Acho que sei o instante exato em que concebemos um filho, e na manhã seguinte eu podia senti-lo dentro do meu corpo. Algumas semanas depois, eu o fiz levar-me até a clínica na cidade para obter a confirmação. Desde que dei a notícia a ele, Ray não parou mais de sorrir. Para mim, aquilo era uma estranha mistura de sentimentos: alegria misturada com um pânico cuja origem eu não conseguia identificar direito. Em parte, acho, eu tinha medo de que isso pudesse mudar tudo entre mim e Ray. Nada, nem mesmo um bebê, justificava correr esse risco.

Mas eu tinha uma outra preocupação. Amava a profundidade com que Ray sentia as coisas, e como eu sempre conseguia fazer com que ele se sentisse bem. Agora nós estávamos introduzindo uma criança no nosso equilíbrio delicado, muitas vezes precário, e não conseguia deixar de comparar o futuro provável com o meu próprio passado. Por mais solitário e frustrante que tivesse sido crescer com pais tão estoicos e impassíveis, tinha havido um sentimento de consolo em saber o quanto o meu pai era forte. Quando nosso estábulo pegou fogo, quando as colheitas se perdiam, quando minha irmã e eu fugimos de casa para ir a Woodstock, meu pai tinha permanecido firme como uma rocha. Eu sempre soube que não importava o que acontecesse, ele sempre estaria ali para resolver tudo. Tentei imaginar como seria para o nosso bebê, que buscaria força e proteção no pai. E encontraria um homem que precisava mais do apoio das pessoas a quem amava do que era capaz de oferecer a elas.

Ao pensar no meu pai no estado em que me encontrava, eu registrei um impulso surpreendente.

– Eu quero ligar para os meus pais – eu disse.

Durante todo aquele ano, eu não tinha contado a eles quase nada a respeito da minha vida. Os bilhetes e cartões que tinha mandado para casa – sem endereço de remetente – diziam, simplesmente, que eu estava morando numa ilha na Colúmbia Britânica e que estava feliz.

Agora eu queria que eles soubessem da novidade, e do fato maravilhoso de que o pai do meu bebê era um homem que eles conheceram quase durante a vida inteira, o irmão mais velho da minha irmã de aniversário, Dana Dickerson. Nossas famílias iam ficar realmente ligadas do jeito que minha mãe sempre parecera querer.

Fizemos a ligação de um telefone público ao lado da clínica. Eu ouvi o toque, imaginei os dois na sala íntima, depois de ter lavado a louça do jantar, provavelmente vendo televisão. Ou o meu pai talvez estivesse lendo, e minha mãe montando um quebra-cabeça ou costurando uma colcha.

– É a Ruth, papai – eu disse, quando ouvi a voz do meu pai do outro lado da linha. – Estou ligando do Canadá para dar uma notícia. Você pode chamar a mamãe?

Então eu contei a eles. Do outro lado da linha, depois que contei tudo, apenas silêncio.

– Você tem certeza, Ruth? – minha mãe perguntou.

Não no tom animado que eu tinha esperado de uma mulher cuja existência nos últimos dez anos parecia estar voltada apenas para a chegada dos netos.

– Nós fizemos o teste hoje – respondi. – Estou grávida de seis semanas.

– É uma ótima notícia, meu bem.

Meu pai disse isso. Minha mãe continuou muda.

– E Ray Dickerson. Acho que isso significa que vocês dois tornaram a se encontrar. Vocês têm passado muito tempo juntos, eu imagino.

– Nós estamos vivendo juntos, papai. Já faz quase um ano. De repente, pareceu bizarro eu ter deixado passar todo esse tempo sem contar a eles.

– Eu preciso pensar sobre isso – minha mãe disse, quando finalmente se expressou. – É uma notícia e tanto. Muito complicada. Eu preciso de tempo para pensar.

Eu ri. Quanto tempo uma pessoa precisava para entender que dentro de oito meses – bem na época em que o milho começava a amadurecer – um bebê ia nascer? Qual a complicação que existia nisso?

Nós não tínhamos telefone para dar a eles, mas passei o nosso endereço. No dia seguinte, chegou um telegrama, entregue na nossa caixa postal, anunciando que minha mãe vinha nos fazer uma visita.

Eu até esperava que ela viesse para o nascimento, mas ela vinha *agora*. Dentro de três dias. Tinha informado a hora da sua chegada no telegrama.

Nós fizemos a longa viagem até Vancouver para esperar o avião dela, naturalmente. Jamais teria considerado a possibilidade da minha mãe – uma mulher que nunca tinha viajado antes, a não ser para Wisconsin, de ônibus – fazer sozinha a árdua viagem até a ilha onde morávamos.

Foi fácil localizá-la – uma figura pequena e forte com um ar determinado, como um soldado caminhando para a guerra. Estava usando o seu velho casaco cinzento, um cachecol ao redor do pescoço, um chapéu, seus sapatos confortáveis, e um broche em forma de flor na gola. Carregava a bolsa numa das mãos e, na outra, uma sacola de papel que eu sabia que continha um pote da sua geleia de morango. Seus braços, quando ela me abraçou, tinham aquela velha rigidez familiar, embora depois de um ano dos abraços de Ray me pareceu ainda mais estranho ser tocada por uma pessoa cujo abraço não expressava amor, e sim cautela.

Fiquei preocupada com o que ela pensaria quando visse a nossa casa – não tanto por causa do fogão a lenha, porque tivemos um na nossa fazenda, mas por causa do banheiro do lado de fora, do balde que usávamos para carregar água ao lado da porta, do impermeável cobrindo o telhado e do plástico nas vidraças das janelas da casa, que, pelo menos aos olhos dela, pareceria pouco mais que um casebre. Nos poucos dias entre a chegada do telegrama e a viagem para recebê-la no aeroporto, eu tinha me apressado em limpar tudo, pendurar cortinas, guardar os desenhos de Ray, nu, que cobriam nossas paredes, e os poemas que ele tinha escrito para mim, pregados por toda parte.

Minha mãe quase não falou durante a viagem até a nossa casa – as duas balsas e os dois trechos intermináveis de estrada entre uma e outra –, embora eu fosse mostrando a paisagem para ela ao longo do caminho.

– Muito bonito – ela disse, com sua voz dura. – Não posso negar que este é um belo país.

Nós tínhamos arrumado uma cama para ela no canto do espaço que eu usava para pintar, o único cômodo da casa além do nosso. Eu tinha posto ao lado da cama uma vasilha de conchas que tinha catado e uma colcha indiana sobre o colchão fino, com todos os cobertores que consegui encontrar. Estava escuro quando chegamos em casa. A gravidez tinha me deixado muito cansada, então fui direto para a cama. Nunca se sabia como Ray agiria com as pessoas — às vezes encantador, às vezes mal-humorado — então eu fiquei feliz e aliviada ao ver como estava sendo gentil com a minha mãe. Quando pedi licença para ir me deitar, vi que ele estava fervendo água no fogão a lenha para fazer um chá.

— Isso vai dar à futura avó do nosso bebê e a mim uma chance de nos conhecermos melhor — ele disse, parecendo uma outra pessoa.

De onde eu estava deitada em nossa cama, ouvia sons agradáveis vindos da cozinha — canecas batendo umas nas outras, o pote de mel sendo colocado sobre a mesa, o prato de biscoitos que eu tinha feito na véspera sendo oferecido. Eu adormeci sentindo-me feliz por minha mãe e Ray estarem se dando tão bem, e sonhei com nosso bebê.

Quando acordei na manhã seguinte, tudo estava diferente. Embora fosse cedo, minha mãe já estava vestida, sua maleta arrumada, como se ela fosse partir.

— Nós vamos para casa — ela anunciou quando saí do quarto, meu estômago queimando com a náusea matinal.

— Que história é essa? Nós estamos em casa. Na minha casa.

— Eu vou levar você de volta para New Hampshire agora — ela disse. — Houve um engano terrível. Seu pai e eu vamos tomar conta de você agora.

O que ela estava dizendo pareceu tão doido que simplesmente ri. Então me ocorreu que fazia mais de um ano que eu não a via. Talvez alguma rápida e devastadora forma de demência a tivesse acometido, embora ela tivesse apenas cinquenta e poucos anos.

— Eu agora moro aqui, mamãe — eu disse devagar. — Eu não vou a lugar nenhum. Eu moro com o Ray. Nós nos amamos. Vamos ter um bebê.
— Ray concorda comigo, você tem que sair daqui — ela disse.
— Há um carro vindo para nos levar ao aeroporto.

Pela janela, eu podia ver a figura do meu amor, mas eu nunca o tinha visto daquele jeito. Embora estivesse frio naquela manhã — gelado, na verdade —, ele estava sentado no quintal. Suas costas estavam curvadas e ele segurava a cabeça entre as mãos. Não estava chorando, como eu o tinha visto fazer em inúmeras ocasiões. Isso era pior. Ele parecia mudo e atordoado, como alguém que tivesse passado por uma sessão de eletrochoque.

— Ray! — eu gritei da porta. — Você precisa vir até aqui. Minha mãe está dizendo umas coisas malucas.

A sala estava girando. Eu já tinha sentido enjoo antes. Então vomitei. Minha mãe foi até a pia pegar um pano e água no balde. Seu velho recurso: limpar.

Tentei tornar a chamar Ray. Eu abri a boca, mas não saiu som algum.

Então, bem devagar, como um homem num filme de terror — um zumbi, um personagem de *A noite dos mortos-vivos* —, ele veio andando na direção da casa. Tentei olhar nos seus olhos, mas não consegui. No chão, aos meus pés, minha mãe ainda estava limpando. O rosto dele, tão familiar para mim quanto minha própria mão, estava atordoado e inexpressivo. Mas havia mais alguma coisa. Sua bela cabeleira, que caía até os ombros, tinha desaparecido. Cortada. O que restava do seu cabelo eram tufos desiguais em pé no seu crânio. Eu pude ver uma veia azul sob sua pele, o sangue correndo.

— O que está acontecendo aqui? — gritei. — Nada disso faz sentido.

— Isto nunca deveria ter acontecido — ele disse.

A voz de um homem morto, se homens mortos pudessem falar.

— É melhor você ir.

— O que está havendo? Por que ninguém me diz nada?

Percebi mais uma coisa. Ele não tinha dormido em nossa cama aquela noite. Ele não tinha dormido comigo. E nunca mais dormiria.

– Um dia você vai entender que isto é para o seu próprio bem – minha mãe disse, juntando algumas peças minhas de roupa. – Por ora, você só precisa vir comigo.

Eu apelei para Ray. Bati com os punhos em seu peito, arranhei sua pele. Puxei o que restava do seu cabelo.

– O que foi que ela fez com você? – gritei. – Você enlouqueceu.

Nenhuma resposta. Era como se a alma de Ray tivesse abandonado o seu corpo, e só restassem ossos, pele e órgãos – tudo menos o cérebro e o coração.

– Eu não posso falar sobre isso – ele disse, numa voz baixa e inexpressiva. – Você tem que ir agora. Nós não podemos ter esse bebê.

– O que é que você está dizendo? Mas era isso que você queria. Você me disse isso cem vezes.

– Eu cometi um erro. Não quero mais o bebê. Não posso falar sobre isso. Vá embora.

O mundo ficou escuro.

MAIS CEDO – PROVAVELMENTE antes de partir para o Canadá – minha mãe deve ter contratado um táxi para nos apanhar. Agora ele estava estacionado do lado de fora. Eu pude ouvir minha mãe dizendo ao motorista:

– Você vai ter que desculpar a minha filha. Ela está atravessando um momento muito difícil.

Tenho uma vaga lembrança de Ray quando minha mãe estava me levando para o táxi. Ele estava deitado na cama, encolhido, com o cabelo tosado e espetado para cima, o rosto virado para a parede – mas, quando eu chamei por ele pela última vez, ele olhou para mim e nossos olhos se encontraram.

– Isto não é real – eu disse. – Diga alguma coisa para mim. Venha me buscar.

Eu ainda posso ver o seu rosto desfeito.
– O que você está fazendo?
Eu estava chorando.
– O que foi que ela disse para você?
Ele sacudiu a cabeça e tornou a virar para a parede.

Eu não faço ideia de como minha mãe me pôs dentro daquele carro. Não tenho lembrança da viagem de volta através do estreito do rio Campbell, nem da viagem para Nanaimo, nem da segunda balsa ou do último trecho de estrada. Durante os primeiros vinte minutos, eu chorei e gritei. Depois disso, duvido que alguém tenha dito alguma coisa durante toda a viagem.

Sei que todas essas coisas devem ter ocorrido – entrega de passaportes, checagem de bagagem – mas como ela conseguiu cuidar disso, eu não sei. Minha mãe já tinha uma passagem comprada para mim. Uma passagem só de ida para Boston.

Eu não me lembro do voo, nem do meu pai nos encontrando no aeroporto, embora ele deva ter ido lá, nem da longa viagem de volta à nossa fazenda (já depois da meia-noite, com uma camada de neve cobrindo o campo, onde havia algumas abóboras abandonadas).

Durante aquela primeira semana de volta, tentei falar com Ray, mas não havia para onde ligar. Ele não respondeu os meus telegramas. Liguei até para a minha irmã de aniversário, Dana, para ver se ela sabia onde ele estava.

– Não faço ideia – ela disse. – Há anos que eu não vejo o meu irmão.

Ele parecia ter desaparecido.

Então, quando minha mãe me procurou alguns dias depois para dizer que tinha marcado hora numa clínica, eu simplesmente assenti com a cabeça.

Minha irmã Winnie foi conosco até Boston naquele dia e ficou sentada comigo na sala de espera enquanto nossa mãe ficava do lado de fora. Nessa altura achei que devia estar ficando louca. Não resisti mais. Apenas assisti, horrorizada, como se aquilo fosse um episódio de *Além da imaginação*, mas ainda mais aterrorizante. Eu não estava apenas assistindo a *Além da imaginação*, eu estava dentro do programa.

Com minhas próprias mãos, assinei os papéis para o que eles chamaram de "o procedimento", embora tivessem sido preenchidos pela minha mãe.

Minha mãe, uma mulher que acreditava que a vida começava na concepção, tinha me levado a uma clínica de aborto. Eu, uma mulher que apenas sete semanas antes tinha recebido a notícia de que estava grávida com tanta alegria, estava me preparando para fazer um aborto.

Eu só podia acreditar que tinha enlouquecido. Então, por algum tempo pelo menos, enlouqueci de verdade.

Dana

Coisas mais estranhas

DEPOIS QUE CLARICE E EU compramos a propriedade de Fletcher – agora denominada Colinas Risonhas – comecei a ir mais vezes à fazenda Plank. A princípio isso se deu apenas por morarmos agora razoavelmente perto. Eu passava por lá quando ia buscar Clarice depois das aulas – nas noites em que ela trabalhava até tarde e eu não queria que ela voltasse sozinha para casa – ou quando estava na época dos morangos, ou mais tarde, quando o milho estava amadurecendo.

Durante o período dos meus estudos sobre pecuária na universidade, eu tinha ficado fascinada por cabras, e agora tínhamos juntado um pequeno rebanho – uma dúzia, da variedade conhecida como Adamellans, cujo leite produzia um queijo especialmente bom. Criávamos galinhas em número suficiente para ter ovos frescos para nós duas, e como esse tinha sido um sonho da vida inteira de Clarice, compramos um cavalo para ela, Jester.

Decidimos logo no início que a nossa fazenda se especializaria em poucos produtos, os que não tomavam muito espaço – já que, ao contrário dos Plank, tínhamos poucos acres cultiváveis. Em parte porque Clarice gostava, mas também porque eles se adequavam à nossa localidade, os morangos eram o meu foco principal depois do queijo, e, como eu nunca tinha provado morangos mais gostosos do que os da fazenda Plank, fui conversar com Edwin sobre o seu cultivo, que eu estava prestes a iniciar.

Muitos fazendeiros não iriam querer compartilhar sua experiência com uma pessoa que podia ser vista como um competidor, mas Edwin Plank sempre fora generoso comigo nesse aspecto. Quando liguei para ele e perguntei se podia passar lá para conversar sobre o assunto, ele pareceu não só contente em ajudar, mas até ansioso para isso.

O conceito básico da criação de morangos era bastante simples: à medida que crescem, as plantas desenvolvem trepadeiras – pequenas ramificações que continuam vivas depois que a planta original seca. Elas são chamadas de plantas filhas. É daí que vem o seu novo suprimento: das filhas.

Qualquer fazendeiro sabe que é importante podar as filhas. Se você deixar todas elas crescerem, o canteiro ficará cheio demais, as plantas não poderão se desenvolver adequadamente e as frutas serão poucas e pequenas. Para colher uma boa safra de morangos, Edwin Plank tinha me dito, você tem que escolher as cinco plantas filhas mais saudáveis e bonitas e deixar que apenas essas cresçam e deem fruto na temporada seguinte.

A maior parte dos cultivadores comerciais prefere comprar plantas filhas todo ano de empresas especializadas em vez de passar pelo processo trabalhoso de escolher e multiplicar sua nova geração de morangos. Mas na nossa fazenda eu queria cultivar morangos que fossem aclimatados à nossa região – a área costeira de New Hampshire e da parte sul do Maine, e às condições do solo no terreno em que eu estava cultivando. Foi por esse motivo – mas também, sem dúvida, porque eu procurava qualquer pretexto para conversar com Edwin Plank sobre nossa paixão mútua por agricultura – que resolvi visitar a fazenda Plank naquele dia.

– Eu vinha esperando este momento – ele me contou quando apareci lá naquela tarde.

Ao me levar para a estufa, havia uma certa excitação no seu andar. Ou pelo menos tanto quanto uma pessoa como Edwin Plank conseguia demonstrar.

– Quero mostrar uma coisa para você – ele disse. – Estou desenvolvendo um projeto que talvez possa interessá-la. Com esse seu diploma universitário e tudo o mais, você pode ser a pessoa ideal para assumi-lo.

Embora, ao contrário de mim, Edwin nunca tivesse ido para a universidade para estudar horticultura, ele era um cientista amador. Desde menino, criado ali na fazenda, ele se interessava pelo processo de reprodução de plantas.

Edwin tinha uma compreensão natural a respeito do funcionamento das plantas – o tipo de conhecimento que não vinha de livros nem de aulas.

– Nada me dava mais prazer do que enxertar o galho de uma árvore frutífera em outra – ele me disse. – Enquanto os outros meninos jogavam bola, eu fazia experiências com diferentes tipos de solo e de fertilizantes, para melhorar a qualidade e a safra do produto.

Eu também tinha sido esse tipo de criança. Lembrava-me de uma vez que minha mãe e eu tínhamos passado na fazenda para comprar morangos – no início de julho, como sempre – e que Edwin Plank tinha me levado para ver a plantação de milho e me explicado como as espigas se formavam.

– O que há de bonito no milho, Dana – ele me disse – é que todo caule é macho e fêmea ao mesmo tempo, tudo numa mesma planta. O pendão é a parte masculina, o pai – poderíamos dizer, que forma o pólen. Do modo como a natureza age, o pólen do pendão masculino cai na seda, que é a parte feminina do milho.

"Cada fio de seda de milho é na verdade um tubo oco ligado à mãe espiga ainda não desenvolvida. O pólen desce pela seda até a espiga, onde forma um único grão. Cada grão tem a sua seda ligada a ele. Alguém lá em cima pensou em tudo, porque providenciou até para que a seda fosse coberta por uma substância pegajosa que segura o pólen. Para ele não voar."

"O que a pessoa podia fazer, se quisesse se divertir um pouco – 'ele ou ela', Edwin esclareceu, parecendo reconhecer naquela pessoa de 9 anos que eu era o potencial de uma futura fazendeira –, era retirar o pólen de uma variedade de milho e borrifá-lo sobre a seda de uma outra variedade. "Nunca se sabe. Você poderia criar a sua própria variedade de milho. Talvez o melhor milho do mundo. "No ano passado mesmo, li sobre um agricultor que produziu um pepino sem sementes. Filho da mãe, isso é que foi uma boa ideia."

Mesmo sendo criança, adorei a ideia de inventar um novo legume ou uma nova fruta. Engraçado que durante toda a minha vida eu tinha ouvido George falar sobre suas grandes ideias, que iam nos fazer ficar ricos – produtos novos, que nunca existiram antes, ou canções que ele tinha escrito que se tornariam grandes sucessos, ou invenções fantásticas. Nada disso jamais me pareceu real.

Mas ali no campo, naquele dia – Edwin com seu macacão marrom e eu de short e Keds, mastigando um maço de vagens que ele tinha colhido para mim no caminho –, não havia nada que eu quisesse mais do que recolher e redistribuir pólen de milho para ver se seria mesmo capaz de fazer o que ele tinha dito, inventar uma nova variedade de planta.

Eu estava com uns 25 anos – e Edwin já devia ter quase 60 – quando ele me levou para dentro do ambiente controlado da estufa para me mostrar seu projeto de reprodução de morangos – desenvolvido na estufa, ele explicou, para obter um ambiente controlado onde não houvesse polinização cruzada feita pelas abelhas, como ocorreria do lado de fora. Quando um agricultor estava trabalhando em algo deste tipo, ele me disse, era importante eliminar quaisquer variáveis que pudessem afetar a pureza do experimento.

– Eu não mostro estas plantas para muita gente – ele disse. – Você poderia dizer que este é o meu laboratório secreto.

Havia mais de 12 anos, Edwin me contou, que ele estava tentando desenvolver uma nova variedade de morangos – mais doces e mais saborosos do que todos os outros. O modo como ele estava fazendo isso era identificando as melhores frutas de cada temporada. Primeiro, ele marcava a planta que tinha produzido as frutas mais gostosas e suculentas da temporada. Depois a retirava cuidadosamente do solo, junto com suas plantas filhas, e as transplantava para um canteiro marcado nesta estufa não aquecida. Na primavera seguinte, quando as flores começavam a se desenvolver, ele cortava cuidadosamente os estames – as partes que produziam o pólen da flor – das flores que ele queria polinizar à mão e os descartava.

Depois ele colhia diversas flores das plantas que queria usar como pais – as plantas que exibiram traços desejáveis como frutas grandes e atraentes ou resistência a doenças, e as girava sobre os pistilos, ou as partes femininas pegajosas das plantas mães. Seu objetivo era combinar os melhores traços das plantas mães com os melhores traços da planta pai para desenvolver um novo cruzamento genético, uma nova variedade de fruta.

Quando os novos morangos desse experimento cruzado se formavam e amadureciam, ele escolhia os maiores e mais doces, depois os amassava para remover as sementes. Ele plantava essas sementes em canteiros em sua estufa, e, quando as plantas tinham crescido o suficiente, ele as transplantava para seus canteiros especiais do lado de fora, separados dos outros canteiros de morangos.

Ele marcava essas plantas, observava os frutos, testava-os para ver se eram doces, e se fossem extraordinariamente saborosos – o que de forma geral acontecia – ele repetia o mesmo processo no ano seguinte, melhorando a qualidade de suas plantas a cada nova geração.

Você poderia tirar do solo as filhas e transplantá-las para um canteiro próximo, ou para um canteiro a milhares de quilômetros de distância. Mas cada planta filha era uma duplicata genética perfeita da planta mãe.

– O que consegui aqui – ele disse, indicando um canteiro de plantas mais ou menos do tamanho do quarto que eu dividia com Clarice, o que significa que não era nada grande – são, provavelmente, os melhores morangos que você já provou. Ele não vendia os frutos daquelas plantas. As plantas e o que elas produziam eram estritamente para fins de reprodução.

– Mas um dia – ele disse – gostaria de acreditar que a variedade será aperfeiçoada a ponto de podermos levar algumas amostras para a universidade e mostrá-las aos especialistas.

Eu tinha passado quatro anos com os caras que estudavam plantas na universidade, é claro. Eles faziam seu trabalho em condições controladas, manipulando as plantas com luvas, medindo coisas como índices de acidez e açúcar com equipamentos altamente técnicos. Mas eles não eram fazendeiros como Edwin, que nasceu com o instinto de cultivar coisas.

– Sabe o que eu espero? Eu espero que um dia você abra o seu catálogo Sementes A-1 do Ernie e veja uma página inteira anunciando esta nova variedade de morangos, cultivados numa pequena fazenda no estado de New Hampshire.

Estava chegando perto, ele me garantiu. Mas já não era mais tão jovem e esse era um trabalho que precisava de energia e espírito joviais. Talvez o aperfeiçoamento dessa nova variedade de morangos fosse exigir mais estações do que Edwin tinha para viver, ele calculava. Então queria saber se eu estava disposta a assumir a tarefa de reproduzir as plantas.

– Nunca se sabe o que pode acontecer – Edwin conluiu. – De repente você pode vir a possuir a patente de uma variedade novinha em folha de morangos. Coisas mais estranhas do que essa já aconteceram.

Ao ouvir isso, eu poderia ter pensado em George, sempre esperando pela grande oportunidade. Só que Edwin não se parecia nada com George.

Eu disse que adoraria trabalhar no projeto dele, é claro – comovida com a confiança de Edwin ao se mostrar disposto a permitir que eu cuidasse de suas plantas preciosas, da variedade que ele vinha desenvolvendo havia tantos anos.

Agradeci a ele pela confiança em mim.
— Não estou preocupado — ele disse. — Sei o tipo de pessoa que você é.

Então fui embora, naquele dia, com uma carga preciosa na traseira do meu caminhão: três caixotes das plantas filhas amorosamente cultivadas por Edwin Plank — "minhas boas filhas" como ele as chamou — a caminho da fazenda Colinas Risonhas.

RUTH

Ódio

Durante várias semanas depois que voltei da Colúmbia Britânica para a casa dos meus pais – não posso dizer para casa, porque para mim ali não era mais a minha casa – eu fiquei na cama. Só que dessa vez eu estava sozinha. Não era só Ray que eu tinha perdido – e o filho que íamos ter – mas o meu próprio eu. Ray tinha me dito que éramos agora uma só pessoa. Depois me mandou embora. O que restou então de mim? E havia todas as outras coisas que ele tinha me dito sobre nossa vida juntos e sobre o nosso futuro – o nosso destino. Eu não sabia mais o que era real. Se alguma coisa era real.

Mil vezes eu revi o comportamento de Ray naquela última manhã, no dia em que ele cortou o cabelo e me disse para ir embora. Isso nunca fez sentido, mas uma parte minha sabia que o homem que eu tinha amado, e ainda amava, era um pessoa frágil assombrada por demônios que vislumbrara muitas vezes, mas nunca tinha visto. Por causa disso – por causa da sua imensa vulnerabilidade e fragilidade, eu o perdoei.

Mas minha mãe não tinha essa desculpa. O que quer que ela tivesse dito a Ray aquela noite – quaisquer que tivessem sido as palavras que transformaram o meu mundo numa questão de horas – eu sabia que ela era uma pessoa forte, em perfeito controle de suas ações. O que tinha acontecido era exatamente o que ela tinha pretendido que acontecesse.

Implorei que ela me explicasse. Comecei com raiva e, como isso não funcionou, passei para a súplica.

– Conte-me o que você fez para ele me abandonar. Eu preciso entender.

– Algumas coisas a gente deve deixar quietas – ela me disse. – Ele não era uma pessoa sadia. Às vezes uma mãe sabe o que é melhor para o filho. Eu preferi que você me odiasse a deixar que cometesse um erro que arruinaria a sua vida.

Quando implorei a meu pai para explicar, ele se recusou.

– Sei que agora isso parece o fim do mundo – ele disse. – Mas haverá outros momentos.

Sempre o fazendeiro, era assim que ele via a vida. Você plantava o seu grão, ele florescia até vir a geada, depois vinha o inverno e ele morria. Mas depois vinha a primavera. Não havia fim, só havia o ciclo interminável das estações. Todo ano uma nova chance.

A ele, eu perdoei. A minha mãe, nunca. Eu não podia mais falar com ela.

De certa forma, esse ódio pela minha mãe me proporcionou o estímulo para finalmente sair da cama para poder me afastar dela. Quando não pude mais tolerar nem mais um dia a sua presença em meu quarto com aquela bandeja de sopa e biscoitos salgados, eu me levantei e comecei a juntar minhas coisas. Liguei para o meu amigo Josh, que ainda morava em Boston, e perguntei se podia ficar na sua casa até arranjar um lugar para mim. Ele veio me buscar no dia seguinte, no seu carro esporte. Ele sabia como conversar com mães de um jeito que as deixava loucas por ele.

– Esse é o tipo de rapaz com quem você deveria estar saindo – minha mãe teria dito, no passado. – Mesmo ele sendo da fé judaica.

Mas desta vez ela não teceu nenhum comentário sobre Josh. Até minha mãe parecia abalada pelo que tinha acontecido no Canadá. Ela arruinara a minha vida, é verdade, e me levara de volta para casa à custa de sua força e determinação. Mas agora ela também parecia estar esgotada e exausta.

Ela não disse nada quando carreguei a caixa com as minhas coisas para o carro de Josh. Eu não estava levando quase nada comigo para Boston. Não queria nada que me lembrasse daquele lugar.

– Imagino que vocês duas se odeiem – disse Josh, enquanto eu colocava a minha mala no banco de trás e subia a escada para dar uma última olhada no meu quarto.

– Se eu nunca mais tornar a vê-la, ficarei contente.

Fiz uma última coisa antes de sair da fazenda aquele dia. Eu tinha tirado de baixo da minha cama o meu velho caderno com todos os desenhos pornográficos que eu fizera na época, as minhas tentativas aos 13 anos de retratar todas as combinações possíveis de união carnal entre homem e mulher que eu tinha imaginado. Minha emocionante iniciação à pornografia.

Os cadernos tinham ficado todos aqueles anos debaixo da minha cama, no meio da pilha de revistas do Clube dos Jovens Talentos da Agropecuária e de velhos exemplares da *National Geographic*. Eu levei tudo para baixo. Pus o caderno em cima da mesa da cozinha, ao lado da Bíblia, que minha mãe lia todo dia de manhã, enquanto tomava café.

Não era preciso deixar um bilhete. Ela reconheceria a artista.

Dana
A coisa mais parecida com o céu

Os momentos que Clarice e eu passávamos juntas na nossa pequena fazenda de criação de cabras, no sul do Maine, eram a coisa mais parecida com o céu para mim. Ela não era muito boa jardineira. Ninguém que desse tanta importância às próprias unhas poderia ser. Mas ela adorava colher buquês de flores para nossa barraca ao lado da estrada, e recolher ovos, e montar no seu cavalo Jester e andar pelas trilhas atrás da nossa casa.

Nós arrumamos uma espreguiçadeira na sombra, onde ela podia se recostar, lendo jornais ou preparando uma aula, enquanto eu trabalhava nos canteiros de morangos ou carregava leite de cabra para o separador. Às vezes ela vinha até onde eu estava trabalhando, com um copo de limonada para mim, ou eu levava alguma coisa para ela ver – um inseto que eu tinha encontrado, um pedaço de porcelana antiga que eu tinha encontrado ao cavar num lugar que muito tempo antes devia ter servido de depósito de lixo para os antepassados de Fletcher Simpson.

Como cientista, eu registrava meticulosamente tudo a respeito do projeto de reprodução de morangos – quantidade de chuva; número de flores por planta, e doçura e cor dos morangos medidos numa escala de um a dez. Para isso, eu pedia a ajuda de Clarice, a quem eu apresentava minha travessa de morangos para testar – cada um etiquetado com um número – para determinar quais eram as melhores plantas para usar na reprodução da nossa nova variedade. Eu gostava de me sentar aos pés de Clarice enquanto ela provava os morangos, um de cada vez. Eu estudava o rosto dela enquanto ela chupava o sumo — as expressões exageradas que fazia quando uma fruta em particular parecia merecer um elogio especial.

— Meu Deus, meu Deus — ela dizia ofegante, ou gemendo, como se aquele pedacinho de fruta fosse capaz de provocar um orgasmo.

— Não. Não. Não. Não. Sim.

À tarde, nós levávamos a velha cadela de Fletcher, Katie, para dar um passeio ao lado do riacho, procurando flores silvestres se fosse a época certa. Durante os verões, nadávamos no lago perto da estrada, sem precisar de maiô. No inverno, fazíamos caminhadas na neve. De noite, na nossa pequena cozinha, com uma fita de Frank Sinatra tocando, ou de Chet Baker, ou de Nina Simone — ou às vezes, por escolha de Clarice, Emmylou Harris ou Dolly Parton — nós dançávamos.

Não faltava nada em nossa vida. Exceto uma coisa. Eu queria que nós criássemos uma criança, juntas.

RUTH

Avaliação de risco

Eu me matriculei no curso de pós-graduação em arteterapia. Meu plano era trabalhar com pessoas com problemas, usando o desenho para explorar suas experiências. Eu tinha economias guardadas dos direitos autorais do meu livro para pagar o aluguel de um pequeno apartamento em Cambridge, não muito longe de onde eu tinha morado antes. O ano passado na ilha Quadra com Ray tinha me ensinado muitas coisas; dentre elas a capacidade de viver com muito pouco.

Durante toda a primavera e o verão tive aulas o dia todo. À noite, fazia para mim arroz, ervilhas ou sopa, ou às vezes apenas uma tigela de pipocas, e lia, ou desenhava, e ouvia música, até a hora de dormir. Eu não pensava em Ray, ou pelo menos, quando ele me vinha à cabeça, eu o afastava da mente.

Nenhum homem surgiu na minha vida. Os homens pareciam identificar algo em mim que os mantinha a distância, e isso era bom. Não tinha interesse em sexo, não tinha interesse no amor. Trabalhava, comia, desenhava, dormia. Fora Josh e umas poucas mulheres que conhecia ligeiramente das aulas, não me dava com ninguém.

Eu estava voltando para casa da biblioteca uma noite – já era outono, o chão estava coberto de folhas, o tipo de noite que faz você lembrar que o inverno está a caminho.

O riacho ao lado da nossa cabana vai ficar gelado, pensei. *Ray vai ter que pegar a machadinha para quebrar o gelo.*
Imaginei se ele teria deixado o cabelo crescer de novo. Imaginei o que ele teria feito com os desenhos que eu fiz dele, que tínhamos tirado das paredes para a visita da minha mãe, e com os poemas que escreveu para mim. Se ela não tivesse ido lá, teríamos hoje um bebê de três meses. Daphne.
– Ruth.
Ergui os olhos e vi um rosto que reconheci vagamente, mas não soube localizar. Um rosto agradável, mas com feições comuns, regulares, fáceis de esquecer.
– Jim Arnesen – ele disse. – Fomos ao cinema juntos uns dois anos atrás.
Então eu me lembrei. *O último tango em Paris*. Marlon Brando e Maria Schneider e a manteiga. A imagem deles dois me veio à mente. Depois não eram mais Brando e Schneider, mas Ray e eu. Não existia sexo para mim que não fosse com ele.
– Você tem tempo para um drinque? – ele sugeriu.
Encolhi os ombros. Não havia motivo para fazer isso, mas também não havia motivo para não fazer.
No bar da esquina, Jim me contou o que estava fazendo desde que nos víramos pela última vez – vendendo seguros de vida sem cobrar as comissões habituais. Não era um trabalho muito lucrativo, mas ele tinha orgulho de não ser um daqueles vendedores falastrões que havia aos montes.
– Nunca parei de pensar em você depois daquela noite – ele disse. – Eu costumava passar pela sua casa, esperando esbarrar em você. Então finalmente tomei coragem e toquei a campainha, mas havia outra pessoa morando lá. Durante alguns dias tentei imaginar um jeito de encontrar você, mas nem sabia o seu sobrenome.
– Plank – eu disse.
Nós começamos a sair juntos. Ele me levava quase sempre para jantar, mas também íamos ao Museu de Ciência e ao Fenway Park, um lugar que ele adorava. Ele sempre fora um fã do Sox,

me contou. O dia em que Jim Lonborg – lançando a bola com apenas dois dias de descanso – perdeu o sétimo jogo da World Series de 1967 foi um dos mais tristes da vida dele.

Se era isso que Jim chamava de um dia triste (meu Jim – como eu tinha começado a pensar nele), ele era uma pessoa de sorte. Havia um certo consolo em estar com um homem para quem perder um jogo era a definição da tristeza.

Em algum momento naquele inverno – após um período surpreendentemente longo em que só o que fazíamos era nos beijar no meu sofá – fomos juntos para a cama. Ele fazia amor, o que não foi surpresa, do mesmo jeito que beijava. Sincero, impetuoso, mas sem um pingo de imaginação, inspiração ou perigo. Mas eu sentia uma ternura por ele que chamei de amor.

Sua especialidade profissional era avaliação de risco, e, se havia uma coisa que Jim Arnesen sabia, era como não assumir riscos. Se havia outra coisa, era devoção e fidelidade a mim. Ele era firme como um metrônomo. Confiável como os correios. Eu não precisei conhecê-lo por muito tempo para saber: podia confiar mais nesse bom homem do que em mim mesma.

Por volta do meu aniversário de 27 anos – época de morangos, fim de semana de Quatro de Julho – ele me levou ao Maine para passar um fim de semana na costa. Eu sabia, quando chegamos à estrada, que ele iria me pedir em casamento naquela viagem. Não era difícil prever o comportamento de Jim.

Jantamos na pousada aquela noite. Estudando o cardápio, notei um nome conhecido. "Salada com verduras frescas da fazenda Colinas Sorridentes, queijo de cabra artesanal produzido por Dana Dickerson." Fora aquele breve telefonema no ano anterior – durante minhas tentativas frenéticas para localizar o irmão dela antes do aborto – fazia anos que eu não falava com a minha irmã de aniversário.

Talvez ela agora saiba onde ele está, pensei.

Fique longe, se ela souber.

Nós pedimos costeletas. Depois, Jim encomendou champanhe e fez um gesto para a garçonete que provavelmente deveria ter sido secreto, mas não foi. Em seguida chegou o *crème brûlée*. O meu tinha um diamante no topo.

Não foi o romantismo brega que me comoveu. Nenhum cenário imaginado por Jim Arnesen poderia se aproximar das cenas que eu tinha vivido naquela cama gelada, na minha ilha na Colúmbia Britânica, na companhia de Ray Dickerson. Mas Jim me comovia de outro jeito. Olhando para ele ali do outro lado da mesa – com os olhos marejados, a mão estendida sobre a toalha branca para pegar a minha – não senti nenhuma aspereza, nenhum traço de perigo ou encrenca, só delicadeza. Este era um homem bom.

– Eu o amo, mas não sou apaixonada por você – eu disse.

Essa velha frase que as pessoas gostam de repetir, como se tivessem tido uma revelação profunda, quando tudo o que estão dizendo é que se sentem racionais num relacionamento e não enlouquecidas.

– Isso é suficiente para mim – ele respondeu. – Desde que você permita que eu seja apaixonado por você.

– Eu sou uma pessoa difícil. Às vezes desejo o que não posso ter. Há coisas a meu respeito de que você não iria gostar muito.

Imagens de Ray e eu. Unhas em suas costas. Nós dois cobertos de lama. Um dia inteiro na cama, de manhã a noite. Sem palavras, só com ruídos animais.

– Eu não preciso que você seja diferente do que é – Jim disse. – A menos que você diga não. Essa seria a única coisa que eu iria querer mudar. Diga que ficará comigo, e eu não vou querer mais nada.

Um pensamento me veio à cabeça: *Eu posso fazer esse homem feliz.* Apesar de toda a minha paixão desvairada, isso foi algo que eu nunca consegui realizar com Ray Dickerson.

Nós nos casamos no outono – uma cerimônia na prefeitura. Os pais de Jim estavam mortos e eu não convidei os meus, nem ninguém. Poucos dias depois liguei para o meu pai – numa hora que eu sabia que a minha mãe estaria na igreja – para contar a ele.

– Espero que você seja feliz – ele disse. – Eu gostaria de ter estado aí para o seu grande dia.

Não foi um grande dia, tive vontade de dizer a ele. Eu já tinha tido um grande dia. Não precisava mais de dias assim. Apenas de pequenos dias de agora em diante. De dias normais para o resto da vida.

Dana
Uma questão de estilo de vida

A ÚNICA FONTE DE TENSÃO entre mim e Clarice vinha da relutância dela – da sua recusa, de fato – em revelar nosso relacionamento para os seus colegas na universidade. Embora às vezes fosse buscá-la depois das aulas, eu a esperava no carro. Quando havia festas de professores, eu não ia. Houve um ano – acho que foi em 1983 – que Clarice foi escolhida paraninfa de uma turma. Deram um jantar em que ela foi convidada para fazer um discurso.
– Eu quero ir – disse. – Acho que está na hora das pessoas saberem que existe alguém que a ama tanto.
Isso também era um problema entre nós. Na ausência de qualquer sinal de um parceiro, os colegas de departamento de Clarice estavam sempre tentando apresentá-la a um divorciado ou a um viúvo. Ela recusava, mas, enigmaticamente, nunca contando a ninguém o motivo de não querer conhecer o mais recente candidato ao seu afeto.
– Você não sabe como as coisas funcionam no meu mundo – ela disse quando insisti em comparecer ao jantar em sua homenagem. – Não seria bom para a minha posição na universidade.
– Você não trabalha numa instituição de ensino superior? – questionei. – As pessoas nas universidades não devem ter uma mente aberta não só dentro da sala de aula como também fora

dela? E se alguma aluna que assiste o ano inteiro às suas aulas estiver sofrendo porque sente atração por mulheres e não por homens? Que tipo de mensagem você está passando para ela com o seu silêncio? Você poderia estar ensinando coisas que seriam muito mais relevantes para o futuro dela do que o renascimento italiano ou a arquitetura britânica.

– Eu não estou na universidade para defender nenhuma causa. Estou lá para ensinar história da arte. Ali é apenas o lugar onde eu trabalho e mais nada. Minha vida real é aqui.

– Você não pode integrar as duas? Eu faço isso.

Embora o meu mundo – de pequenos fazendeiros independentes e de produtores em maior escala como a fazenda Plank – fosse normalmente composto por pessoas mais velhas de visão conservadora, eu nunca tinha tido nenhum problema nas exposições de animais ou nos simpósios de horticultura quando falava sobre a minha parceira e deixava claro que o nome dela era Clarice.

No ano seguinte, 1984, pouco antes do meu trigésimo quarto aniversário e do quadragésimo de Clarice, ela foi indicada para professor catedrático, depois de mais de 12 anos de espera. Os professores do departamento onde ela dava aulas e um comitê de notáveis do gabinete do reitor iriam votar a respeito disso no final do ano. Com sua popularidade entre os alunos e suas recentes publicações na sua área, parecia claro para nós duas – até para Clarice, embora ela fosse mais preocupada do que eu – que ela receberia a promoção e o significativo aumento de salário e de prestígio que isso traria. Tínhamos até começado a planejar a viagem que faríamos, uma longa jornada de carro pelo país até Yellowstone Park.

– Eu sei que a maioria das pessoas que trabalha na minha área iria para algum lugar como Florença – ela disse. – Mas sabe o que eu quero ver? Manadas de búfalos. E o museu Annie Oakley.

No último outono eu tinha iniciado uma atividade voluntária na escola da nossa cidade, trabalhando uma vez por semana com as crianças do primário em projetos envolvendo plantas e animais. Para mim, isso era em parte uma estratégia para criar elos com a comunidade onde morávamos e onde – ao contrário da minha família de ciganos – eu pretendia fincar raízes permanentes.

Havia outro motivo para eu trabalhar como voluntária. Eu queria crianças na nossa vida. Cada vez mais, queria criar uma criança com a mulher que eu amava. Gostaria que houvesse um meio de Clarice e eu termos um filho nosso, e às vezes até falávamos sobre isso, mas a ideia não parecia viável.

– Se conseguíssemos que meu irmão doasse esperma para você – eu dizia, meio de brincadeira – seria quase como se nós tivéssemos feito o bebê juntas.

Mas apesar de dizer isso, eu sabia o quanto o meu irmão era diferente de mim – tanto física quanto emocionalmente.

Mas mesmo que quiséssemos pedir a Ray que nos ajudasse, havia outro problema concreto: eu não fazia ideia de onde o meu irmão estava. Alguns anos antes, Ruth Plank tinha ligado, procurando por ele, com a notícia de que ele estava morando numa ilha na Colúmbia Britânica. Essa foi a última vez que ouvi alguém falar nele, contando com Val e George.

Decidimos que, depois que Clarice conseguisse o posto de catedrática na universidade, pensaríamos em adoção. Naquela época, muitos países estrangeiros jamais considerariam duas mulheres que viviam juntas como sendo pais aceitáveis, mas em algum lugar, nós acreditávamos, encontraríamos uma criança que precisasse de um lar – uma criança mais velha, talvez; isso não importava para nós. Até esse dia chegar, procurei outra forma de ter crianças em nossas vidas. Foi isso que me levou a criar o que chamei de programa de Fazendeiros na Escola em nossa cidade.

Eu adorava trabalhar com crianças. Uma semana nós plantamos feijões em copos de papel; de outra vez, graças a uma rara sugestão de Val, eu as ensinei a respeito de cultura de iogurte. Nós enfiamos talos de aipo em corante de alimento e vimos a cor subir pelo talo, seguindo o mesmo caminho dos nutrientes.

Exatamente como eu tinha feito anos antes, fiz cada criança cultivar um abacateiro a partir da semente. Na primavera, levei um cabritinho para a escola e deixei os alunos do segundo ano o segurarem no colo, depois provar o leite que a mãe dele produzia, e o queijo feito com aquele leite.

Estava sempre pensando na pessoa que tinha me inspirado quando eu era pequena, Edwin Plank. Eu gostava de imaginar que uma das crianças daquela escola um dia podia querer cultivar um pedaço de terra. E que algum dia, por causa das experiências que fazíamos juntos, alguns poderiam cultivar tomates cereja num vaso na varanda ou plantar salsa e cebolinha num pequeno canteiro. Era uma coisa boa para o mundo, eu achava, que essas tradições fossem mantidas.

Perto do final do ano letivo, eu convidei os alunos do terceiro ano para realizarem seu piquenique de final de ano em Colinas Sorridentes. Era muito cedo para colher morangos, mas Clarice fez limonada e biscoitos de gengibre, e nós colhemos vagens para eles mastigarem e organizamos uma corrida de saco. Ela prendeu narcisos nos arreios de Jester para a ocasião e deixou as crianças montarem nele e as conduziu ao redor da plantação.

Como sempre, usei minha calça jeans para a visita das crianças, embora com uma camisa mais arrumada do que o normal – já que nunca tinha me interessado por moda. Mas Clarice, que tinha feito questão de ficar em casa naquele dia, para participar da festa comigo, tinha colocado um vestido à moda antiga, com renda em volta do pescoço e saia comprida de um tipo que achou que as meninas iriam apreciar. Passou a manhã inteira organizando uma caça ao tesouro para as crianças, com pistas que as fizessem percorrer toda a nossa propriedade.

As crianças tinham sido levadas à nossa casa por um grupo de pais que tinha se oferecido para acompanhar a excursão. Elas estavam saltando dos carros – correndo na direção do cercado onde estavam os cabritinhos – quando vi surgir uma expressão estranha no rosto de Clarice.

– Eu conheço aquela mulher – ela disse, fazendo um movimento de cabeça na direção de uma das mães.

A que ela indicou usava um terninho e um corte de cabelo tipo pajem, virado para baixo com a ajuda de um secador. Era o tipo de penteado que sempre me fazia pensar numa garota de grêmio estudantil, embora ela tivesse mais de 30 anos. Ao lado dela estava uma menina que eu reconheci, Jennifer, que uma vez tinha perguntado se podia levar umas sementes de feijão para plantar em casa.

– Ela é casada com um homem do meu departamento – Clarice disse. – O cara que ensina impressionismo.

– Imagino que você queira causar uma impressão, então – eu disse, mas obviamente ela não estava a fim de brincadeiras.

– Eu não devia estar aqui. Foi um risco estúpido.

– Você está sendo paranoica. Ninguém vai ligar.

Então fomos cuidar das crianças: uma volta pelo jardim, a caça ao tesouro, corridas de três pernas, depois um lanche. Quando o último carro estava indo embora, enquanto estávamos paradas na frente de casa dando até logo, Clarice me deu a mão.

– Foi um dia muito bom – ela disse, me dando um beijo.

Duas semanas depois, veio a votação de Clarice para catedrática. Aquela noite ela recebeu um telefonema do diretor do departamento.

Quando ela recebeu a notícia, eu estava parada ao lado dela, observando seu rosto. Soube imediatamente que a indicação dela fora negada.

– Eu gostaria de saber os motivos para a recusa – Clarice disse.

A voz dela estava firme ao falar, embora conhecendo-a tão bem como eu a conhecia, percebi o que havia por trás daquele tom calmo e controlado.

O diretor do departamento explicou que tinha sido um aspecto de cunho moral que havia desagradado a alguns membros do departamento, embora não a ele, pessoalmente. Um indivíduo, em particular, tinha levantado uma questão de conduta sexual imprópria.

– Com algum estudante? – ouvi Clarice dizer. – Houve alguma sugestão de ter havido alguma coisa com algum estudante?

Eu tinha ouvido histórias contadas por Clarice a respeito de "confraternização" entre professores (quase sempre casados) e alunas. Elas eram comuns, e toleradas.

Não havia nenhuma acusação envolvendo estudantes, o diretor garantiu a ela. O problema era mais uma questão de "estilo de vida", ele disse. Embora eles quisessem muito que Clarice continuasse a dar suas duas cadeiras de filosofia e seu curso de história da arte, o consenso era de que, neste momento, tornar-se catedrática não era possível.

Depois que ela desligou, nós nos deitamos na cama, abraçadas. Ela não chorou.

– A culpa foi minha – eu disse. – Você sempre soube. Eu estava errada em pensar que você devia deixar que as pessoas soubessem como era a nossa vida.

Era preciosa demais, a nossa vida. Ninguém deveria ser convidado a vê-la, exceto nós.

– Pelo menos não vão mais tentar me arranjar um par – ela disse.

Ela voltou ao trabalho. Nós ficamos em casa naquele verão, em vez de viajar para Yellowstone. Ia ser difícil deixar Jester e Katie e as cabras, de qualquer maneira, Clarice disse. E os morangos.

RUTH

Sua própria família

D EPOIS DO MEU CASAMENTO com Jim, meu amor pela arte pareceu desaparecer. A tristeza também tinha passado, mas sentia falta do entusiasmo que costumava ter quando entrava em qualquer cantinho que tinha preparado para ser o meu local de pintar. O ímpeto de desenhar pareceu ter me abandonado.
Eu queria ser mãe. Se o sonho de um determinado tipo de paixão tinha terminado para mim, isto foi o que restou – o desejo de ter uma família que fosse realmente minha, já que eu nunca tinha me sentido realmente parte da minha.
Então não levei o diafragma comigo para a nossa lua de mel, em Cape Cod. E embora a nossa vida sexual já tivesse uma certa regularidade morna – costumávamos fazer amor dia sim, dia não – agora, desejosos de ter um filho, aumentamos o nível de atividade.
Com base na minha experiência com Ray, imaginei que ficaria grávida imediatamente, porém quando se passaram seis meses e nada aconteceu, comecei a medir minha temperatura. Eu ligava para Jim no trabalho quando o termômetro subia, e ele – embora fosse muito dedicado aos clientes – corria para casa para realizar seu trabalho mais importante.
Três meses, seis meses, nada. A lembrança da gravidez que eu tinha interrompido me assombrava, é claro. Não podia deixar de

achar que o que estava acontecendo agora era um castigo pelo aborto que tinha feito, e pela arrogância de ter pensado que uma mulher podia escolher o momento de ter filhos, assim como uma pessoa podia marcar uma hora no cabeleireiro ou no dentista.

Um ano depois de termos começado a tentar, consultamos uma médica. Embora 12 meses não fosse um tempo longo de espera, ela fez todos os testes habituais.

Acontece que Jim tinha uma contagem baixa de espermatozoides.

– Nunca se sabe, ainda pode acontecer – ela disse.

Mas aconselhou que se estivéssemos ansiosos deveríamos analisar as alternativas: um doador. Fertilização in vitro. Adoção.

Por fim, encontramos nossa filha na Coreia. Eu tinha quase 33 anos.

Fomos para Seul para buscar Elizabeth no orfanato. Ela estava com 14 meses de idade – fora encontrada abandonada numa rua perto do orfanato 8 meses antes, apenas com um trapo ao redor do corpo. Não havia registro de quem era sua mãe. Eu seria a mãe dela agora. Isso era tudo o que importava.

Eles nos levaram a um edifício onde todos os pais iam assinar os papéis e pegar seus bebês. A manhã inteira nós ficamos sentados num banco de madeira junto com outros casais, esperando chamarem nossos nomes e nos mostrarem nossa filha.

Toda vez que a porta abria, Jim e eu nos inclinávamos para frente, prontos para ficar em pé, mas toda vez eles chamavam outros casais, até que só restamos nós. Então, finalmente, chegou a nossa vez.

Eles nos levaram para dentro da sala. Na outra extremidade, embrulhada num cobertor fino, cinzento de tantas lavagens, estava a nossa filhinha. Com Jim do meu lado, eu corri para pegá-la.

Ela era perfeita, é claro – pele macia cor de caramelo, olhos amendoados, cabelos pretos, uma boquinha rosada. Colocada nos braços de uma mulher desconhecida, que ela nunca tinha visto antes, nossa filha não chorou nem se encolheu, apenas olhou para nós.

Ela foi, desde o início, uma pessoa que parecia aceitar tudo o que acontecia consigo com um ar de calma e dignidade. Dividia um berço com uma menina de 18 meses chamada Ae Sook, que também tinha sido abandonada. Os dois bebês nunca tinham ficado mais de dois minutos separados até aquele dia. Elas dormiam abraçadas. Quando uma chorava, a outra também chorava. Quando uma estendia um dedo, a outra o segurava.

Então o mundo dela mudou. Um dia ela era Mi Hi – Beleza e Alegria em coreano – comendo arroz com um par de pauzinhos. No dia seguinte, Ae Sook tinha desaparecido, e Mi Hi era Elizabeth, num avião a caminho dos Estados Unidos, nos braços de uma americana pálida que não parava de acariciar os seus cabelos, e de homem de rosto bondoso e ar ansioso que dizia, quando a colocava no colo: "Como vai, Elizabeth? Eu sou seu pai"– enquanto dava um biscoito salgado para ela. Jim nunca falava com uma criança de uma forma diferente com que falava com qualquer outra pessoa.

Eu contemplei nossa filha. Seu rosto estava sério – nenhum sorriso, mas ela não mostrava nenhum sinal de sofrimento. Sendo muito pequena, era incapaz de expressar o que estava sentindo, e, mesmo que tivesse essa capacidade, eu não conseguiria entender.

Então chegamos ao aeroporto Logan. Tomamos um táxi. E logo estávamos abrindo a porta do apartamento em Brookline, onde um móbile musical girava sobre o berço novo de Elizabeth, tocando "Rainbow Connection" e, do lado de fora da janela, as luzes da cidade de Boston, com a placa de neon do posto de gasolina sobre o Fenway Park.

Nós dávamos a ela purê de pêssego e a levávamos no seu carrinho ao Parque Público para ver os barcos em forma de cisne. Se ela pensava em Ae Sook ou nos sons e cheiros do orfanato, ou nos braços da mulher que a tinha deixado aquele dia na rua perto do orfanato, nós jamais saberíamos. O que aconteceu depois, ela aceitou sem protestar. Éramos sua família, agora.

Depois de toda aquela espera, tudo o que eu queria era segurar nossa filha no colo, mas ela estava engatinhando – já deveria estar andando, mas, no orfanato, ficava tanto tempo dentro do berço que seu desenvolvimento estava atrasado.

Toda a minha vida eu sempre tive um lápis perto de mim, embora nos últimos dois anos eu mal tivesse desenhado alguma coisa. Agora eu desenhava Elizabeth até ela arrancar o lápis da minha mão. Caminhava horas com ela, pelas ruas de Boston, dizendo os nomes das coisas, tirando-a do carrinho quando havia um gramado para brincar. Nós jogávamos migalhas de pão para os patos, arrumávamos letras de plástico no cobertor dela, virávamos as páginas dos livros, imitando os sons dos animais. Eu que era uma nadadora de poço – nunca inteiramente à vontade em piscinas – matriculei nossa filha na aula de natação. De noite, quando Jim chegava do trabalho, nós três nos sentávamos na cozinha – Elizabeth na sua cadeirinha alta entre nós dois, Jim numa ponta da mesa e eu na outra. Quando eu olhava na direção dele, ele estava sempre olhando para mim, sorrindo. Eu estava quase sempre com os olhos grudados na nossa filha.

Era uma vida segura e feliz que levávamos naquela época – Jim no escritório vendendo apólices de seguro, eu o tempo todo em casa com Elizabeth. Nenhum sinal de perigo no horizonte.

Eu amava aquela rotina, gostava das trocas de fraldas e da hora da comida, das caminhadas, dos passeios de fins de semana – pequenos passeios, nada complicado – para o museu infantil ou a praia, ou o zoológico. Sábado à noite normalmente era o nosso momento de fazer amor – um breve intervalo que para mim tinha mais a ver com afeto e com a aparência de regularidade e com a rotina do casamento do que com paixão e desejo, embora meu marido murmurasse palavras de amor infinito para mim no escuro.

Quando Elisabeth cresceu, eu a pus na pré-escola para poder terminar a última matéria necessária para obter meu diploma de pós-graduação em arteterapia, e para que ela tivesse outras crianças para brincar. Também isso, como tudo o que veio antes, nossa filha aceitou sem nenhum sinal de estresse como ocorreu com qualquer outra mudança em sua jovem vida até então. Eu nunca me importei de ficar em casa com ela. O silêncio é que era difícil para mim – grandes períodos vazios que permitiam que eu me lembrasse de coisas que preferia esquecer. Ray Dickerson, é claro. E minha mãe, com quem falava muito raramente por telefone, e via duas vezes por ano – no fim de semana de Quatro de Julho, meu aniversário, e no Natal, quando íamos até a fazenda onde meus pais moravam para encontrar minhas quatro irmãs e seus maridos nos lotes que meu pai tinha distribuído.

– Há um lote para você também, Ruth – dizia-me ele toda vez que Jim e eu íamos a New Hampshire. – Não ficaria muito longe para Jim ir trabalhar todo dia se vocês se instalassem aqui. Aposto que ele arranjaria um monte de clientes por aqui.

Eu sentia falta de morar no campo. Mas não sentia falta da minha mãe. Não deixaria minha filha viver a uma distância tão curta dela.

O poder que ela tinha de me magoar, diminuíra muito agora que eu tinha a minha própria família. Embora ela nunca tivesse me incluído completamente na nossa família – nem as minhas irmãs – isso agora já não importava tanto.

Eu tinha uma filha, que se parecia ainda menos comigo do que eu com as outras mulheres da minha família, e mesmo assim eu não poderia sentir-me mais ligada a ela se meu sangue corresse em suas veias. O que quer que explicasse a rejeição que minha mãe sentia por mim, eu não conseguia entender. Já tinha desistido de tentar.

Dana

Sempre complicado

UM CARRO APARECEU certa manhã, na fazenda, num dia em que tínhamos colocado a nossa placa de FECHADO. Duas mulheres aparentando cerca de cinquenta anos saltaram. Eu fiquei um pouco aborrecida por elas terem entrado apesar da placa, num dos raros dias em que eu ficaria a sós com Clarice, cujo semestre letivo ainda não tinha começado.

Era Connie Plank e uma amiga que ela me apresentou como sendo Nancy.

– Ouvimos dizer que você estava criando cabras aqui – ela disse. – Achamos que seria divertido vir dar um alô.

Ao vê-la ali e ao ouvir o tom estranhamente insistente de sua voz, como se ela estivesse esperando algo de mim, senti uma simpatia momentânea por Val, por todas as vezes ao longo dos anos que Connie tinha aparecido sem avisar, onde quer que estivéssemos morando na época, com aquele ar que ela sempre tinha, como se estivesse nos vigiando, para ver se estávamos fazendo algo que desaprovasse.

– Eu estava saindo, na verdade – eu disse, sem querer envolver Clarice nessa visita não desejada. – Mas posso mostrar a propriedade rapidinho para vocês, se quiserem.

Mostrei primeiro os morangos, depois as cabras e o nosso processo de fabricação de queijo.

– Minha família produzia queijo em Wisconsin – ela disse. – Você não deve saber disso.

Não havia nenhum motivo para eu saber, e eu sacudi a cabeça.

– Cheddar – ela disse. – Meu pai foi um dos maiores fornecedores no Carr Valley por algum tempo. Ele punha nós todas para trabalhar. Minhas irmãs e eu.

– Interessante – eu disse, louca que elas fossem embora.

– Eu detesto queijo. Não posso nem sentir o cheiro. Lembranças ruins, provavelmente.

Mais uma vez, não havia muito o que dizer. Então a amiga de Connie se manifestou.

– É tão interessante o fato de você e Ruth terem nascido no mesmo dia. Seria legal se todo mundo pudesse se reunir um dia desses para jantar. Para compartilhar todas essas lembranças.

Eu poderia ter dito "que lembranças?", mas me calei.

– Dê lembranças a Ruth por mim – eu disse.

– Vocês duas sempre gostaram de brincar com aquelas bonecas que você tinha – ela disse. – Embora na minha opinião aquela empresa Mattel esteja mandando uma mensagem errada para as meninas.

– Acho que a mensagem não funcionou no meu caso – comentei, indicando meu macacão e minha camiseta.

Embora eu pudesse ter acrescentado, se quisesse chocá-las, que minha namorada adorava se vestir como uma Barbie às vezes.

– Ah, acho que você está ótima – disse Connie. – Faz com que eu me lembre de mim mesma, na verdade.

Essa não era uma boa notícia.

– Minha filha está meio zangada comigo no momento, se quer saber a verdade – contou Connie. – Ela não vem muito em casa.

– Talvez ela esteja só ocupada – sugeri a ela. – Eu também mal vejo a Val.

Embora, no meu caso, não fosse só o trabalho que me impedia de visitá-la, e eu não duvidava que esse também fosse o caso de Ruth.
— Você sabe como é com mães e filhas — disse ela. — É sempre complicado.

RUTH

Vendo as coisas de modo diferente

Eu tinha voltado à fazenda para uma breve visita para que Elizabeth pudesse ver os avós, eu disse. Ainda era difícil para mim ficar perto da minha mãe, mas não queria que nossa filha crescesse sem ver o resto da família e sabia que ela amava a fazenda. Naquela tarde, minha mãe estava fazendo biscoitos com ela. Meu pai e eu tínhamos ido até as plantações. Ele queria me mostrar o pedaço de terra que tinha escolhido para ser meu e colocado no meu nome, caso eu um dia o desejasse.

– Eu escolhi este para você porque é o mais perto do poço, e também pelo modo como a luz bate nas árvores – explicou ele. – E por causa do sol da manhã. Já que você gosta de acordar cedo como eu.

– É muito difícil para mim ficar perto de mamãe – comentei.

– Sua mãe faz o melhor que pode. Ela vê as coisas de um modo diferente de você, só isso. Mas a ideia é sempre cuidar de você.

Continuei andando, sem dizer nada. Imaginei se ele sabia o que ela tinha dito para Ray Dickerson aquele dia, para fazer com que ele fechasse seu coração. Eu nunca tinha perguntado.

– Depois que você nos deixou daquela vez – ele disse –, ela encontrou aquele caderno de desenhos em cima da mesa. Imagino que tenha sido sua ideia, deixá-lo ali.

– Meus desenhos.

Os que eu fiz quando era garota. Quando só o que eu precisava para criar excitação e alegria era pegar um lápis e desenhar, e eu acreditava que os únicos limites na vida de uma pessoa eram os de sua própria imaginação.

— Eu achei que ela ia ter um ataque quando visse aqueles desenhos — eu disse. — Acho que era o que eu queria que acontecesse.

— Algumas coisas aconteceram com a sua mãe quando ela era jovem, também. Elas mudaram a forma como ela via o mundo. Coisas que algumas pessoas apreciam causam medo a ela.

— Eu não pedi a ela que concordasse comigo. Apenas teria sido melhor se ela tivesse me deixado em paz e permitido que eu fosse diferente.

— Às vezes existem coisas que você desconhece a respeito de uma história, Ruth — ele disse. — Uma pessoa pode ter motivos para fazer o que faz, mesmo sendo coisas que parecem maldades. As coisas que ela fez e que você não perdoa talvez tenham sido feitas para protegê-la. Talvez até tenham sido feitas por amor.

— Eu tenho certeza que ela jogou aquele caderno no fogo — eu disse.

— Na verdade, ela o guardou. Tenho que admitir que fiquei surpreso com isso. Ela disse que você desenhava muito bem. Disse que você a fazia se lembrar de Val Dickerson nesse aspecto.

Dana

Um lugar duro e agressivo

Depois que Clarice foi recusada como catedrática na universidade, as coisas mudaram. Ela sempre fora uma pessoa otimista, e alguém que via o que havia de melhor nas pessoas. O que aconteceu quando aquele comitê a julgou moralmente indigna de ocupar a posição de catedrática (embora quisessem vê-la carregando o fardo pesado de ensinar nos níveis iniciais introdutórios) não a deixou simplesmente zangada, mas também amarga, o que era doloroso de ver.

Eu tinha amado sua doçura e sua franqueza, seu jeito confiante com as pessoas, embora eu nunca tivesse sido assim. Mas havia agora um lugar duro e agressivo na mulher que eu amava – um certo cinismo, como se ela estivesse esperando pela tirada engraçada de uma piada, pelo momento em que o palhaço saltaria da caixa gritando: "Peguei você", e qualquer um que não entendesse isso fosse um palerma.

– Vou trabalhar – ela disse. – Mas todos esses anos que passei trabalhando até tarde, conversando com os alunos, convidando-os para viagens a Boston para assistir a exposições de arte comigo, tudo isso acabou. Agora só vou fazer o estritamente necessário.

Eu devia ter ficado contente com isso, sabendo que significava mais tempo para nós duas, só que via o efeito em Clarice. Quase sempre, eu percebia o tom áspero e agressivo em sua voz quando ela saía de manhã para trabalhar.

— Lá vou eu de novo — dizia ela. — Quantas vezes mais eu vou dar a minha aula sobre Leonardo da Vinci?

Ela voltava para casa cansada, e, quando eu perguntava como tinha sido o seu dia, suas respostas eram monossilábicas. Ela desligava o telefone depois de falar com um aluno e suspirava.

— Quem eles pensam que eu sou, afinal? A mãe deles?

Mais uma vez toquei no assunto da adoção, que ela abandonara depois do episódio na universidade.

— Você não precisa de um aumento para nós criarmos uma criança — eu disse. — Podemos dar um jeito.

— Eu já devo estar muito velha para isso — ela disse.

Falei que ela estava louca. Ela só tinha 44 anos.

— Não sei se estou preparada para isso — ela disse. — Sinto uma dormência estranha nos dedos.

Essa parte era real. Clarice tinha ido ao médico, que disse que o problema era causado por má circulação, e aconselhou que ela fizesse mais exercícios. A dormência não passou.

— Seríamos ótimas mães — murmurei, abraçando-a na nossa cama de metal. — Existe uma criança em algum lugar precisando de um lar, e poderíamos dar um lar para ela. Ou para ele.

— Nós provavelmente seríamos rejeitadas por causa do nosso estilo de vida — ela disse.

RUTH

Cuidando

Uma das coisas que sempre me irritara a respeito da minha mãe era o fato de ela ser sempre tão previsível. Então, na época em que ela completou 60 anos, meu pai começou a observar mudanças estranhas em seu comportamento. Sempre madrugadora, acordando ao nascer do sol para fazer café para o meu pai antes de ele ir para o estábulo, ela passou a ficar na cama até as nove ou dez horas, às vezes dormindo, às vezes apenas deitada. Quando meu pai ou uma das minhas irmãs perguntava se estava doente, ela ficava zangada.

– Uma pessoa não pode descansar nesta casa sem ser acusada de alguma coisa? – costumava dizer.

Sua comida mudou. Coisas que tinha preparado a vida inteira – feijão cozido e sopa de milho, pão de trigo, biscoitos com pedacinhos de chocolate, estrogonofe de peru – começaram a ter um gosto diferente, e então alguém se dava conta de que ela esquecera algum ingrediente importante como sal ou farinha, ou os tinha derramado no fogão, ou esquecido um prato no forno até o alarme de fumaça disparar.

Ela repetia coisas. Deixava coisas fora do lugar – seus óculos, as chaves do carro, até sua bolsa – e, quando não conseguia encontrá-las, ficava muito nervosa e começava a chorar. Uma vez ela saiu para ir até a estufa dizer ao meu pai que tinha chegado

um vendedor para conversar com ele sobre uma nova bomba de água. No meio do caminho, ela esqueceu o que ia fazer e voltou.
— O que é mesmo que eu ia fazer? — ela perguntou ao vendedor. — Está tudo tão confuso.

Soubemos o quanto as coisas estavam ruins no Natal, quando nossa família sentou para comer o peru e, como sempre, meu pai pediu à minha mãe que lesse o trecho da Bíblia. Ela abriu a Bíblia e pôs os óculos, pigarreou e começou.

Mas as palavras que disse eram incompreensíveis. A família ficou tão perplexa e chocada que não fez nada até ela terminar.

Na semana seguinte, meu pai levou minha mãe para o hospital, onde o médico pediu uma ressonância magnética. Acharam um tumor chamado glioblastoma em seu cérebro. Inoperável. Disseram à minha família que ela tinha seis meses de vida. Oito no máximo.

Quando minha mãe recebeu esse diagnóstico, Jim, Elizabeth e eu estávamos morando em Boston. Embora morássemos a uma hora de distância da fazenda, no máximo, eu raramente ligava ou via minha mãe. Falava de vez em quando com meu pai pelo telefone, geralmente quando sabia que ela estaria na igreja. Foi assim que eu soube do estranho comportamento da minha mãe e, finalmente, do seu motivo.

Uma coisa estranha aconteceu quando compreendi que minha mãe estava morrendo. Eu quis voltar para a fazenda. Jim estava viajando muito a trabalho, e eu estava trabalhando meio expediente, com Elizabeth na pré-escola. Achei que devíamos voltar para a fazenda e cuidar da minha mãe.

Até então, eu nunca tinha tido nenhum motivo para pensar na morte da minha mãe; sua atitude firme e sua saúde inabalável a tinham feito parecer indestrutível. Agora eu sentia que o tempo estava se esgotando, que eu precisava me agarrar a cada segundo que tinha, numa tentativa de consertar as coisas ou pelo menos (para ser mais precisa) para compreender por que elas tinham dado tão errado. E, enquanto antes ela sempre parecera ser uma força tão poderosa e assustadora na minha vida, o tumor revelou — pela primeira vez — sua fragilidade. Ela não era mais forte o suficiente para me fazer sofrer como antes.

Quando voltei a morar na fazenda, tencionava ficar apenas uns dois meses, para ajudar meu pai e minhas irmãs a cuidar da minha mãe até o fim. Quando a primavera chegou, pude levar Elizabeth para ver a fazenda e fazer todas as coisas que eu costumava fazer quando ia para o estábulo atrás do meu pai — dar comida às galinhas, andar de trator. Eu disse a mim mesma que estava fazendo essa escolha em grande parte por causa da minha filha — para ela poder conhecer a fazenda, e a minha mãe. Mas então percebi o quanto tinha sentido falta da minha casa. Do meu pai, da terra, da barraca da fazenda. Estranhamente, eu tinha sentido falta até da minha mãe, por mais crítica e fria que ela tivesse sido em relação a mim. Por mais que ela tivesse me magoado.

Ela estava sentada na varanda quando cheguei. Seu cabelo, castanho-escuro da última vez que eu a vira, estava todo branco. O corpo parecia ter encolhido.

— Alta como sempre — ela disse, quando eu me aproximei, com Elizabeth no colo. Ela não fez menção de me beijar, embora tenha acariciado a cabeça da minha filha.

— Oi, vovó — Elizabeth disse.

Ela já tinha ouvido observações minhas a respeito da minha mãe, e sabia que o nosso relacionamento não era fácil, então também ficou um tanto na defensiva, e desconfiada.

— O que você veio fazer aqui? Achei que estivesse muito ocupada com o seu trabalho.

Arteterapia, trabalhando principalmente com crianças com distúrbios emocionais, e às vezes com veteranos do Vietnã e outros sobreviventes que sofriam de distúrbio pós-traumático.

— Você cuidou de mim durante tantos anos — eu disse. — Achei que estava na hora de fazer o mesmo por você.

Então eu cozinhava para ela e para o meu pai. Eu a levava para passear. Dava banho nela e lia para ela. Minhas irmãs cuidavam da barraca da fazenda, e eu ficava perto da nossa mãe.

Meus motivos, no final, eram egoístas. Eu queria acertar as contas com o passado. Precisava saber, quando ela morresse, que eu tinha feito tudo o que podia. Eu não queria o peso de sentir que poderia ter feito mais ou ter agido de forma diferente.

O declínio dela foi muito rápido. Seu rosto mudou – por causa dos esteroides – e, embora eu tentasse penteá-la do jeito que ela sempre gostara, ela empurrava a minha mão, deixando um fino halo de cabelo branco espalhado em todas as direções, como se tivesse enfiado o dedo numa tomada.

Achei que ela fosse querer que a levássemos à igreja, e eu tinha escalado Jim – que vinha de Boston nos fins de semana – para me ajudar a fazer isso, mas quando ofereci, ela apenas sacudiu os ombros.

– Já estou farta de tudo isso – ela declarou, com um pequeno aceno de mão. Sessenta anos vivendo de acordo com a Bíblia, sendo – palavras dela – "uma mulher temente a Deus". O tempo passou num instante.

O TUMOR ESTAVA LOCALIZADO na porção do cérebro que controlava a linguagem e a fala, o que significava que as palavras da minha mãe às vezes saíam enroladas, embora não incompreensíveis. Mas a parte mais difícil era que o crescimento do tumor estava afetando a capacidade da minha mãe de controlar seu subconsciente. Isso teve o efeito de remover qualquer inibição.

De repente, minha mãe, uma mulher que tinha sido extremamente discreta a vida toda, dizia as coisas mais absurdas. Só que não eram absurdas, na verdade. Ela agora estava simplesmente dizendo em voz alta o tipo de coisas que devia pensar o tempo todo, mas que guardava para si mesma. Um dos temas centrais era o sexo.

Uma vez ela estava sentada na cozinha comigo enquanto eu preparava o jantar para ela e o meu pai.

– Com que frequência ele gosta de enfiar o pênis em você? – ela perguntou, referindo-se ao meu marido. – E você gosta disso?

Eu poderia ter ficado sem saber como responder, só que raramente havia necessidade de responder. Minha mãe continuou falando.

– Eu nunca gostei do ato sexual, mas talvez seu pai não soubesse fazer direito – ela disse. – Eu sempre me perguntei por que tanto estardalhaço a respeito disso. Aposto que Burt Reynolds fazia as coisas de outro modo, quando fazia com Dinah. "Não me entenda mal. Seu pai é um bom marido. A única parte ruim era o fato de ele estar sempre querendo trepar comigo enquanto eu só queria que ele me deixasse em paz."

Uma outra vez eu estava fazendo biscoitos, abrindo a massa e cortando os círculos e arrumando-os numa forma para assar. Elizabeth passou correndo, atrás de um sanduíche de manteiga de amendoim.

– Foi bom você não ter sido obrigada a ficar com ela pendurada no seu peito o tempo todo – disse minha mãe. – Nunca pude entender como as mulheres podiam gostar de fazer esse tipo de coisa.

É claro que eu adoraria ter sido como elas. Se eu tivesse conseguido dar à luz, jamais teria deixado de amamentar o meu bebê.

– Eu nunca gostei muito dos meus seios – ela disse. – Eles só me traziam problemas. Mas seu pai estava sempre atrás de mim querendo fazer coisas com eles.

"Ele nunca estava satisfeito, sabe. O seu pai. Suponho que você saiba que ele é muito bem-dotado, como se diz.

"Mas talvez", disse ela, com uma expressão sombria, "o meu próprio pai tenha estragado tudo."

Ela estava falando do meu avô do Wisconsin, aquele que nunca visitávamos, e cuja notícia da morte, quando eu era pequena, foi recebida com total indiferença. Fiquei ali sentada, com minha filha no colo, ouvindo a minha mãe e sentindo náuseas.

– Eu queria ser uma boa esposa para o seu pai – ela disse.
– No começo, até achei que poderia gostar de fazer sexo com Edwin. Mas, desde a primeira vez que fizemos, eu só conseguia pensar no meu pai.

Ajeitei minha filha no colo. Eu a estava segurando com força, menos porque ela precisasse disso e mais pelo consolo que isso me proporcionava. Queria pedir a minha mãe que ela explicasse, mas não tinha certeza de querer ouvir a resposta dela.

— Eles não sabiam por que eu nunca quis voltar a Wisconsin até ele morrer — ela disse, com uma voz zangada. — Quem iria querer? Eu nunca mais queria ver aquele desgraçado.

"Todos aqueles anos lendo a Bíblia para nós, frequentando a igreja, lavando nossas bocas com sabão se disséssemos 'maldição' ou 'inferno'. Minha nova mãe — a que apareceu quando ela estava moribunda — tinha a boca mais suja do que a de um marinheiro bêbado."

"Então ele morreu, e eu achei que finalmente poderia falar com minhas irmãs sobre isso", disse. "Fui de ônibus até Milwaukee com minhas filhas. Quando cheguei à estação, minha irmã disse: 'Só quero deixar claro uma coisa. Nós não vamos abrir nenhuma velha caixa de Pandora, Connie. Papai está morto. Não vamos mais falar sobre isso.'"

"Eu só queria perguntar à minha mãe por que ela deixou que isso acontecesse. Uma mãe deveria proteger a filha."

Eu poderia ter dito muita coisa aqui. Ela achava que estava me protegendo quando foi para Colúmbia Britânica para confrontar o único homem que amei de verdade e me levar para longe dele?

Jamais entendi como tinha conseguido fazer isso — como ela convenceu um homem que dizia que eu também era o amor da sua vida a me dizer adeus. Como uma mulher que acreditava que a vida começava com a concepção tinha conseguido levar a filha para fazer um aborto. Ela fez isso. Deus sabe como. Aquela era a minha última chance de perguntar a ela, mas eu não consegui.

Às vezes, quando a deitava no lençol, nua, e passava a esponja morna sobre sua pele para lavá-la, as lembranças me invadiam, e eu tinha que lutar contra o impulso malvado de esfregar com mais força, ou passar a escova com brutalidade no seu cabelo para desatar os nós. A vontade de causar dor — registrada, mas contida – vinha quando me lembrava da minha mãe ao meu lado na sala de espera, preenchendo os formulários porque eu estava chorando demais para fazer aquilo sozinha. A enfermeira me entregando a camisola. Os pés enfiados nos estribos da mesa e minha mãe dizendo:

– Eu sei o que é melhor para você.

Eu via o táxi para o aeroporto. A longa viagem de avião até em casa. Cartas para a Colúmbia Britânica, devolvidas, com endereço desconhecido. Mesmo quando ela estava morrendo, eu a culpei por isso e quis muito ter coragem de perguntar: *Como você pôde fazer isso?*

CONSIDERANDO TODAS AS OUTRAS COISAS que minha mãe falou naqueles últimos meses, é surpreendente que ela tenha dito tão pouco a respeito de Val Dickerson. Durante trinta anos parecia que um dos focos principais da vida dela tinha sido essa outra família com a filha nascida no mesmo dia que eu, mas no final da vida minha mãe mal parecia se lembrar dos Dickerson, embora um dia, por uma única vez, tenha falado em Val.

– Imagino como seria ter sido bonita, como ela. Os homens sempre atrás dela, sem dúvida. Você não pode realmente culpar um sujeito, se ele tiver vontade de levantar a saia de uma mulher como aquela e trepar com ela. Aquelas pernas compridas e aquela cabeleira loura. Lá embaixo também, sem dúvida. Suponho que você seja igual.

Era assim com minha mãe, agora. Um monólogo interminável cujo conteúdo me causava o mal-estar que uma pessoa sente ao virar um pedaço de pau e descobrir uma massa de insetos e larvas – tanto tempo escondidos da luz – saindo de baixo dele. Durante horas eu ficava sentada ao lado dela, contente quando minha filha vinha se sentar no meu colo, onde muitas vezes adormecia. Depois de todos os comentários sombrios de minha mãe a respeito da natureza humana, era confortador ouvir o som da respiração calma de Elizabeth dormindo em meu colo.

– No final das contas – ela disse –, que importância tem tudo isso? Quanto tempo demora um ato sexual? Cinco minutos? Dez, talvez. A parte que importa não é ter o bebê, é criá-lo. Foi o que eu fiz. Mais do que tudo no mundo, eu quis ser uma boa mãe.

– Você fez o melhor que pôde, mamãe.

Mesmo num momento como esse, havia um limite no que eu podia dizer para ela sobre o assunto. Havia um ponto duro dentro de mim que, mesmo na companhia de uma mulher moribunda, me impedia de dizer o que ela mais desejava ouvir.

Foi no inverno que os sintomas apareceram e ela foi ao médico fazer exames, e foi no início da primavera que sua doença foi diagnosticada – o açafrão começava a brotar no restinho de neve que cobria o chão. Quando os lilases floresceram, seu andar se tornou vacilante.

– Espero ainda estar aqui para ver os morangos – ela disse.

Uma das coisas que tinha perguntado naquelas últimas semanas era se a minha irmã de aniversário sabia que ela estava doente. Depois de tantos anos, ainda me irritou ouvi-la perguntar sobre Dana.

– Nós podemos chamá-la se você quiser, Connie – meu pai disse.

Ele estava sentado perto da cama dela, tomando café, numa rara aparição durante o dia. Era difícil para o meu pai ver a minha mãe naquele estado. Eu às vezes ficava na janela e olhava para ele trabalhando no campo, ficando até mais tarde do que habitualmente, andando ao redor dos canteiros até que os últimos raios de sol desaparecessem. Sabia que ele não queria voltar para dentro da casa. Foi o único verão em que eu não o ouvi assobiar.

Ninguém chamou Dana Dickerson, mas ela apareceu assim mesmo, por volta dos aniversários de Quatro de Julho. Minha mãe tinha se aguentado até lá, com muita dificuldade. Nas últimas semanas ela dormia quase o tempo todo, e mal falava – o que era um alívio, considerando o que ela andava falando ultimamente.

Dana estava morando ali perto, numa fazenda que tinha comprado, cultivando verduras e criando cabras. Ela conservava o ritual de visitar a barraca da fazenda na época dos morangos, embora agora também cultivasse morangos, só para conversar com meu pai sobre assuntos agrícolas, evidentemente. Ao conversar com uma das minhas sobrinhas na barraca, soube da minha mãe, e perguntou se poderia ir até a casa para fazer-lhe uma visita.

Dana chegou na companhia de uma mulher muito atraente. Ela agora se vestia mais como homem do que como mulher. Ficava claro, ao olhar para elas, que eram um casal.

Eu vi isso com um certo prazer maligno. Agora que estava claro que Dana era lésbica, ela finalmente fizera algo que nem minha mãe, para quem Dana representava tudo o que era desejável numa filha, iria achar aceitável. Minha irmã de aniversário não ia ser mais a filha que minha mãe gostaria de ter tido. Imaginei se minha mãe estaria lúcida o bastante para entender.

Elas não se sentaram – Dana e a mulher que tinha vindo com ela. Não fizeram nenhum esforço para esconder o fato de que eram um casal. Estavam de mãos dadas, se bem me lembro. Dana estava observando o rosto da minha mãe. A pele dela estava esticada e os olhos estavam fechados.

– Você sempre produziu os melhores morangos desta região, Connie – ela disse. – Eu tinha que trazer Clarice aqui para prová-los. A minha companheira.

Minha mãe abriu os olhos e olhou para elas – primeiro para Dana, depois para a outra mulher.

– Você se tornou homossexual? – ela perguntou. – Isso é uma surpresa e tanto.

Lá vem, eu pensei: o momento pelo qual eu tinha esperado a vida inteira, quando minha mãe ia finalmente ver Dana como uma mulher devassa e, finalmente, dar valor à filha que tinha tido, eu.

– Não posso dizer que entenda o que vocês fazem, ou como fazem sexo – ela disse. – Mas, se quer saber, isso faz muito sentido. Quem precisa de um homem e de todo aquele aparato complicado que eles estão sempre exibindo? Imagino que vocês duas tenham muito prazer juntas. Vocês têm a pele mais macia.

Dana, embora não estivesse preparada para o comportamento da minha mãe, pareceu refletir com um certo interesse sobre as palavras dela. Sua parceira, Clarice, acariciou a mão da minha mãe.

– Nós somos muito felizes juntas – disse Clarice.

– Bem, isso é muito bom. Vou levar isso comigo para o túmulo.

Um outro grupo de pessoas com quem só tivemos um contato superficial naqueles últimos meses foram os parentes da minha mãe de Wisconsin. Seus pais já tinham morrido havia muito tempo, mas duas irmãs ainda moravam perto da velha fábrica de queijo.

– Nós achamos que vocês iriam querer saber – minha irmã Naomi disse, quando finalmente telefonou para elas.

Eu não ouvi a voz do outro lado da linha, mas a conversa foi breve. Quando minha irmã desligou o telefone, parecia abalada.

– A irmã dela disse que era uma pena – contou Naomi. – Ela disse que achava triste, mas que elas nunca tinham sido chegadas, e pediu que eu mandasse o obituário para elas colarem no álbum de recortes.

A ÚLTIMA VEZ QUE EU FALEI com minha mãe foi no dia em que ela morreu. Ela passava o dia quase todo dormindo nessa altura, mas enquanto eu estava ali sentada – eu a estava desenhando – ela abriu os olhos. Minhas irmãs tomavam providências para o enterro e meu pai estava descansando, então eu estava sozinha no quarto quando aconteceu.

– Você foi uma boa filha, no fim – ela disse. – Não a que eu estava esperando. Mas as coisas não acabaram tão mal.

Ela foi enterrada no jazigo da família, que ficava num bosque de bétulas atrás da casa, perto de um de nossos poços de irrigação. Havia um monte de Plank para lhe fazer companhia – homens e suas esposas, os filhos que não tinham passado da infância, e aqueles, como o meu pai, que tinham crescido e cuidado da fazenda depois da morte de seus pais, e que depois a passaram para a geração seguinte. Parada diante do buraco na terra – era um dia chuvoso do início do outono, estação de furacões, mas felizmente não houve nenhuma grande tempestade nesse ano – vi meu pai enfiar sua pá na terra para espalhar sobre o caixão dela. Mais um plantio, fora de estação. Minhas irmãs choraram e eu desejei poder chorar, mas as lágrimas não vieram.

DEPOIS DA MORTE DA MINHA MÃE, disse a Jim que queria me mudar para a fazenda e construir uma casa lá, no terreno que meu pai tinha guardado para mim aquele tempo todo. Como sempre, ele fez a minha vontade.

A casa que construímos era muito simples – dois quartos e um pequeno estúdio para mim, uma cozinha ensolarada, que dava para o poço de irrigação onde meu pai e eu costumávamos nadar. Eu queria ajudar a cuidar dele agora, disse a Jim, mas havia mais do que isso. Minhas raízes ali eram mais profundas do que eu pensava.

Arranjei um emprego de meio expediente dando aulas de arte para crianças, e um segundo emprego como arteterapeuta em Concord, a capital, trabalhando com adultos com distúrbios emocionais e homens vítimas de distúrbio pós-traumático, principalmente veteranos do Vietnã. Jim manteve seu trabalho com seguros em Boston. Embora isso significasse uma hora de viagem de ida e uma de volta, ele não reclamou.

Nós tínhamos uma vida confortável. Nossa filha gostava de morar na fazenda, e, embora meu pai tivesse comentado uma vez que era estranho que primeiro os americanos fossem lutar na Coreia e logo em seguida adotassem bebês de lá, ele adorava Elizabeth. Ela passava horas trabalhando com o avô, andando no trator ao seu lado enquanto ele arava o campo, cuidando das abóboras e cortando as cabeças de zínias.

Como tinha feito comigo tantos anos antes, ele ensinou minha filha a renovar os canteiros de morangos depois que terminava a temporada, escolhendo as cinco plantas filhas mais fortes, colocando-as uniformemente ao redor da planta mãe, como raios de sol, e deixando-as criar raízes para a próxima temporada. – Filhas – ele dizia a ela enquanto eles cavavam. – Não há nada melhor do que boas filhas.

Eu trabalhava longas horas, mas gostava do modo como passava meus dias. De manhã, dava aula para as crianças da escola primária da cidade, fazendo colagens, animais de cerâmica e gravuras com batatas, o que tornava mais fácil juntar paciência para os homens e mulheres com quem eu trabalhava no hospital estadual. Era muito diferente dos meus tempos de artista jovem, trabalhar ali num subsolo em Concord, caminhando entre as mesas de pessoas tão profundamente deprimidas ou abaladas que em alguns casos eu nunca as tinha ouvido falar.

Mas – talvez em parte por elas não serem reprimidas pelas convenções do que eram consideradas as regras sociais – os meus clientes do hospital psiquiátrico faziam coisas lindas, pintavam com uma liberdade e uma expressividade que não se viam numa turma de pessoas supostamente normais. Um retrato de uma mulher feito por um dos meus alunos do hospital não enchia simplesmente o papel, mas ultrapassava suas bordas – olhos que penetravam em você, cores aplicadas com pinceladas fortes que praticamente vibravam com sentimento. Um dos homens do meu grupo gostava de pintar retratos de jogadores de beisebol dos anos 1960, com todas as suas estatísticas formando uma margem ao redor da tela. Uma das mulheres só pintava bebês; outra fez um autorretrato usando palitos de fósforo.

Muitas vezes, supervisionando o trabalho dos meus alunos naquela pequena turma, eu imaginava como seria se os quadros deles fossem expostos em alguma galeria de arte de Nova York – como os críticos iriam elogiá-los, os preços altos que alcançariam. Ocasionalmente, eu sentia algo parecido com inveja pelo fato de que naquela salinha triste, com um grupo de pessoas tão dopadas de remédio que mal conseguiam falar, e que arrastavam os pés ao andar, era criada uma arte que eu mesma não era mais capaz de produzir. Às vezes, honestamente, quase invejava a loucura dos meus alunos e sua capacidade de se perder na arte que criavam, como um dia acontecera comigo. Talvez o distúrbio que os acometia fizesse deles artistas melhores.

Em algum ponto do caminho – depois que fui trazida de volta contra a minha vontade do Canadá –, eu tinha perdido minha paixão por desenhar e pintar, ou por qualquer outra coisa, com exceção da minha filha. Mas eu era uma boa professora, e isso era surpreendentemente compensador.

Na minha vida em casa havia menos arte do que ofício, eu pensei. Jim e eu éramos bons pais – gentis um com o outro, devotados à nossa filha. Ele trabalhava duro cuidando dos seus clientes e, nos fins de semana quando não estávamos ocupados com Elizabeth, jogava golfe. Tínhamos organizado uma vida conjugal em que nosso único interesse em comum era a nossa filha, embora ele tivesse vontade de poder despejar sobre mim o tipo de amor que nós dois dávamos a Elizabeth. Mas eu não queria isso dele.

Vivíamos menos como marido e mulher e mais como irmão e irmã. Eu dizia a mim mesma que havia coisas piores na vida do que isso.

Dana

Como as coisas acontecem

Em 1977, o presidente Carter tinha declarado anistia para todos os americanos que tinham saído dos Estados Unidos e ido para o Canadá e outros lugares durante o serviço militar obrigatório no Vietnã. Depois que ouvi a notícia, tive esperança de saber do meu irmão, mas isso não aconteceu. Liguei para Val para saber se ela tinha alguma informação, mas era improvável que meu irmão a tivesse encontrado mesmo que quisesse porque ela já tinha se mudado diversas vezes nessa altura. À época, ela estava na Virgínia, pintando retratos de gente rica – de seus filhos, principalmente – e aumentando sua renda com desenhos para cartões comemorativos. Quando mencionei a anistia, ela pareceu não ter ouvido nada a respeito.

Com exceção daquele período incomum em que protestara contra a guerra, Val não prestava atenção nas notícias do mundo, nem nas notícias a respeito dos próprios filhos. Nas raras vezes em que nos falávamos, o assunto girava em torno de suas pinturas e cerâmicas ou de sua ioga ou de algum novo regime alimentar que ela adotara – vegetariano, macrobiótico. Contei-lhe sobre Clarice, embora ela não perguntasse nada sobre a nossa vida em comum. Uma vez, entretanto – algo estranho para uma pessoa que parecia ligar tão pouco para qualquer indivíduo além de si mesma –, ela me contou que Ruth Plank estava morando de

novo na fazenda. Alguém — provavelmente Edwin — tinha evidentemente contado a ela que Ruth tinha estudado arte na universidade, e isso a interessou.
— Engraçado como essas coisas acontecem — ela disse. — Você acabou criando cabras. E Ruth, pintando. Você já se perguntou por que as coisas acontecem desse jeito?
Eu não tinha me perguntado, mas então, pensando no meu irmão, eu disse:
— Será que ela teve notícias de Ray?
Eu nunca soube de detalhes, mas tinha conhecimento de que tinha havido alguma coisa entre eles no passado.
— Seu irmão está mergulhado no seu próprio mundo — ela disse. — Não tenho esperança de tornar a vê-lo.
— Você não pode ter certeza disso. As coisas mudaram. Ele agora pode voltar para casa.
— Não é necessariamente a decisão do governo que importa. É o que se passa na cabeça dele. Seu irmão cortou os laços conosco muito tempo atrás.
— Ele pode estar casado, quem sabe? — especulei. — Você pode ser avó sem saber. Eu posso ser tia. Você não quer saber se ele tem uma família?
— Sabe de uma coisa engraçada? Ele me ligou uma vez de um telefone público no Canadá. Disse que ia ter um bebê.
Tantos anos se passaram e eu nunca soube disso.
— E depois? — perguntei a ela.
— Depois ele tornou a ligar. Ele disse que não tinha dado certo. Estava chorando. Essa foi a última vez que tive notícia dele.

RUTH
Com o pé na estrada

ERA ÉPOCA DE PREPARAR o feno quando minha mãe morreu, e talvez por causa disso meu pai tenha tido pouco tempo para chorar por ela, embora devesse pensar muito nela naquelas longas horas no trator, andando em círculos, ceifando os campos.

Estávamos tendo um verão com pouca chuva de novo, então ele ficou ocupado durante todo o mês de julho, cuidando da irrigação. Ele ainda fazia quase todo o trabalho pesado, embora agora os filhos das minhas irmãs ajudassem bastante, além do seu assistente da vida toda, Victor Patucci — cujo título agora era capataz.

— Victor está sempre atrás de mim querendo que eu me aposente e deixe que ele administre a fazenda — ele contou uma noite, voltando do campo depois de um dia particularmente longo em que tinha ficado lá fora, distribuindo a água, até o sol desaparecer. — Mas há alguma coisa nesse sujeito de que eu não gosto.

Por mais duras que tenham sido as coisas para o meu pai desde o incêndio do estábulo, ele não saberia o que fazer na comunidade de aposentados da Flórida, cujo fôlder Victor lhe mostrou uma vez, ou no cruzeiro de idosos para as Bermudas. Meu pai precisava de Victor, mas nunca concordara com suas ideias a respeito da administração da nossa fazenda. Talvez fosse verdade que nós obtivéssemos maior eficiência e aumentássemos os lucros se deixássemos de cultivar nossos produtos exclusivos e desistíssemos de coisas como zínias e vagens – que ele amava, mas não eram particularmente lucrativas – para nos focar na quantidade e no que Victor chamava de "fator de entretenimento" da fazenda, que poderia transformá-la em algo realmente lucrativo. Para meu pai, no entanto, cultivar a terra nunca tinha sido algo apenas para ganhar dinheiro. Tampouco principalmente para ganhar dinheiro.

– Se tivéssemos apenas que cultivar plantas e nunca nos preocupar em vender nada – ele dizia às vezes –, a vida seria perfeita. Mas para Victor o objetivo era o lucro.

– Ele é um contador de feijões, não um fazendeiro – dizia meu pai. – A única coisa que aquele cara gosta de ver crescer é sua conta no banco.

Se minha mãe estivesse viva, ela teria sentado com ele, todas aquelas noites depois do trabalho, trabalhando numa colcha enquanto o ouvia contar sobre a aparência do milho e sobre a safra de tomate que teriam. Mas sem ela as noites deviam ser muito longas para ele. Mesmo com minhas irmãs e eu aparecendo por lá sempre que possível, levando o seu jantar, ele voltava tão tarde do campo que comia quase todas as suas refeições sozinho.

Quando chegou o outono, depois da geada, ele ficou inquieto. Logo após a época das abóboras, havia pouco trabalho para fazer, e ele começou a dar longas caminhadas pela estrada, atirando pedaços de pau para o seu cachorro, Sam, apanhar, ou então passava horas jogando paciência. Minha filha, Elizabeth, costumava passar por lá para jogar cartas com ele, mas agora ela ficava ocupada à noite com seus deveres de casa e nos fins de semana ia visitar as amigas. Não era diferente com os outros netos.

– Eu queria que os malditos catálogos de sementes chegassem logo – ele dizia, mas estávamos apenas em novembro. Ele tinha mais dois meses pela frente antes dos catálogos chegarem e ele começar a encomendar sementes para a próxima safra.

No início de dezembro, meu pai anunciou que estava planejando uma viagem.

— Pensei em fazer uma visita a Valerie Dickerson. Já que ela é uma velha amiga.

Fazia anos que eu não via Val nem sabia mais onde ela morava, embora fosse fácil descobrir isso através de Dana, e foi provavelmente assim que meu pai soube que ela se mudara para a Virgínia. Ela estava fazendo cerâmica, ele disse.

— É uma longa viagem — eu disse a ele.

— Eu sempre gostei de pôr o pé na estrada — ele disse, embora, tirando aquelas peregrinações nas férias para checar o progresso da infância de Dana Dickerson, eu não sabia de nenhuma outra viagem sua.

— E quando foi que você pôs o pé na estrada, papai?

— Exatamente. Já está na hora de fazer isso. Eu posso visitar alguns lugares históricos. Conhecer o país.

Na véspera da sua partida, ele foi à barbearia na cidade em vez de pedir à minha irmã Sarah que cortasse o que lhe restava de cabelo. Quando passei lá, à noite, para vê-lo, notei um pacote em cima da mesa, embrulhado para presente, amarrado com uma fita.

— Não se deve visitar uma pessoa de mãos vazias — ele disse.

Tinha comprado para Val um broche com a flor oficial de New Hampshire, o lilás roxo.

Ele partiu antes do sol nascer. Pela primeira vez na vida não estava usando macacão. Vestia uma calça jeans, com o vinco bem passado, e uma camisa de colarinho com gravata. Ele estava com sua jaqueta L.L. Bean, naturalmente, por causa do frio. Parada na varanda, despedi-me dele com um beijo e senti o cheiro de sua loção pós-barba.

Combinamos que iríamos tomar conta de Sam e das violetas africanas da minha mãe por uma semana inteira, imaginando que ele talvez quisesse ficar um tempinho na Virgínia, conhecendo o lugar, tendo em vista que essas eram as primeiras férias que tirava na vida.

Ele voltou 72 horas após ter partido. Ouvi seu carro chegando depois da meia-noite. Ele deve ter dirigido direto de Richmond até em casa, para economizar o dinheiro do motel, mas mesmo assim, considerando o quanto deve ter demorado para chegar lá, ele não pode ter ficado muito tempo por lá.

Na manhã seguinte, passei para perguntar como tinham sido as coisas com Val. Ele estava sentado à mesa da cozinha, tomando café, mas não quis falar muito a respeito.

– Ela gostou do broche?

Se ele ouviu a pergunta, ignorou-a. Estava mexendo o creme no café, olhando pela janela para os campos abaixo da casa.

– Ela se casou – ele disse. – Com um desses caras que trabalham com ações e coisas assim. Terno e gravata, o pacote completo. Sabe como ela o conheceu? O cara a contratou para pintar um retrato do seu cachorro que tinha morrido. Em pouco tempo estavam casados.

"Eles me convidaram para tomar uma limonada, mas eu disse que estava com pressa. Eu sou um homem ocupado."

Meu pai estava pegando alguma coisa na gaveta quando me disse isso. Quando estiver em dúvida, aplique óleo WD-40 numa dobradiça, um dos seus lemas na vida.

– Ela ainda é uma mulher muito bonita – ele disse. – Essa parte não mudou.

Dana

Tique-taque mortal

EM 1991, UM COLUNISTA de culinária do *New York Times* comprou um queijo de cabra nosso num mercado em Portsmouth e escreveu uma coluna sobre produtores artesanais de queijo, com um retrato meu e da nossa melhor leiteira, Andromeda, ao lado da pequena barraca de flores que Clarice ainda conservava com buquês de flores para vender no sistema de confiança. Em uma semana, as nossas encomendas dobraram. Eu disse a Clarice que, quando chegasse novembro, quando nossas cabras parassem de produzir leite durante o inverno, tiraríamos umas férias. Tínhamos finalmente dinheiro para visitar a Itália e ver os quadros que ela amava. Comer massa fresca. Tomar vinho no almoço.

– Sabe o que me agradaria mais? – ela disse. – Fazer aquela viagem para o oeste que sempre tivemos vontade de fazer. Ver alguns búfalos. O Grand Tetons. Yellowstone. Aposto que deve ser fantástico no inverno.

Mas no outono ela começou a ter problemas de saúde. A dormência que Clarice tinha notado nos dedos dos pés e das mãos, já fazia um ano, estava piorando, assim como seu problema na perna. Eu notava isso quando andávamos de bicicleta – ela empurrava a sua nas ladeiras. Ela não falava a respeito, mas eu via que estava preocupada.

Nós estávamos preparando o jantar uma noite quando entreguei a ela uma garrafa de vinagre para o molho da salada. Ela tentou abri-la e não conseguiu. A garrafa escorregou de suas mãos. O médico que procuramos dessa vez clinicava em Boston; ele era neurologista. Ele pediu exames. Quando os resultados chegaram, ele ligou para Clarice.

– Você precisa vir aqui – ele disse. Eu teria ido com ela de qualquer maneira, mas ele disse:

– Traga a sua parceira.

Era esclerose lateral amiotrófica (ELA), uma degeneração dos neurônios motores do sistema nervoso central, também conhecida como doença de Lou Gehrig.

Embora nenhuma de nós costumasse acompanhar notícias médicas, já tínhamos ouvido falar sobre essa doença. Primeiro viriam pequenos problemas motores, levando a uma paralisia gradual dos membros, seguida por problemas para engolir, depois para respirar, exigindo um respirador. Em algum momento, até a fala se tornaria inviável. Finalmente, todo o sistema nervoso entraria em colapso. E então viria a morte, normalmente dentro de três a cinco anos.

– O cérebro não fica incapacitado – o médico explicou. – Só o corpo.

Isso significava que Clarice continuaria sendo Clarice, presa dentro do seu corpo, incapaz de se mover ou falar, ou gritar.

Ele discorreu sobre diversas opções de tratamento, mas deixou claro que nenhum deles faria mais do que controlar o problema. Essa era uma doença para a qual não havia cura. Mais adiante, ele disse, poderia entrar em mais detalhes conosco, mas por ora era melhor que ficássemos a sós para digerir melhor a informação.

Fui para casa dirigindo mais rapidamente que o habitual, com a ideia doida de que se morrêssemos agora mostraríamos ao médico que ele estava errado ao garantir que a ELA iria matar Clarice. Se morrêssemos agora, eu morreria com ela.

– Vá mais devagar – ela disse. – Há gelo na estrada.
Sua voz estava firme. Ela pôs a mão no meu ombro.
A estrada se abria diante de nós, na longa viagem até o Maine. Fingi que alguém estava nos perseguindo. Lou Gehrig vinha atrás de nós. Se pudéssemos apenas voltar para a fazenda – para as cabras, o cachorro, o fogão a lenha, a cama de metal – antes de ele nos alcançar (as regras do jogo ficaram confusas aqui, como tantas outras coisas), estaríamos livres.
– Vamos deixar para falar nisso amanhã – ela disse quando paramos na frente da casa, no escuro. – Vamos para a cama.

APESAR DE TODAS AS VEZES que tínhamos feito amor naquela cama, de toda a doçura que tínhamos encontrado ali, nós duas nunca tínhamos passado uma noite como aquela.
Ela se sentou na cama e deixou que eu a despisse – algo que já tinha feito muitas vezes antes, embora nessa noite em particular o ato de desabotoar sua blusa, deixá-la escorregar por seus ombros, desabotoar seu lindo sutiã de renda, tudo teve um significado diferente. Eu sei que ela estava pensando o mesmo: que em breve, quando eu a despisse à noite, não seria só para fazer amor, mas por necessidade.
Fiquei de joelhos diante dela. Segurei nas suas nádegas pequenas e firmes, abri o fecho éclair de sua saia e a puxei até ela cair no chão. Ainda ajoelhada, olhando para cima, puxei sua calcinha devagar, pelos quadris, pelos joelhos – ela odiava seus joelhos, mas eu os achava lindos – e as tirei, como se ela fosse uma fruta rara e exótica cujas camadas de casca e pele tivessem que ser tiradas antes da pessoa poder sugar seu suco.
Mas não ainda. Primeiro massageei os seus pés – o lugar onde a terrível dormência tinha começado. Um por um, eu pus seus dedos em minha boca. Eu costumava rir dela porque ela gostava de esmalte de unha – tinha dúzias de vidrinhos em cima da penteadeira, junto com todas as outras coisas de que gostava e que nunca tinham tido importância para mim: pentes, clipes, anéis,

broches, fitas, plumas. Eu adorava presenteá-la com joias, embora eu mesma só usasse um relógio. Ouvi seu tique-taque mortal.

De repente, tudo nela se tornou precioso: seu tornozelo; a pequena cicatriz de um acidente de bicicleta na infância; o lugar atrás do seu joelho, onde, quando eu passava a língua de uma certa maneira, ela ria, com a voz da menina que ela deve ter sido um dia, e se tornava de novo quando eu a tocava ali.

Ainda vestida – com minhas roupas de cidade – eu a deitei na cama como uma pessoa deitaria uma criança que tivesse adormecido no banco de trás de um carro depois de uma longa viagem até em casa. Seu corpo estava mole, como se ela estivesse tentando ver como seria num futuro não muito distante. Era como se estivesse praticando uma nova forma de ser, tão diferente do seu velho e conhecido eu, que costumava subir em cima de mim, acariciando e apertando, lutando e arranhando, lambendo, beijando, mordendo, acariciando, beijando de novo.

– Volte para mim – murmurei para Clarice.

– Eu nunca fui embora – ela disse. – Eu estou sempre aqui.

Um centímetro de cada vez, percorri o seu corpo. Em certos lugares, bem conhecidos de nós duas de outras noites e dias, eu me demorava.

– Lembra disso?

– Nova Escócia.

– Parque Nacional de Acádia. Acampando na chuva.

– A noite que levamos o cultivador para casa.

– Nova York. A exposição de Monet. Depois o nosso hotel.

Eu tinha tirado a roupa, então podia sentir sua pele contra a minha, e, acima de tudo, ela podia sentir a minha pele. Todas as pequenas dádivas que achávamos normais desapareceriam. Contamos todos os lugares que amávamos: dedos, cotovelos, orelhas, pescoço, barriga. Nós os contamos um por um, como um turista contaria os grandes museus de Paris ou as formações rochosas de Yosemite.

Não falamos, não sentimos necessidade de palavras, e isso também foi uma espécie de consolo. Mesmo quando as palavras tiverem desaparecido, eu quis que ela soubesse, eu vou ouvir a sua voz. Quando você não puder mais falar, eu também não vou poder. (Só que ocorreu justamente o contrário, na realidade. Mais do que nunca, quando chegamos a esse ponto, ela precisou das minhas palavras. Então eu precisei falar não só por mim, mas por ela também.)

Beijei todos os lugares que os homens, quando fazem amor com mulheres, não pensam nem notam. Não simplesmente seus seios e mamilos, mas debaixo deles. O pequeno espaço oco acima da clavícula, onde, se ela estivesse deitada e estivesse chovendo, a chuva ficaria depositada. Eu tinha medido uma vez – a cientista em mim, mais uma vez – quanto líquido cabia naquele espaço. Em Clarice, com sua delicada estrutura óssea, caberia quase uma tampa de garrafa. Primeiro despejar, depois beber.

Eu beijei os lóbulos de suas orelhas, sua testa, a dobra entre polegar e indicador, e todas as outras dobras entre os dedos. A base de sua espinha, e cada osso sobre ela. Cotovelo, pulso, umbigo, sovaco.

– Nunca ponha desodorante aí – ela costumava me dizer, embora eu trabalhasse horas no sol e voltasse suada para casa. – Quero o seu cheiro verdadeiro em mim.

Agora eu me fartava do dela.

Só depois de passar por todos esses outros lugares foi que eu visitei aquele onde nós sempre terminávamos. O lugar escuro e escondido onde ficava o seu tesouro. Eu me demorei mais nele. Ao longe, eu ouvi a voz dela – um ronronar baixinho primeiro, depois um som como o de um filhotinho de animal chorando pelo leite da mãe. Depois gemidos.

Horas tinham se passado desde aquele momento terrível no consultório do médico, e nós ainda não tínhamos chorado com a notícia, mas agora nós duas podíamos chorar. Então o som de nossas vozes encheu a casa. A voz que saiu de mim – de nós duas – foi uma voz que eu nunca tinha ouvido e que nunca mais queria ouvir.

Foi um ganido animal – duas vozes erguidas num longo grito que encheu a noite e durou um longo tempo.

Depois nós dormimos.

RUTH

A coisa mais estranha

Nós descobrimos que Val Dickerson tinha morrido por meio da mensagem deixada na secretária eletrônica para o meu pai. Ele estava morando mais ou menos sozinho, mas seu esquecimento nos últimos anos tinha chegado a um ponto tal que foi preciso colocar um cuidador ao seu lado nas horas em que nenhuma de nós estava se revezando. Se ele ficasse sozinho, era impossível saber o que faria. Ele poderia ir até o estábulo e ligar o trator, mesmo que fosse inverno e o chão estivesse congelado. Ou ia para a estufa e resolvia que estava na hora de replantar algumas dezenas de mudinhas de tomate. Num final de tarde de novembro, bem depois que tinha começado a gear, eu o encontrei vagando no campo de milho.

– Eu não entendo o que aconteceu – ele disse. – A Rainha Prateada desapareceu. Nós deveríamos ter vinte fileiras aqui. Alguém está nos roubando.

É claro que nessa altura ele não trabalhava mais na fazenda. Embora a fazenda coberta de hipotecas ainda pertencesse ao meu pai, tínhamos arrendado nossa terra para Victor Patucci alguns anos antes.

Na tarde em que chegou a mensagem dizendo que Val tinha morrido, ele estava vendo televisão. Era o início do programa da Oprah, por quem ele parecia ter um afeto surpreendente.

— Aquela garota pode ser negra — ele dizia —, mas ela sabe o que está dizendo.

Eu estava guardando as compras quando apertei o botão com mensagens novas — surpresa de que alguém tivesse ligado para lá. Depois da morte da minha mãe, meu pai não ia mais à igreja nem se envolvia em assuntos da comunidade como havia feito por tantos anos. A maioria dos seus amigos, se já não estavam mortos, estavam velhos, como ele. Os que podiam, passavam os invernos na Flórida.

A voz na secretária eletrônica era desconhecida. Ele se apresentou como sendo David Jenkins, o marido de uma velha amiga nossa, Valerie Dickerson. Ele estava ligando de Rhode Island.

— Achei que vocês deviam saber, Valerie morreu subitamente no último fim de semana. Ela não estava doente. Eu a encontrei no seu estúdio. Ela devia estar pintando quando isso aconteceu.

Eu larguei a caixa de ovos que estava segurando, abalada não tanto com a notícia da morte de Val quanto por ter me lembrado de Ray ao ouvir o nome dela. Vi seu cabelo comprido caindo sobre mim. Eu quase pude sentir o gosto de morangos em minha língua.

Eu já estava casada havia muito tempo nessa altura, e inesperadamente grávida do nosso filho, Douglas — dez anos depois de termos adotado Elizabeth. Mas mesmo então, a uma semana e meia da data prevista para o meu parto, com as costas doendo, os tornozelos inchados e o rosto manchado, o simples fato de pensar em Ray Dickerson deixou o meu rosto quente.

Jim e eu estávamos casados havia quase 16 anos. A noite em que Doug foi concebido tinha sido a primeira vez que fazíamos amor em quase um ano, e nós nunca tínhamos concebido um filho mesmo quando estávamos tentando, e foi por isso que eu não achei que precisássemos tomar qualquer precaução.

Depois de todos os nossos esforços para ter um bebê enquanto éramos jovens, achei que isso jamais fosse acontecer. Castigo pelo aborto, eu acreditava secretamente. E aqui estava eu, grávida pela primeira vez aos 42 anos, eu dizia. Grávida pela segunda vez, na verdade, mas eu nunca falei sobre isso.

Agora vinha a notícia de que Val Dickerson estava morta. Pensando nela e em Ray, eu me esqueci do meu pai, que estava sentado em sua poltrona a poucos metros da secretária eletrônica, diante da televisão. O que chamou minha atenção foi um som baixo vindo da sua cadeira, um som não exatamente humano, parecendo mais um animal em agonia.

Então olhei para o meu pai, curvado em sua cadeira, a manta que minha mãe tinha tricotado tantos anos antes cobrindo seus joelhos magros. Pela primeira vez na minha vida – e a morte da minha mãe não foi uma exceção a isso – vi o meu pai chorando.

Com a dificuldade de uma mulher no meu estágio de gravidez, eu me ajoelhei diante dele e segurei sua mão.

– Sinto muito, papai. Acho que você ouviu a mensagem. Você se lembra de Val, certo?

Olhando para o rosto dele, vi que essa era uma pergunta ridícula, embora houvesse um bocado de gente em nossa vida – os maridos das minhas irmãs, por exemplo, e os netos, inclusive nossa filha de onze anos, Elizabeth – cujos nomes ele não sabia mais. Mas a notícia da morte de Val Dickerson tinha evidentemente atingido um lugar nele onde a memória permanecia, como um pedaço de solo que o trator tivesse esquecido, onde uns poucos talos secos da safra do último verão ainda continuassem de pé, num solo não revirado.

– Ela era uma mulher e tanto – ele disse, mexendo na manta. – Alta.

– Uma vez eles vieram de Vermont até aqui para comprar morangos – eu disse, ainda pensando em Ray. A notícia tinha abalado muito o meu pai, mas tinha produzido um forte efeito em mim, também. – E nós fazíamos aquelas viagens malucas para visitá-los. Horas no carro brincando de *Eu vejo* e procurando placas de carro de estados diferentes, tudo por uns copos de limonada e uma xícara de café instantâneo. George quase nunca estava em casa e eu nunca achei que Val ficasse muito contente em nos ver.

– Sua mãe nunca se deu bem com Valerie Dickerson – disse meu pai. As palavras saíram com uma força surpreendente. – Mas ela sempre quis manter contato com ela. Essa era a coisa mais estranha.

Ele ficou calado. Na tela da TV, Oprah tinha posto a mão no ombro de uma mulher que tinha acabado de anunciar que sofria de um distúrbio alimentar.

– Desabafe – incentivou Oprah. – Faz bem falar sobre isso.

– O QUE SERÁ QUE DANA DICKERSON estará fazendo agora – imaginei.

Só depois de ter dito isso foi que percebi que esse era o comentário que minha mãe sempre fizera – e que eu detestava por causa da mensagem que trazia subentendida, de que a vida de uma menina que mal conhecíamos despertava muito mais interesse do que a minha. Agora ali estava eu fazendo a mesma coisa.

– Ela gostava de desenhar retratos – meu pai estava dizendo. Ele tinha tirado um lenço do bolso. Assoou o nariz. – E tinha um cheiro bom.

– Você se lembra de Ray? – perguntei a ele.

Havia anos que eu não falava nele, mas ali naquela sala, com um homem cujo passado e presente tinham se confundido numa névoa espessa, achei que podia pronunciar sem perigo o nome que não podia ser dito. Uma parte minha queria dizê-lo em voz alta, só para sentir o seu som em minha boca. Do jeito que o meu pai estava agora, eu poderia ter dito qualquer coisa.

Ele pôs morangos na minha boca, com sua língua, quando eu tinha 13 anos.

Nós moramos numa cabana no Canadá. Eu achei que ele era o meu destino. Nós íamos ter um bebê.

– Cabelo louro – meu pai disse. – Que pena que você não a conheceu.

MAIS TARDE, EU LIGUEI PARA O MARIDO de Val, David. Ele me disse que, quando morreu, ela estava morando em Rhode Island, onde tinha se estabelecido com esse novo marido, o empresário que tinha encomendado o retrato do golden retriever. Na época da sua morte, ela estava ensinando ioga e estudando à noite na Escola de Design de Rhode Island. Ela devia ter quase 70 anos, calculei. Isso era difícil de imaginar, da mulher que tinha sido sempre tão jovem e tão linda a meus olhos.

Considerando as notícias que eu tinha tido de Ray, anos atrás – que não havia notícia dele, na realidade, que nem sua irmã sabia por onde ele andava –, pareceu improvável que ele fosse estar no enterro, e isso foi um alívio. Por um lado, queria muito tornar a vê-lo. Mas, imaginando que ele pudesse comparecer à cerimônia, odiei a ideia de que fosse me ver naquele estado. Algumas mulheres ficam lindas durante a gravidez, mas eu só estava gorda.

No fim, não pude ir ao funeral como tinha planejado. Naquela manhã, as contrações começaram. De tarde, eu estava em trabalho de parto. Mas minhas irmãs foram.

Dana

Obrigada a partir

Depois que recebemos a notícia a respeito de Clarice, nada mais parecia importar. Eu ordenhava as cabras e enchia os moldes de queijo com creme fresco e mantinha os morangos limpos e a barraca da fazenda equipada, embora tenha desistido daqueles buquês de zínias que costumávamos vender ao lado da estrada. Era esforço demais, e para quê?

Quanto a Clarice, ela fingiu por um tempo que nada tinha acontecido, e, como ela queria ficar naquele estado de negação, eu deixei. Em breve, não seria mais possível.

Então eu fiz a vontade dela, mantendo as aparências de uma vida normal. Quando recebi o telefonema do marido de Val em Rhode Island – um homem que eu mal conhecia – dizendo que ela tinha morrido, eu estava datilografando as anotações de Clarice para uma aula de filosofia. Os dedos dela não conseguiam mais fazer esse trabalho.

Eu não imaginaria que a notícia da morte de Val pudesse me abalar tanto. Quando morreu, Val estava ausente da minha vida havia tanto tempo que sua partida da Terra não iria fazer muita diferença, ou era o que eu pensava. Eu iria ao seu funeral, é claro – aliviada por haver alguém agora para tomar as providências necessárias –, mas Val para mim era menos uma mãe e mais uma conhecida distante e frequentemente irritante. Embora nunca tivéssemos sido chegadas, eu fazia questão de ligar para ela uma vez por semana, mas raramente a visitava.

A última vez que a tinha visto, ela me pareceu a mesma de sempre. Estava um tanto desligada e sonhadora, preocupada como sempre com o seu trabalho artístico. Quando mencionei nossas cabras, ela respondeu contando-me sobre um curso que estava fazendo de cerâmica raku e sobre uma viagem que ela e David fariam para Quebec.

Então ela morreu, e, quando recebi a notícia, aconteceu uma coisa surpreendente. Senti uma tristeza estranha e terrível por todas as coisas que nós nunca tínhamos conversado. O meu relacionamento com Clarice, por exemplo.

Eu nunca a imaginei se incomodando com isso. Val não era o tipo de pessoa que ficaria chocada com a ideia de duas mulheres se amando. Talvez eu até subisse no conceito dela pela originalidade da minha escolha de parceira. Uma das coisas que sempre incomodou Val a meu respeito, eu acho, foi o que ela considerava como sendo o meu convencionalismo, a minha falta completa de espírito artístico.

Era verdade que eu não era uma artista. Mas convencional eu nunca fui, como Clarice poderia atestar. Em se tratando de convencionalismo, bastava olhar para as cinco irmãs Plank – pelo menos para as quatro mais velhas, que, para minha grande surpresa, apareceram no velório de Val, realizado no estúdio de ioga.

Eu tinha contado a Clarice sobre aquela velha rotina de "irmã de aniversário" que Connie Plank tinha insistido em manter todos aqueles anos, e sobre as visitas incômodas e sem sentido que a família dela costumava nos fazer. E agora aqui estavam as Plank de novo, entrando em nossa vida como que para reafirmar uma ligação que eu jamais havia entendido.

Aquelas eram mulheres que acreditavam mesmo em seguir as regras. Elas encheram metade de uma fileira no centro de ioga, usando conjuntos azul-marinho quase idênticos, cada uma com um colar de pérolas no pescoço. Todas usavam o mesmo estilo de cabelo, curto, enxuto com secador. Seus corpos tinham mais ou menos a mesma forma — curtos e grossos na cintura, com batatas da perna grandes e surpreendentemente musculosas para mulheres que não pareciam malhar numa academia.

Das outras vezes que eu estivera na barraca da fazenda, os únicos Plank que eu tinha visto tinham sido Connie e Edwin, e de vez em quando Ruth, então esta era a primeira vez que eu as via desde que éramos crianças. Quando as vi, o que registrei primeiro foi o quanto pareciam deslocadas numa sala cheia de alunas de ioga e artistas amigos de Val — como era estranho elas estarem ali, com faixas com orações tibetanas balançando sobre suas cabeças e uma fita tocando flauta americana nativa.

Eu estava de calça comprida (calça arrumada, com um bonita blusa e um casaco). As mulheres Plank pareciam saídas das páginas de um catálogo da Talbot. Mas se você ignorasse as coisas superficiais — maquiagem, roupas, joias, alianças — ficava muito claro: as quatro irmãs se pareciam imensamente comigo.

Eu não fui a única a notar isso. Clarice, ao vê-las entrar, tinha achado que elas deviam ser parentas que eu tinha, misteriosamente, esquecido de mencionar durante todos aqueles anos em que estávamos vivendo juntas.

— Elas são as Plank — eu disse. A que não estava lá era a única que não se parecia nada comigo, Ruth.

AO LONGO DOS ANOS, Val tinha compilado uma lista de músicas que ela queria que fossem tocadas no seu funeral. Ela teve a surpreendente visão de entregar a lista ao marido, e o número de músicas era tão grande que só essa parte levou uma hora.

Depois da música de flauta veio "Cinnamon Girl" com Neil Young e "Brown Eyed Girl" com Van Morrison (embora os olhos da minha mãe fossem azuis, eu sabia que ela achava que as palavras se aplicavam a ela) e Paul McCartney e Cat Stevens e Jackson Browne. Joni Mitchell, "River", do álbum *Blue*. Quase todas eram canções românticas ou sentimentais, celebrando uma mulher ou outra que possuía traços que minha mãe deve ter achado semelhantes aos dela, mas houve outras escolhas surpreendentes – Etta James cantando "I'd Rather Go Blind" e James Brown, cantando "I Feel Good", seguido, estranhamente, por uma seleção de Krishna Das.

O prelúdio musical durou quase uma hora – o suficiente para as quatro irmãs Plank e eu estudarmos umas às outras, o que fizemos.

Por causa do modo como estávamos posicionadas, a primeira visão que as irmãs tiveram de mim foi da parte de trás da minha cabeça, e eu pude praticamente sentir quatro pares de olhos grudados em mim. Eu me virei quando foi possível, fingindo estar procurando algum parente na sala, mas, cada vez que eu me virava, me via olhando para uma irmã Plank, que também estava olhando para mim.

Elas tinham dois choques para absorver, e só um deles era o fato de eu estar sentada ao lado de Clarice, que tinha um braço passado pelos meus ombros. Mais perturbadora era a visão do meu corpo curto, sólido e totalmente familiar, do meu rosto quadrado e surpreendentemente reconhecível.

Quando éramos mais jovens, devíamos ser um grupo de garotas parecidas – Esther, Sarah, Naomi, Edwina – até Ruth, que ainda não tinha começado a crescer até atingir aquela altura fantástica que deu a ela o apelido de Varapau. Naquela época, nossas semelhanças podiam ser atribuídas à idade, à roupa, e à doçura de um dia de verão que deixava todos os rostos vermelhos com os cabelos grudados na cara. Seria necessária mais uma década para a semelhança se tornar o que era agora.

Considerando o tempo que a música levou tocando, eu tive muito tempo para refletir sobre o que isso significava. Eu me vi examinando o passado, vendo uma ou outra imagem daquelas ocasiões intermitentes, mas perturbadoras, em que as vidas de nossas famílias se cruzaram.

Eu pensei em Edwin Plank, que sempre ficou em segundo plano, como se seu papel nessas raras ocasiões fosse apenas o de motorista da família. Ainda assim, sempre me senti atraída por ele. Um homem alto, magro, ele se agachava para falar comigo

— o que fazia com uma voz autêntica, de adulto, não a vozinha infantil que muitos adultos usam para falar com crianças.

Edwin Plank pode ter sido a primeira pessoa a notar o meu interesse em plantas. Uma vez ele perguntou sobre a batata-doce que eu estava cultivando no peitoril da janela. Ele estudou as folhas de uma roseira que minha mãe estava tentando cultivar, comentando que ela precisava de mais nitrogênio, e que devíamos aproveitar para arrancar os brotos secundários. Foi ele, eu me lembrei então, que tinha me mostrado o que fazer para fortalecer e aumentar o tamanho de uns girassóis que eu tinha começado a cultivar, que tinha me ensinado a renovar um canteiro de morangos, e que, mais tarde, me deu suas preciosas plantas filhas — o resultado de anos de cuidadosos cruzamentos entre variedades de morangos.

Ali sentada no velório de Val, mais imagens do passado me vieram à mente. O que eu via em cada cena lembrada — fosse brincando de Barbie com Ruth, comprando morangos na fazenda Plank, ou falando sobre milho com Edwin — era uma figura fora de foco, alguém em segundo plano, que não conseguia tirar os olhos de mim. A única pessoa na minha vida, possivelmente, além de Clarice, que tinha olhado para mim com tanto amor e nostalgia. Connie.

FOI NO DIA EM QUE ENTERRAMOS Val que eu compreendi a verdade: Val Dickerson não era minha mãe. Connie Plank, sim.

Connie, que — sempre que me via — corria para mim como um cão de caça. Corria para cima de mim, alguém poderia dizer, de tão apertado e feroz que era o seu abraço. Connie, que praticamente exigia ver os meus boletins escolares, e perguntava sobre minha educação religiosa, que mandou tantas cartas para a minha mãe implorando para eu ser batizada, até que finalmente Val tinha escrito para ela com a mentira de que o rito tinha sido cumprido. Connie, que comprava presentes para mim (sempre para mim, não para o meu irmão) — a Bíblia Juvenil, e um livrinho chamado *O caminho para a paz interior* do bispo Sheen, e — no ano em que fiz 12 anos – um medalhão onde havia lugar para dois retratos. Uma das molduras ovais estava vazia. Na outra, ela tinha colocado um retratinho de si mesma.

Considerando o tempo que o recital de música demorou, a cerimônia em si, conforme descrita no programa xerocado, pareceu abençoadamente curta – uma reflexão e uma meditação do marido dela e de um de seus alunos de ioga, seguidas de manifestações de quem desejasse falar.

Então chegou a minha vez. Eu estava abalada, não tanto pela morte de Val, mas pela visão das mulheres que eu de repente compreendi que deviam ser minhas irmãs. Eu tirei do bolso o papel com a fala que eu tinha preparado sobre o amor que Val tinha pela arte, a sua dedicação à pintura.

– Minha mãe amava a arte.

(Dessa vez, pelo menos, eu iria me referir a Val como minha mãe.) O que eu não acrescentei foi que o pouquinho de amor que pudesse restar para mim tinha sido ofuscado por um sentimento que tive a vida inteira, de que eu a decepcionava. Eu sempre achei que não era a filha que ela desejava.

E não era mesmo, é claro. Pela primeira vez, entendi por que eu sempre me sentira assim. Finalmente fazia sentido. A pessoa que devia estar sentada ali na primeira fila não era eu, e, sim, Ruth.

Depois que terminei de falar, David perguntou se alguém mais gostaria de dizer algumas palavras. No começo, ninguém se manifestou. E então uma das Plank – Edwina – foi até a frente da sala.

– Minha irmã Ruth está tendo um bebê hoje – ela disse, desdobrando um pedaço de papel. – Ela me pediu para ler isto.

Eram só algumas frases. Imaginei Ruth escrevendo-as, talvez no início do seu trabalho de parto. Imaginei se ela já sabia o que tinha se tornado claro para mim naquela última hora.

– Nossas famílias se conheceram quando Dana e eu nascemos no mesmo hospital, no mesmo dia – ela leu, com uma certa dureza. – E talvez alguém possa achar que nenhuma ligação mais forte nasceria daí. Mas se eu não tivesse conhecido Val quando pequena talvez nunca tivesse sabido que uma mulher podia ser artista. Porque ela era uma artista. E isso me fez acreditar que eu também poderia me tornar uma.

Edwina tornou a dobrar o papel e voltou para seu lugar. Parecia que a cerimônia tinha terminado, faltando apenas uma breve oração Sufi. Mas uma figura magra e alta que eu não notara antes, sentada atrás, se levantou e foi até a frente da sala. Levei alguns instantes para identificar quem era.

Mais de vinte anos tinham passado desde a última vez que eu vira Ray. Eu imaginaria que depois de todo esse tempo de uma vida que, sem dúvida, tinha sido difícil, aquela sua beleza que fazia com que as mulheres o amassem aonde quer que ele fosse já teria desaparecido. Ele estava magro, sem dúvida, o rosto profundamente vincado – um paletó que parecia ter sido comprado num brechó, com mangas que terminavam uns dez centímetros acima dos seus pulsos finos e compridos. Seu cabelo estava curto como o de um presidiário.

Não tinha importância. Mesmo agora, Ray era um homem bonito, mas foi outra coisa que chamou a minha atenção: o antigo charme e elegância que eu – a fleumática, que não conseguia impressionar ninguém a não ser pelo trabalho e pela tenacidade – tanto tinha admirado e invejado no meu belo irmão mais velho. Não esperava que ele fosse sorrir enquanto falava, mas quando sorriu vi o clarão dos dentes muito brancos, e aqueles cílios que as pessoas costumavam dizer que deviam ser meus em vez de terem ido para um rapaz.

Ele contou uma história sobre o verão em que tínhamos nos mudado para o Maine para assumir o quiosque de frutos do mar do amigo de George em pouco mais de 24 horas.

– Quando chegamos lá, soubemos que o lugar tinha sido condenado pela saúde pública – meu irmão disse, sacudindo a cabeça. – Toda a pesca de mariscos tinha sido suspensa no golfo do Maine devido à maré vermelha, o que levou Val a transformar o lugar num quiosque de sucos, que vendia sucos de frutas e de verduras. Não havia muita demanda para isso naquela época, entretanto. Acho que se pode dizer que ela foi uma mulher à frente do seu tempo. Então George perdeu a roupa do corpo nessa empreitada, como sempre, e minha mãe continuou a pintar seus quadros. Ela não era uma mulher feita para ter filhos, se querem saber a verdade. Embora soubesse fazer um iogurte fantástico.

A história era para ser engraçada, e ouviram-se alguns risos sem graça, mas o grupo ficou imediatamente em silêncio quando o meu irmão terminou de falar. O que as palavras dele revelavam mesmo era o quanto a nossa família tinha sido desorientada e perdida.

Com Val e George, você nunca sabia onde estava ou por quanto tempo estaria lá, ou para onde você iria em seguida ou mesmo quem você era. Pelo menos no meu caso, eu estava certa em me perguntar isso. Por mais de 40 anos, eu tinha estado errada.

Quando Ray acabou de falar, ficou um longo tempo parado ali na frente. Então ele enfiou a mão no bolso, e por um segundo eu quase pude sentir o nosso pequeno grupo considerando a possibilidade de que meu irmão pudesse ser um daqueles atiradores malucos. Quem sabe? Ele poderia tirar do bolso uma arma.

Mas era uma gaita. Ele começou a tocar "Shenandoah" – triste, baixo, doce. Ele parou de repente, bem no meio, na parte em que, se uma pessoa estivesse cantando, as palavras seriam "Eu sou obrigada a deixar você", o que pode ou não ter tido algum significado. Então ele guardou a gaita no bolso e voltou para o lugar dele.

Depois que a cerimônia terminou, examinei o grupo, procurando por Ray. A princípio achei que ele pudesse ter ido ao toalete, mas quando ele não apareceu eu entendi. Mais uma vez, meu irmão tinha desaparecido.

Fiquei desolada. As duas mulheres que eu poderia chamar de mãe estavam mortas – e eu tinha perdido a chance de conhecer a nossa história. O irmão que eu adorava também tinha partido. Clarice não tinha partido, mas estava partindo. E George nunca tinha me dado nenhum apoio.

Foi só então, estranhamente, que percebi um outro fato: que um dos meus pais ainda estava vivo, e era Edwin Plank. Senti uma onda de alegria. Eu não tinha mãe, mas pela primeira vez na vida eu tinha um pai.

RUTH
Perdendo terreno

MINHAS IRMÃS ME CONTARAM muito pouco sobre o funeral de Val Dickerson. Mas me disseram que Ray Dickerson estava lá.

Dois dias antes, eu tinha tido o meu filho, Douglas, que estava mamando no meu peito enquanto nós conversávamos. Uma hora estranha para uma mulher estar perguntando sobre um homem que ela vira pela última vez quase vinte anos antes, mas perguntei mesmo assim.

– E como estava o Ray?

– Ele me pareceu magro – disse Naomi. – Um tanto esquisito. Mas ele sempre foi assim.

Eu perguntei se ele ainda morava no Canadá. Se estava casado. O que estava fazendo. Mas elas não tinham mais informação alguma para dar. Dana estava com uma mulher, elas disseram. Elas estavam de mãos dadas. Mas, como elas tinham acabado de dizer, os Dickerson sempre foram esquisitos.

Olhando para trás, eu agora acredito que elas deviam ter conversado entre si sobre o que sentiram ao ver Dana Dickerson. Mas minhas irmãs sempre foram muito reservadas, e elas estavam com muita coisa na cabeça naquela época.

Já fazia muito tempo que a fazenda estava com problemas financeiros, mas uma outra preocupação ofuscava o problema da dívida crescente. O Alzheimer do nosso pai tinha piorado a tal ponto que estava difícil cuidar dele em casa. Esther tinha marcado uma hora para visitarmos uma casa de saúde.

Havia um outro grupo de construtores atrás de nós querendo comprar nossas terras, e, embora a melhor oferta deles ainda estivesse aquém do que minhas irmãs e seus maridos acreditavam ser o valor de nossa propriedade, eu era a única das cinco que continuava a me opor à venda. Apesar do seu estado, nosso pai estava vivo, e nós todas sabíamos qual teria sido a opinião dele a respeito disso, caso estivesse em condições de opinar, mas ele agora passava o tempo todo vendo televisão ou apenas sentado em sua cadeira, olhando pela janela. Aquele breve momento em que ele ficou muito abalado com a morte de Val Dickerson foi um raro exemplo de algo parecido com coerência.

– Se elas fizessem uma votação amanhã, você sabe qual seria o resultado – eu disse a Jim, após a chegada da mais recente oferta da Meadow Wood Corporation. – Minhas irmãs não têm coragem de tirar meu pai de sua terra enquanto ele está vivo, mas, assim que ele morrer, vão pegar o dinheiro e se mandar.

– Talvez seja o melhor mesmo.

A ideia de voltar a morar na fazenda, depois da morte da minha mãe, tinha sido minha, e, embora Jim tivesse concordado, nunca fora uma pessoa do campo. A viagem de ida e volta para Boston, todo dia, só ficaria mais difícil para ele agora que tínhamos um segundo filho.

– Esther e Sarah querem comprar apartamentos num mesmo condomínio na Flórida – eu disse, falando das minhas duas irmãs mais velhas, uma divorciada, a outra viúva. – Naomi e Albert querem se mudar para mais perto dos netos, em Las Vegas. Winnie e Chip estão de olho num daqueles trailers gigantescos, do tamanho de um ônibus Greyhound, para viajarem pelo país parando nos estacionamentos do Walmart e visitando cassinos. Talvez seja até bom que papai esteja fora do ar, assim ele não entende o que está acontecendo.

— Suas irmãs têm direito de viver a vida delas. Francamente, eu gostaria que a fazenda não pesasse tanto para nós quanto pesa hoje em dia. Eu achei que você ficaria contente em ter dinheiro e liberdade também. Você poderia voltar a pintar.

— Eu tenho um bebê e uma filha de 11 anos para cuidar. Não vou sair por aí alugando um estúdio para tentar ser pintora. E tenho que cuidar do meu pai, também.

— O seu pai precisa ser internado. Suas irmãs só estão sendo práticas.

— Ele adora a fazenda. E eu também.

— Talvez se você não estivesse tão ocupada com a fazenda, tivesse um pouco mais de tempo para o nosso relacionamento — disse Jim, calmamente.

— Pessoas com bebês pequenos não são exatamente os casais mais românticos do mundo — respondi a ele. — Isso é normal.

Mas eu sabia a verdade. Nós também não éramos assim antes do bebê nascer.

Dana
Próxima da perfeição

Durante todo o tempo em que Clarice e eu estivemos juntas, eu contava a ela tudo o que acontecia na minha vida, e acho que ela fazia o mesmo comigo. Mais do que isso, eu contava a ela tudo o que estava pensando e sentindo. Era quase uma superstição nunca deixar nada de fora, como se no momento em que alguma de nós começasse a fazer isso, uma pequena mas insidiosa discórdia pudesse ocorrer entre nós, que apenas aumentaria com o tempo.

O diagnóstico de sua doença mudou tudo. Agora, quando eu pensava no futuro, e na perspectiva – na certeza – de uma vida sem ela, eu guardava a tristeza para mim, e, como a tristeza era naquele momento a emoção dominante no meu mundo, a nossa velha intimidade tinha mudado. Não havia menos amor entre nós – só havia mais, se isso fosse possível. Mas eu passava meus dias como se fosse um ator, representando o papel de uma pessoa feliz.

Eu achava que ela precisava disso. Ela fizera uma escolha clara, ainda que não explícita, de viver, o máximo possível, como se nada tivesse mudado, e, como faria qualquer coisa por ela, eu aceitei esse jogo. Mas o custo para mim foi muito grande.

Só chorava quando estava sozinha – no estábulo, geralmente, ordenhando nossas cabras, e supervisionando o queijo, tarefas que permitiam que o meu cérebro elaborasse pensamentos, imagens e lembranças, coisas que havia em profusão.

Eu nos via durante uma viagem que tínhamos feito dois anos antes, a Mount Desert Island, no Maine, colhendo amoras e dando-as de comer uma para a outra e fazendo torres de caroços, equilibrando-os uns em cima dos outros. E depois, mais tarde, em nossa barraca, durante uma tempestade, abraçadas uma na outra para nos esquentar.

Pensava no sonho que tínhamos tido, e depois abandonado, de sermos mães juntas, e imaginava Clarice grávida – Clarice, que adorou a ideia de ficar grávida. Eu gostava de imaginar seus seios de grávida, sua barriga redonda.

Logo no início da nossa vida em comum, ela me dissera que, quando contou aos pais que amava mulheres, seu pai tinha posto as coisas dela no jardim da frente da casa onde moravam em Iowa e queimado tudo. Todas as fotos de família, todos os brinquedos de infância dela, todas as suas recordações da adolescência – foi tudo destruído numa enorme fogueira, enquanto sua mãe assistia pela janela. Ela tremia em meus braços quando me contou essa história, e depois disso fiquei horas abraçada com ela, sem conseguir encontrar palavras de conforto para dizer, mas que na verdade não eram necessárias.

Agora, entretanto, tendo finalmente descoberto a verdade sobre a minha família – o motivo da misteriosa frieza de George e Val em relação a mim, e do apego de Connie, e da sensação de segurança e carinho que sempre senti em relação a Edwin – não contei nada a Clarice. Achei que se contasse estaria exigindo demais da mulher que eu amava, de alguém que estava enfrentando uma série terrível de perdas pessoais. Eu queria ser para ela, até onde fosse possível, uma parceira sem problemas nem carências – exceto o terrível problema da morte iminente de Clarice.

E, como eu tinha decidido que não podia contar a Clarice a verdade a respeito da minha descoberta, também não podia contar a Ruth. Essa não foi uma decisão difícil, na verdade. Apesar da ligação de tantos anos – irmãs de aniversário, como Connie nos chamava – eu mal conhecia aquela mulher. Toda a minha atenção agora estava voltada para Clarice e para tentar manter, o máximo possível, a ilusão da nossa antiga vida, que eu percebia agora ter sido simplesmente milagrosa.

DURANTE O PRIMEIRO ANO depois que recebemos o diagnóstico da doença de Clarice, nós tocamos a vida como sempre, embora sabendo como cada dia era precioso. A princípio, os sintomas de Clarice eram tão leves que eu me permiti acreditar que os médicos poderiam estar errados. Talvez o seu caso fosse diferente e a evolução de sua doença estancasse ali. Nós poderíamos viver felizes com a dormência em seus dedos, com suas pernas falhando de vez em quando, e com sua dificuldade em usar garfo e faca, principalmente no final do dia, quando estava cansada.

É uma coisa estranha a rapidez com que o mundo de uma pessoa se reconfigura quando surge uma doença. Um dia você está achando que é um problema o fato da pessoa que você ama ser incapaz de separar um filtro de café do outro na caixa; um mês depois, tudo o que você quer é que ela consiga segurar a xícara sozinha.

Ela continuou dando aula durante o primeiro ano. Fora um amigo no departamento, ela não tinha contado a ninguém sobre a doença, nem eu. Mesmo entre nós, o assunto era raramente abordado. Houve uma época em que tínhamos feito planos – construir uma estufa, comemorar o aniversário dela de 50 anos com uma viagem (à Europa, ou talvez aquela viagem de carro tantas vezes adiada a Yellowstone). Agora evitávamos falar no futuro, restringindo-nos a alguns dias ou semanas por vir.

Nós tínhamos um novo cuidado em relação ao que dizer uma para a outra, ou até mesmo imaginar. Uma frase que começasse com "no ano que vem" ou até mesmo "no próximo verão" agora exigia que levássemos em conta outras questões. Clarice ainda estaria andando com firmeza? (Se ela ainda estaria andando era uma pergunta que eu não me permitia fazer.) Ela ainda poderia subir e descer escadas? Teria problemas para falar? Se o telefone tocasse, ela poderia atender?

Cinco de nossas cabras iam ter crias naquela primavera. A primeira chegou no meio da noite, por volta do Dia dos Namorados, quando a temperatura estava abaixo de zero. Eu tinha ido até o estábulo para ver os animais, e lá estava o bebê. Normalmente, eu o teria deixado lá para mamar, mas, como estava muito frio, resolvi levar os dois animais para dentro de casa.

Sob circunstâncias normais, Clarice teria carregado um e eu o outro, mas eu levei os dois e os deitei sobre cobertores na cozinha, ao lado do fogão a lenha.

Clarice, de pijama, se ajoelhou ao lado deles. Ela se deitou no chão ao lado da mãe e do bebê, com a cabeça no cobertor.

– Ainda bem que você é forte, Dana – ela disse. – Em breve, você vai precisar ser.

No final da primavera – poucos meses depois da morte de Val – Clarice estava andando de bengala. Na época em que eu estava plantando os tomates, ela estava usando um andador, e, embora quisesse me fazer companhia do lado de fora, era difícil para ela se movimentar no terreno irregular.

– Acho que temos que vender o Jester – ela sugeriu. – Não é justo deixá-lo o tempo todo na cocheira, sem ninguém para montá-lo.

Como sempre costumava fazer, nos dias quentes ela se deitava numa espreguiçadeira na varanda enquanto eu trabalhava no canteiro de morangos. Ainda desenvolvendo nossa variedade perfeita de planta, eu levava pratos de morango para ela comparar a doçura deles.

– Acho que você está próxima da perfeição, meu bem – disse ela quando terminou de provar cada um. – Eles estão maravilhosos agora. Não há nenhum ruim.

– Eu estava pensando a mesma coisa – disse eu. – Neste verão vou providenciar a papelada e a testagem para registrar a nova variedade.

Eu sempre achara que a urgência do meu cronograma devia-se à idade avançada de Edwin – ao fato de que ele já estava com quase 75 anos. O homem que eu agora sabia ser meu pai não estava mais cuidando da fazenda, e sua memória estava indo embora. Muito antes de saber de nosso laço sanguíneo, eu o considerava meu mentor, então lamentava muito termos perdido a chance de buscarmos juntos a patente para nossos morangos, como eu sempre tinha esperado que fizéssemos. Mas havia um outro peso em minha vida agora, mais opressivo do que a perspectiva da morte de Edwin.

– Gostaria que isto pudesse ter durado muito mais – Clarice disse, limpando o sumo de morango dos lábios. Ela sempre fora uma pessoa extremamente meticulosa, mas ultimamente estava sendo difícil para ela cuidar de si mesma.

– Nada acabou – eu disse.

– Mas vai acabar.

UMA DAS COISAS com a qual a pessoa aprende a conviver quando é fazendeira é a morte.

Perdemos cabritos às vezes – uma cria que nasce morta, ou fraca demais para sobreviver; frangos, quando algum escapa e uma raposa está à espreita; Katie, nossa cadela, que enterramos debaixo da ameixeira de Fletcher Simpson.

Não eram só os animais, mas as safras também, a lembrar que nada era permanente a não ser a mudança das estações. Apesar de tantos anos cuidando de um pedaço de terra ou outro – canteiros de flores, plantações de morangos – eu nunca me recuperei da tristeza que me invadia todo verão quando se aproximava a época da colheita. A vara-de-ouro e a cenoura selvagem floresciam, e os dias ficavam mais curtos. As noites ficavam mais frias, e eu sabia que a geada chegaria em breve e, com ela, a morte.

Em algum momento eu soube que George tinha morrido. A notícia chegou para mim sob a forma de uma conta de uma funerária em Austin, Texas, onde George tinha passado seus últimos anos. Mas, tirando esse inconveniente, o acontecimento me pareceu tão distante e remoto quanto o próprio George tinha sido quando estava vivo.

Mas imaginar Clarice morrendo era como tentar imaginar o oceano secando, a cor desaparecendo do mundo. Ninguém que eu conheci me pareceu mais vivo do que Clarice. Eu não podia imaginá-la imóvel e paralisada como o médico tinha dito que ficaria, do mesmo modo que não conseguia imaginar um beija-flor cujas asas não se movessem. Não podia imaginar a mim mesma sem ela do mesmo modo que não podia imaginar o céu sem o sol.

RUTH

Todo esse tempo

Durante toda a minha infância e a das minhas irmãs, meu pai se orgulhava de não possuir dívidas. Nas 11 gerações em que a fazenda Plank estivera em funcionamento, nunca houve uma hipoteca sobre nossa terra. Às vezes, se o inverno tivesse sido difícil, meu pai pedia um empréstimo de 500 dólares no banco para ajudá-lo a pagar as sementes e o fertilizante, mas só até a primavera, quando o dinheiro começasse a entrar.

Então veio a grande subida de preços de combustíveis e a proliferação das redes de supermercado, depois a seca, e o pior de tudo, o incêndio do estábulo. Encorajado por Victor, seu braço direito, meu pai assinara uma nota promissória para construir uma grande estufa para cultivar tomates, mas, quando ela ficou pronta e começou a funcionar, ele percebeu que não podia competir com os preços que as redes estavam cobrando. Então veio o ano em que Esther se divorciou, e meu pai emprestou dinheiro a ela para comprar a parte do marido na casa deles, que tinha sido construída no nosso terreno.

Foi a doença da minha mãe que acabou com ele. Embora soubéssemos desde o começo que o câncer dela era incurável, a conta só para o tratamento paliativo fora bem acima de 100 mil dólares, e então notamos que havia algum problema com o seguro dela.

Meu marido – cuja especialidade era seguro de vida, não de saúde – tinha ficado horrorizado com aquilo, mas quando ele descobriu já era tarde demais. Meu pai acabou responsável por mais da metade do que se devia aos médicos e ao hospital.

Em 2001, a fazenda Plank estava enfrentando sérios problemas. Os impostos territoriais e prediais venceriam dentro de poucos meses e nós não sabíamos como iríamos pagá-los. Como sempre, os construtores estavam nos sondando, aproximando-se cada vez mais.

– Só passando por cima do meu cadáver – ouvi meu pai dizer, depois do último telefonema da Meadow Wood Corporation.

Só mesmo o desejo de evitar ter que vender para as construtoras é que o tinha levado a considerar um cenário que antes teria parecido inconcebível: Victor Patucci tinha feito uma oferta para comprar nossa propriedade – assumir toda a dívida do meu pai, se meu pai oferecesse parte do financiamento. A fazenda não se chamaria mais Plank, mas pelo menos Victor a conservaria como uma fazenda. Pelo menos temporariamente.

Todas as minhas quatro irmãs estavam loucas para aceitar a proposta. Eu era a única a querer esperar para ver se achávamos alguma outra maneira de conservar nossa propriedade.

– Estamos no século XXI, é melhor você ir se acostumando – argumentou Victor quando eu disse a ele o que achava do seu plano de abrir um labirinto no milho e oferecer um "Faça o seu próprio espantalho" na plantação de abóbora, com abóboras trazidas de outros locais para aumentar o potencial de vendas e um pula-pula para atrair as crianças. – Você não mora mais na Casinha na Planície com mamãe e papai. Ou você ingressa corajosamente no futuro ou fica para trás.

NÃO ERA SÓ A VIDA na fazenda que me tirava o sono. Algo tinha mudado no meu casamento.

Nos 24 anos em que Jim e eu estávamos juntos, eu tinha gostado muito dele – eu o tinha amado, pensava – mas nunca sentira por ele nada semelhante à paixão e ao desejo que conhecera na juventude, uma única vez. Eu me sentia infantil e imatura pelo fato de, mesmo depois de já ter feito 50 anos, eu ainda me ver pensando em Ray Dickerson, e acreditando – por mais brega que isso seja – que ele tinha sido a minha verdadeira alma gêmea, o parceiro com o qual eu estava destinada a passar a vida, e que teria passado se minha mãe não o tivesse convencido a me mandar embora.

Durante todo o meu casamento com Jim – desde nossas tentativas para conceber um filho, até a adoção de Elizabeth, e depois o presente tardio e maravilhoso de Douglas – ele fora sempre um marido amoroso e fiel.

– Eu ainda acho você linda – ele costumava me dizer. Sempre que estávamos sozinhos, fosse na nossa viagem anual à Flórida, ou nos fins de semana em que íamos a Boston para jantar e ver um show e passar a noite num hotel, ele nunca tinha deixado de agir com um romantismo esperançoso em relação a mim. Ele sempre pedia champanhe no quarto, acompanhado de uma rosa, nunca deixou passar o meu aniversário, em Quatro de Julho, sem um cartão com uma mensagem amorosa. Embora recentemente tivesse abandonado o velho hábito de escrever um poema e desenhasse simplesmente um coração.

– Sei que você não me ama do jeito que eu a amo – ele me disse uma vez. – Mas nunca deixei de ter esperança de que um dia você acorde e perceba que é apaixonada por mim. Você vai olhar em volta, para todas as outras mulheres que conhece, cujos maridos não as amam assim, e vai entender que o que nós temos é algo muito bom.

– Eu já sei disso – respondi.

Eu apenas não queria mais dormir com ele. Não tinha fantasias com outras pessoas. Quando fiz 50 anos, eu só queria que me deixassem em paz para eu me concentrar nos meus filhos e no meu trabalho.

Tinha alguns amigos – Josh Cohen, por estranho que pareça, estava entre os poucos dos meus velhos tempos em Boston com quem eu tinha mantido contato, embora ele agora morasse na Califórnia. Mas para mim havia pouca coisa que me agradasse mais do que um raro dia em que eu conseguia ir sozinha a um museu na cidade e passear pelas salas de pinturas até a hora de fechar.

Uma exposição das esculturas de Bernini veio da Itália para o Museu de Belas Artes. Eu tinha visto todas elas, mas só em livros. Fui então até Boston com meu caderno de desenho, tirando um dia de folga no trabalho para evitar as multidões de fim de semana.

Adorei todas elas, mas houve uma, *Apollo e Daphne*, que eu não conseguia parar de olhar. Caminhei bem devagar ao redor da escultura, olhando-a de todos os ângulos: a forma flexível de Apolo, inclinada na direção da mulher amada, e ela – com o cabelo voando para trás, uma expressão de desespero no rosto – prestes a ser capturada.

Mas Daphne tinha escolhido outro modo de fugir. Ela se transformou em árvore. No momento em que Bernini escolheu para congelar sua imagem, ela já estava parcialmente transformada – seu rosto e seus braços ainda eram os de uma linda mulher, mas os pés eram raízes retorcidas de uma árvore. Imóvel por toda a eternidade.

Eu pensei naquela escultura durante toda a longa viagem do museu até em casa. Nem tinha me passado pela cabeça até eu estar na estrada voltando para casa que o nome Daphne tinha outro significado para mim. O nome que Ray Dickerson tinha escolhido para a filha que nunca tivemos.

Estava escuro quando cheguei em casa do museu. Mais cedo, Jim tinha preparado jantar para o nosso filho e agora ele estava na sala assistindo a um jogo de beisebol.

– Teve um bom dia? – ele perguntou.

– Ótimo.

Perguntei sobre o jogo de Doug. Sobre uma reunião que eu lembrei que Jim teria naquele dia. Ele desligou a televisão e entrou na cozinha, onde eu estava bebendo um copo d'água. Ele me pareceu uma pessoa diferente. Um homem que eu não conhecia.

– Eu preciso contar uma coisa para você, Ruth – ele disse.

– Eu me apaixonei por outra mulher. Eu quero ficar com ela.

Dana

Partículas de poeira

Pouco antes do Dia do Trabalho, fui até a universidade para entregar amostras do que eu estava chamando de Morango Plank. Esse era o primeiro passo no longo processo de tentar uma patente. Tinham me informado que demoraria um ano ou mais, e que nesse tempo minhas plantas seriam submetidas a um rigoroso exame cobrindo pelo menos três gerações antes de serem aceitas como uma nova variedade de morango oficialmente registrada.
Naquele outono, poucas semanas antes do novo ano acadêmico, Clarice se demitiu do departamento de história da arte. Eu a tinha encontrado em sua escrivaninha uma tarde, chorando sobre um carrossel de slides que ela tentara carregar com imagens para uma aula sobre os mestres flamengos.
– Não consigo enfiar os slides nas aberturas – ela disse.
– Eu faço isso – disse-lhe eu.
Mas isso era só um detalhe. Ela não tinha mais força na perna para apertar o acelerador do carro, e segurar o volante agora era quase impossível. Mesmo que conseguisse chegar ao trabalho, andar ia se tornando mais difícil a cada dia, e, embora eu ainda entendesse tudo o que ela dizia, sua fala tinha começado a ficar ininteligível. Isso, para ela, era o pior. O pior até então, pelo menos.

— A boa notícia é que agora nós podemos viajar — concluí.

No dia seguinte, fui à cidade no nosso velho Subaru e voltei para casa com uma van novinha em folha, equipada com um fogão a gás e uma pia, e uma cama no fundo, um banheiro, um sistema de som e ar-condicionado. O modelo de luxo. Para que estávamos economizando o nosso dinheiro?

— Vamos para Wyoming — decidi.

QUANDO LEVEI A VAN para casa, achei que iríamos fazer a viagem na primavera, quando tudo estivesse verde, mas nas últimas semanas os efeitos da doença pareciam ter se acelerado muito. Eu queria fazer a viagem enquanto ela ainda pudesse se movimentar um pouco, e não tinha certeza de que isso fosse possível em seis meses.

Então eu contratei o casal que morava perto de nós para cuidar da casa e limpei os canteiros de morango em preparação para o inverno, cobrindo-os com palha e estrume para protegê-los. Contratei um ajudante para cuidar das cabras, o que não era muito trabalhoso nos meses frios quando o leite delas secava e a operação de produção de queijo ficava parada até a primavera.

Nós partimos para nossa grande aventura. Fui dirigindo, naturalmente, com Clarice sentada no banco adaptado especialmente para ela ao meu lado, observando a estrada. Nosso plano era cobrir os primeiros 2.900 quilômetros o mais rápido possível, do Maine até a fronteira de Wyoming, para pouparmos a energia de Clarice para que ela pudesse passar o maior tempo possível nos lugares que mais queria ver: as Montanhas Bighorn, as Tetons, Yellowstone.

Eu tinha equipado a van com um bom sistema de som e preparei fitas das músicas de que ela mais gostava — clássica, jazz, musicais, folk, e, embora eu detestasse, country.

Havia um álbum que ela adorava, de um cantor folclórico irlandês, com uma canção que sempre a fazia chorar, sobre uma mulher cujo filho parte num barco de pesca e nunca mais volta.

— Isso não a faz pensar no seu irmão? — ela perguntou. — Eu gostaria que vocês dois se reencontrassem.

— Ele sabe onde eu estou. Foi Ray quem escolheu desaparecer. Teria sido tão fácil para ele falar comigo no funeral de Val, se ele quisesse, mas ele simplesmente foi embora.

— Quem sabe, um dia vocês voltem a se procurar. Ele pode precisar de você. Você também pode precisar dele, mais do que pensa. Todo mundo devia ter uma família.

Nós estávamos no pedágio de Ohio, numa estrada comprida e reta que poderia ficar em qualquer lugar.

— Você é a minha família — eu disse a ela. — É tudo de que preciso.

Nós compramos um pedaço grande de torta numa parada de caminhoneiros em Indiana. Clarice estava com dificuldade para usar garfo, mas eu sabia que ela não ia querer que eu desse comida para ela em público.

— Use os dedos — sugeri.

Eu usei os meus também, para ela não ser a única a fazer isso.

— Quem está ligando para a opinião dos outros? — ela disse. — Esse é o menor dos nossos problemas.

Depois disso, nós passamos a comer quase tudo com os dedos. Macarrão, frango, salada. Ela tomava sopa com um canudo, e eu também.

À noite, nós parávamos em algum camping. Eu abria a cama no fundo da van. Primeiro, eu a ajudava a entrar no pequeno banheiro e escovava os seus dentes. Depois, com a cortina fechada e a vela acesa, eu escovava seu cabelo e a despia.

Durante alguns meses depois do diagnóstico, nós tínhamos continuado a fazer amor, mas isso tinha ficado cada vez mais difícil para Clarice.

— Ponha meus braços em volta de você — ela dizia. — Deite-me no seu peito.

Mas eu sabia a verdade. Ela já tinha passado do ponto de fazer amor. Ela estava fazendo isso por mim. Eu ficava feliz apenas em abraçá-la.

Estava chegando no final de outubro quando alcançamos a parte sul de Wyoming. Nós tínhamos saído da rodovia interestadual e estávamos numa estrada de duas pistas subindo as Bighorns. Grandes paredes de rocha erguiam-se de cada lado, as camadas de minerais claramente delineadas, como um desenho num livro de geologia. Placas ao lado do caminho anunciavam a era em que cada formação rochosa tinha surgido; 250 bilhões de anos atrás; 350 bilhões.

– É confortador, não é? – disse ela. – Esses números fazem você lembrar o quão curto é este momento no tempo. Que no fim das contas nós não passamos de partículas de poeira.

E as estrelas nos encantavam. Eu pensava que sabia como eram as constelações, das noites em nossa fazenda quando nos deitávamos do lado de fora contemplando o céu, mas isso não era nada comparado ao céu do Wyoming – como as estrelas brilhavam ali, como eram luminosas.

Nós passamos por cachoeiras e por estranhas formações rochosas vermelhas que se erguiam isoladas, como totens, no meio de uma grande extensão de planícies. Paramos em um brechó onde Clarice quis comprar para mim um par de esporas, e eu lhe comprei um tapete de pele de angorá para ela se deitar.

– Você acha que eu agora só preciso de artigos para inválidos? – ela perguntou, com súbita amargura. Foi a primeira vez em dez dias que a amargura apareceu.

Então eu comprei para ela um canivete de madrepérola para cortar as pontas dos morangos. Comprei uma fivela de marfim para ela usar no cabelo e calças de couro de vaqueiro.

Sentada no assento do carona, com almofadas e uma faixa sob o queixo para sustentar o pescoço porque ela não tinha forças para manter a cabeça firme, ela vestia a calça de vaqueiro por cima da calça de pijama que agora usava o dia inteiro. Era mais fácil assim, ela disse. A calça de pijama era pelo conforto. A calça de vaqueiro, pelo estilo.

Numa cidade chamada Buffalo, nós achamos o hotel Ocidental, um lugar que parecia saído de um velho filme de caubói.

Fingíamos que ela era uma vaqueira que tinha caído do cavalo e que era por isso que eu tinha que carregá-la.

— Você já ouviu falar em Calamity Jane? — cochichei para a mulher na recepção. — Esta é a tataraneta dela. Ela levou uma queda feia em Cody, montando um búfalo.

As pessoas pareceram acreditar em nós. Pedimos serviço de quarto e comemos medalhões de búfalo no chão ao lado da lareira e bebemos uma garrafa inteira de vinho.

— Agora não faz mal que eu fique bêbada — afirmou ela. — Eu já falo mesmo como se estivesse bêbada.

— Este quarto parece um bordel — comentei, colocando-a sobre a cama de madeira trabalhada com uma colcha de veludo vermelho, e tirando seus sapatos.

— Vamos fingir que estamos fugindo do xerife. Nós roubamos a diligência.

Minha vez de novo.

— Nós atiramos num policial e agora há um grupo de justiceiros atrás da gente. Sabemos que eles estão apertando o cerco. Esta é a nossa última noite de liberdade.

Eu não costumava inventar histórias assim — eu, a cientista, acreditava em fatos. Mas com Clarice, e só com Clarice, eu possuía uma imaginação.

— Nós podemos fazer o que quisermos — eu disse a ela.

Não que pudéssemos mesmo. Nossos horizontes, mesmo num lugar tão agreste e natural como aquele, estavam se estreitando, e nós duas sabíamos disso.

— Eu quero uma caixa inteira de sorvete de chocolate — ela disse. — Não importa que engorde.

Durante três dias, nós rodamos por Yellowstone, parando às vezes no acostamento para ver um alce ou uma manada de búfalos. Fizemos um piquenique nas margens do lago Yellowstone, encolhidas debaixo de um cobertor, vendo os pelicanos. Na visita ao gêiser, havia uma fileira de cadeiras de rodas, para os visitantes deficientes.

– Acho que uma dessas seria uma boa ideia para mim – ela disse, surpreendendo-me. Até então, ela evitara usar cadeira de rodas.

Conversamos muito sobre o passado, e sobre a vida selvagem, as formações rochosas, o modo como a luz incidia nas planícies, e o quanto a nossa velha cadela, Katie, teria adorado correr por ali nos velhos tempos, ou simplesmente ficar na van conosco, com a cabeça para fora da janela, olhando tudo.

Nós não falamos sobre o futuro – nem na morte dela nem nos estágios que viriam até lá. Mas uma noite, quando estávamos deitadas uma ao lado da outra na nossa cama na área de camping, ela se virou para mim. Suas palavras saíam mais lentas agora, e tão baixo que às vezes eu tinha que chegar bem perto para ouvir, mas ela estava falando bem dentro do meu ouvido.

– Acho que não vou me dar muito bem com aquele sistema de piscar o olho – ela disse. – Eu não tenho paciência para soletrar palavras uma letra de cada vez. Passar pelo alfabeto todo para chegar a cada letra. Quando eu tiver terminado de soletrar a primeira palavra, provavelmente já vou ter esquecido o que queria dizer a você.

Não havia sentido em dizer algo animador ou encorajador do tipo isso não vai acontecer ou não vai ser tão ruim. Aquilo ia acontecer e, quando acontecesse, ia ser pior do que qualquer coisa que pudéssemos imaginar.

– Eu preciso pedir a você – ela continuou – para não permitir que eu chegue a esse ponto. Vou precisar terminar as coisas antes de estar tão mal que não consiga mais falar com você. Acho que não vou conseguir fazer isso sozinha. Acho que não vou ser *capaz* de fazer isso sozinha.

Nós estávamos perto de uma grande fenda. Mais cedo, enquanto fazia sol, nós tínhamos ficado paradas na beirada, observando o rio Yellowstone correndo revolto e rochas pontiagudas erguendo-se dos lados, vermelhas, cor-de-rosa, laranja, amarelas. A água batia nas rochas com tanta força que mesmo lá em cima recebíamos os respingos no rosto. Agora, na escuridão da noite, eu podia ouvir o barulho da correnteza.

Nós podíamos dar as mãos e pular, pensei. Mas eu jamais conseguiria ficar lá parada vendo-a cair.

– Prometa que vai me ajudar quando eu pedir.

Eu disse que sim.

RUTH

Um país belo e selvagem

EU NUNCA TINHA IMAGINADO que pudéssemos nos divorciar, mas isso aconteceu com uma rapidez impressionante. Jim saiu de casa no Natal; os papéis foram assinados antes que a neve derretesse na primavera seguinte. Ele tornou a se casar – um casamento simples, mas, ao contrário do nosso, um casamento de verdade, com música e convidados e a noiva vestida de branco, segundo eu soube por nossa filha – no final do verão. Não discuti os atos dele. Ao vê-lo com sua nova esposa (uma cliente de seguros, uma viúva com quem ele tinha trabalhado depois da morte do marido dela), não senti nenhum ciúme. Não posso dizer que não senti inveja do homem com quem tinha passado as duas últimas décadas, mas isso não estava ligado a nenhum desejo de estar com ele.

Eu só invejava o sentimento de estar apaixonado. A lembrança disso era algo muito longínquo agora, como o que sente um veterano de guerra ao se lembrar de um par de pernas perdidas em 1967.

Já tinha passado metade da minha vida sem Ray Dickerson, e não era nem de Ray que eu tinha saudade. Era da jovem que eu fora quando o amava. Ela desaparecera. Eu sentia saudade do modo como o mundo era para mim então, da riqueza de possibilidades, da sofreguidão que eu sentia, da capacidade de desejar.

Eu tinha habitado um dia um país belo e selvagem, um país para o qual eu jamais conseguiria voltar. Eu tinha falado uma língua que não conhecia mais. Em algum lugar do planeta, estava tocando uma música que meus ouvidos eram incapazes de ouvir.

Eu pensei em Apolo vagando pela terra sem Daphne, em Jackie Kennedy vendo o caixão do marido, coberto com a bandeira americana, ser carregado pelas escadas do Capitólio enquanto Camelot desmoronava. Imaginei se Neil Armstrong sentira alguma vez esta sensação de exílio: de que um dia ele tinha caminhado sobre a face da Lua, e jamais poderia voltar para casa.

Dana

A promessa

O MUNDO ESTAVA SE FECHANDO para Clarice agora – os músculos do seu corpo, um por um, estavam falhando. Um dia, ela percebeu que não podia mais andar. Depois sua mão direita parou de funcionar. Em seguida, ficou só com dedos na mão esquerda funcionando, até que eles também ficaram paralisados. Era o oposto de uma época de cultivo que estávamos vivendo agora: uma lenta e inexorável lista de mortes.

Ela ainda conseguia falar, embora com muita dificuldade. Com o que restava da sua capacidade de se comunicar, ela voltou ao assunto que abordara pela primeira vez naquela noite em Yellowstone. Por mais que Clarice gostasse de viver, quando não pudesse mais se comunicar, ela não teria mais gosto pela vida.

– Nada de piscar o olho – disse ela, de novo, com aquele jeito lento e árduo de formar as palavras. – Não posso fazer isso. Com o alfabeto.

Eu disse que havia programas de computador que poderiam ajudá-la. Estava examinando um que captava os movimentos da íris da pessoa para identificar palavras e expressões comumente usadas num quadro. Ela sacudiu a cabeça quando eu comecei a descrevê-lo.

– Você fez uma promessa.

* * *

Muitos anos antes, quando eu trabalhava no estábulo experimental da universidade, aprendi a usar tranquilizantes para animais, e recentemente eu tinha usado esse conhecimento sempre que precisava retirar os chifres de algum dos nossos bodes. Havia uma tabela no meu velho manual, identificando a quantidade de tranquilizante necessária para alcançar o nível desejado de inatividade em mamíferos de sangue quente. Não parecia haver variação nas dosagens recomendadas entre as diferentes espécies; os critérios determinantes pareciam ser apenas o peso do animal que ia receber a injeção e o grau de sedação necessária para imobilizar o bicho sem matá-lo.

Um apêndice a esse texto, impresso em letras vermelhas, indicava os riscos de uma dosagem incorreta, desde paralisia até coma e morte. Li no meu manual que isso era indolor.

Como eu era uma criadora licenciada, eu podia usar essas drogas. Ainda assim, discuti com Clarice a escolha dela, e comigo mesma a respeito de ser capaz de fazer o que ela havia pedido. Para mim, teria sido suficiente saber que ela estava ali no quarto comigo, ali na cama, respirando. Mas o que teria sido suficiente para mim era intolerável para ela.

E mesmo que eu ainda não estivesse preparada para atender o seu pedido, para fazer o que a literatura chamava de um "evento terminal" – eu sabia que, se algum dia eu fizesse, seria prudente ter um padrão estabelecido de compra de tranquilizantes.

Então comecei a comprar a droga e a injetar pequenas doses na veia de Clarice à noite, antes de ela dormir.

Era inverno. Fazia semanas que eu quase não saía de casa. Era muito difícil agora colocar Clarice na van – não tanto por eu não poder carregá-la, mas porque ela não conseguia mais ficar sentada sozinha e precisava ser amarrada no assento com um tubo de respiração para fazer o que os pulmões já não eram mais capazes de fazer. Ela agora passava os dias numa cama de hospital que tínhamos colocado na sala depois que ficou muito difícil cuidar dela na nossa velha cama de metal, no andar de cima.

Eu tinha colocado uma televisão e um aparelho de videocassete ao lado da cama, com um estoque de filmes para ela. Uma vez por dia, eu massageava seu corpo com óleos perfumados – um pequeno prazer que ainda sobrevivia. Trouxe um gatinho para Clarice, que punha sobre seu peito para que ela pudesse sentir o seu ronronar, seu pelo macio e sua língua lambendo a pele dela.

À noite, depois que terminávamos de assistir ao terceiro ou quarto filme do dia, eu lia alto para ela. Ela amava os romances de Jane Austen e a poesia de Yeats, especialmente, embora um dia, numa de minhas raras idas à cidade, eu tenha trazido para casa um exemplar de *Vale das bonecas*, de Jacqueline Susann, e tenha começado a ler para ela, recitando os diálogos de forma teatral e exagerada. Nos velhos tempos, Clarice é quem costumava fazer isso, nunca eu, mas agora que ela não podia mais ser esse tipo de pessoa, eu me tornei ou tentei me tornar uma. Só o meu amor por ela poderia ter realizado isso.

Eu estava no capítulo em que a modelo famosa e viciada em drogas termina com seu namorado milionário porque está apaixonada mesmo é por um elegante advogado que, embora não saiba, é o pai do filho que ela está esperando.

– Nada de sexo, por favor – Clarice disse, sussurrando com dificuldade. – Frustrante demais.

Estava ficando cada vez mais difícil arranjar alguma coisa que servisse de distração para Clarice. Ela estava cansada de tudo – até da música que tanto tinha adorado, até dos escritores, até das páginas dos seus livros de arte favoritos. As mulheres de Bonnard na banheira, os desenhos eróticos de Egon Schiele. Se não fosse por Clarice, eu jamais teria sabido os nomes desses artistas, mas, como ela os amava, eu os amava também.

Foi enquanto lhe mostrava um desses livros que notei que ela estava chorando. Ela não emitia nenhum som, mas as lágrimas rolavam pelo seu rosto.

– Chega – ela disse.
– OK – respondi, fechando o livro.
– Não é isso. Chega de viver. Não aguento mais. Chega de viver.

Aquela noite, eu dei banho nela. Lavei seu cabelo com um bom xampu, o que costumava economizar porque era muito caro. Usei um monte em sua cabeça, até a espuma cobrir tudo como um penteado.
Depois condicionador. Depois óleo de banho. Sais de banho e pedra-pomes. Esponja em suas costas.
Depois que tinha lavado e secado cada pedacinho do seu corpo, eu a carreguei para a cama. Passei loção nela. Depois fiz suas unhas. Estendi seis vidros de esmalte para ela escolher.
– Cachos – ela disse, quando eu terminei de pintar suas unhas dos pés.
Clarice tinha orgulho do seu cabelo. Eu devia ter sabido.
– Vou fazer o possível – eu disse.
Eu a recostei na cama. Peguei a escova redonda e o secador que ela usava para enrolar os cabelos todas as manhãs até não conseguir mais, e um pote de grampos com rolos de velcro.
– Tomara que este seja um dia de cabelo bom – ela disse com um sorrisinho maroto.
Essa era uma frase grande para ela, agora. Eu sabia o que aquilo tinha custado.
Por menos que eu entendesse de cabelo, eu entendia menos ainda de maquiagem, mas peguei a bolsinha de veludo onde ela guardava seus itens de beleza favoritos. Clarice acreditava em produtos caros: ela jurava que um batom de 20 dólares possuía propriedades que o da farmácia não tinha. Fosse ou não verdade, os estojos dos seus produtos eram todos lindos compactos de metal com pós salpicados de ouro, delineadores com escovas longas e elegantemente afuniladas, tubos de batom cremoso que se encaixavam na mão da pessoa como pastel de desenhar.

– O truque da maquiagem – ela me disse uma vez – é fazer parecer que você não passou nada, tendo passado um monte de coisas.

Eu gostava mais do rosto dela ao natural, mas como eu sabia que ela queria que fizesse isso, e porque eu não estava com pressa alguma – pelo contrário – não queria que aquela noite terminasse nunca, eu passei os produtos, tornei a tirar, passei de novo, até ficar perfeito.

Passei perfume no seu pescoço e pulsos. Depois vieram as joias: brincos de pedra da lua e a pulseira que eu tinha dado a ela com balangandãs de todos os lugares que tínhamos visitado, os dois últimos uma cabeça de búfalo e o gêiser Old Faithful.

Eu a vesti com seu traje favorito, um vestido de renda antigo que ela achara num brechó em Portsmouth uma vez. Calcei sapatilhas de balé em seus pés.

Ela quis Joni Mitchell, o álbum *Blue*.

– Eu sei que não é. Uma escolha original – ela disse. – Mas há uma razão. Pela qual todo mundo. Ama esse disco.

JÁ ERA QUASE MEIA-NOITE quando terminamos. Eu tinha acendido as velas.

–Vá buscar – ela disse.

A seringa. Eu pensei nos meus velhos tempos no estábulo da Escola de Agricultura com as cabras. Janis Joplin no hotel Chelsea.

– Sempre se lembre – ela disse. – Você me fez feliz.

– Eu fui a pessoa de mais sorte no mundo – eu disse a ela.

Só mais tarde eu me lembrei de quem mais tinha dito isso. Lou Gehrig.

Depois, eu me deitei ao lado dela na cama. Pus os braços em volta dela, o rosto contra o dela, para poder ouvir sua respiração. Lenta, cada vez mais lenta, até parar.

Fiquei ali deitada um longo tempo, quase até de manhã. Depois saí e enterrei a seringa. Se houvesse uma autópsia, e fossem encontrados traços elevados de tranquilizantes em seu sangue, acho que não me importaria. Mas ninguém pediu teste algum. Se quem examinou o corpo dela teve alguma dúvida, nunca disse nada.

RUTH

Uma raça diferente

Nós estávamos internando meu pai numa clínica. Unidade de assistência era como o lugar se chamava, mas sabíamos o que ele era, e, por mais que o seu cérebro estivesse envolto em névoa naquele ponto, meu pai entendeu. Ele estava deixando a nossa fazenda.

— Isso não vai ser nada bom — ele disse, quando meu cunhado Chip parou em frente do prédio.

— Vai ser ótimo, papai — garantiu Winnie.

— Sabe de uma coisa, Ed? — disse Chip a caminho da porta, carregando a mala, e seguido por Winnie, que levava uma pequena TV portátil. — Parece que eles têm um jardim aqui. Aposto que você podia dar algumas dicas para esses caras.

Curvando-se como se fosse passar por uma soleira baixa, embora não houvesse nenhuma lá, meu pai não disse nada. Ele estava usando calça de veludo marrom, não o macacão de sempre, e os sapatos ele provavelmente tinha usado pela última vez no funeral de mamãe — ou na sua ousada mas abreviada viagem, naquele mesmo ano, para visitar Val Dickerson. Caminhando com ele agora pelo corredor, observei que todos os outros residentes usavam chinelos. Nós tínhamos deixado suas botas de trabalho em casa. Elas eram inúteis aqui.

O quarto dele era do tamanho de uma baia de cavalo – cama de solteiro, mesinha de cabeceira, cômoda. Eu tinha levado alguns retratos para pendurar na parede, mas quando comecei a arrumar as coisas, ele sacudiu a cabeça e fez sinal que não. Ficou sentado, empertigado e imóvel, na cadeira ao lado da cama – um lugar para visitas, sem dúvida – e contemplou o pedacinho de céu pela janela.

– Parece que vai chover – observou.

Naquela noite, sozinha na casa, eu me sentei na varanda e contemplei os campos. O milho tinha sido colhido e o solo preparado para o inverno. Todos os sinais das colheitas deste ano tinham desaparecido, exceto pelas abóboras no campo mais afastado, aguardando o último fim de semana de Escolha a Sua que sempre marcava o final de outra estação na fazenda Plank.

O sol estava se pondo cedo agora. Restava apenas uma réstia de luz, embora eu conseguisse avistar a lâmpada da cozinha na casa da minha irmã Naomi, no sopé da colina, onde ela e o marido deviam estar preparando o jantar – comida congelada, defronte à televisão, provavelmente. Eles não comiam legumes frescos nem na estação, e ninguém fazia mais conserva.

Então aqui estávamos nós – uma família espalhada ao vento como serralha depois que a ervilha se abre. Eu estava com mais de 50 anos agora, com mais cabelo branco do que louro na cabeça. Minha filha estava em Seattle, no segundo ano da Faculdade de Direito e dificilmente voltaria a morar aqui. Meu filho, de 13 anos, embora ainda morando comigo, estava contando os dias para o Red Sox contratá-lo como iniciante, e quer ele atingisse ou não esse objetivo, tinha os olhos voltados para horizontes distantes.

Na ausência de um herdeiro homem, a administração da fazenda tinha ficado para Victor Patucci, embora eu ainda supervisionasse o funcionamento da barraca.

Todas nós – as outras quatro garotas e os maridos que ainda não tinham morrido nem se divorciado – ainda morávamos na propriedade, nos terrenos de um acre que nosso pai tinha subdividido para nós nos anos 1980. Só tinha ficado mais difícil tocar as coisas na fazenda. A única pergunta que restava para nós era que caminho escolher para a dissolução da propriedade que estivera na nossa família por 340 anos: a Meadow Wood Corporation ou o bom e velho Victor Patucci. Se escolhêssemos Victor, receberíamos muito menos dinheiro do que o que foi oferecido pela construtora, mas pelo menos a terra da nossa família continuaria sendo uma fazenda.

Alguns dos netos – que se importavam o suficiente com a propriedade para preferir que ela continuasse sendo cultivada, se não pelos Plank, então por outra pessoa – estavam fazendo campanha a favor de Patucci. (Um deles, meu sobrinho Ben, tinha a ilusão de que essa era a "escolha ecológica". Eu não disse que ele estava errado.)

Minhas irmãs pareciam preferir a alternativa mais lucrativa. Qualquer que fosse o cenário que escolhêssemos, parecia inevitável que a fazenda Plank fosse sair em breve das mãos da família Plank. Todos, menos eu, estavam loucos para vender.

O fato de eu ser a única relutante era, na verdade, estranho. Se tive uma paixão na vida, essa foi arte e desenho; mas eu respeitava história também, e tinha a impressão de que havia uma herança a preservar nessa fazenda que nos pertencia, nesse pedaço de terra pelo qual, gostássemos ou não, tínhamos nos tornado responsáveis.

Havia diversas casas na propriedade agora, é claro – a minha e as das minhas irmãs, e todas fariam parte do pacote quando o lugar fosse vendido. Victor Patucci tinha anunciado que a minha casa – inteiramente reformada, é claro, a esposa dele gostava mais de bancadas de granito do que de ladrilhos – serviria melhor para a família dele. A velha casa da fazenda, onde meus pais tinham morado por mais de 50 anos, e o meu pai desde que nascera, ia ser posta abaixo.

Ao ouvir isso, eu tinha pensado brevemente em levar a porta com as marcas que o meu pai tinha feito ao longo dos anos,

marcando o crescimento das irmãs Plank. Cada marca de lápis tinha uma data:
    Novembro de 1954, Esther.
    Junho de 1955, Naomi.
    Outubro de 1959, Sarah.
    Janeiro de 1960, Edwina.
    Abril de 1960, Ruth. Nosso varapau!

Especialmente nos últimos anos da infância, o espaço entre as marcas das minhas irmãs e as que registravam o meu crescimento aumentava muito, várias polegadas de madeira nos separavam.

    Eu era de uma raça diferente do resto delas. Eu sempre soubera disso. Só estava faltando uma confirmação.

    E então apareceu uma carta na minha caixa de correio. A princípio não reconheci o nome no remetente – Frank Edmunds – mas quando abri o envelope entendi quem tinha mandado a carta. Eu mal tinha conhecido Frank quando éramos colegas de colégio anos antes, mas é claro que me lembrava da mãe dele porque ela era amiga da minha mãe – sua única amiga, talvez, a menos que se contasse Dinah Shore. Nancy Edmunds.

    Frank escrevia para mim, ele dizia, para comunicar que a mãe havia morrido recentemente – numa clínica de repouso em Connecticut para onde ela se mudara alguns anos antes, para que o filho – que trabalhava perto de Hartford – pudesse visitá-la com facilidade.

    "Mamãe não falou muito naqueles últimos meses", Frank escreveu. "Mas ela estava sempre se referindo a uma carta que tinha escrito muito tempo antes. Ela me fez prometer que a enviaria para você depois que ela morresse. Então aqui está ela. Eu não sei o que está escrito nela, mas espero que não seja nada que possa causar algum problema."

FAZIA MUITOS ANOS que eu não via a mãe de Frank, Nancy. Quando minha mãe ficou doente, pessoas da igreja tinham passado lá para deixar ensopados ou biscoitos, mas era Nancy que vinha de ônibus de Windsor Locks, em Connecticut, para fazer companhia a ela e pentear seus cabelos, até não restar mais nenhum deles. Ela estava na fazenda na noite em que minha mãe deu seu último suspiro.

Agora vinha uma carta, com meu nome no envelope, escrita com uma letra trêmula. *Para Ruth Plank.*

Eu não a abri imediatamente. Fiquei ali sentada por um minuto, com o envelope amarelo-claro no colo, pensando na mulher que tinha escrito a carta, e imaginando o que a levara a fazer isso. Embora eu pensasse nela como alguém que sempre foi velha, percebia agora que devia ser mais moça do que eu quando o marido se matou, mais moça do que eu sou agora naquele dia em que minha mãe, minhas irmãs e eu ajudamos na venda ao ar livre onde toda a mobília da família Edmunds e a maior parte de seus pertences pessoais foram colocados no gramado da casa que eles tiveram que vender para pagar os credores – minha mãe usando um avental ao lado da amiga, ajudando a receber o dinheiro. Elas tinham enfrentado aquilo juntas, aquelas duas mulheres. Aquilo e muito mais coisas que eu provavelmente nem sabia.

Eu devo ter sabido, ao estudar meu nome escrito no envelope, que quaisquer que fossem as palavras que houvesse lá dentro, elas poderiam mudar minha vida. Senão, por que uma mulher moribunda que eu mal conhecia as teria escrito, e instruído o filho a só enviar a mensagem depois de sua morte?

Então eu senti uma mistura de medo e excitação diante da perspectiva de ouvir o que a amiga da minha mãe teria a me dizer depois de tantos anos. Particularmente neste momento da minha vida. Tendo plena consciência de que de todos os relacionamentos da minha vida talvez o menos resolvido (e menos resolvível, agora que ela estava morta) era o meu com a minha mãe.

A carta de Nancy Edmunds chegou no início do verão, pouco antes do meu aniversário de 54 anos. Por algum motivo – sem dúvida algumas pessoas atribuiriam isso a algum tipo de mudança hormonal, mas eu sabia que era mais do que isso –, uma estranha melancolia tinha começado a tomar conta de mim alguns meses antes, e eu não conseguia encontrar uma explicação para ela.

Minha saúde estava boa. Meu trabalho de arteterapeuta me dava uma certa satisfação, e – combinado com as contribuições de Jim para o sustento dos nossos filhos – fornecia dinheiro suficiente para vivermos em relativo conforto.

Apesar do divórcio, nossos filhos pareciam pessoas felizes e ajustadas, embora eu desejasse que Elizabeth me telefonasse e me visitasse com mais frequência. Nesse aspecto e em alguns outros, eu era como minha mãe – uma mulher para quem nada tinha importado mais do que a família.

Eu lamentava não ser mais chegada às minhas irmãs, embora morássemos perto umas das outras e passássemos férias juntas. Apesar de nossa proximidade física, a ligação que havia entre as quatro nunca pareceu estender-se a mim, por razões que eu ainda tentava entender.

Nós víamos o mundo de forma diferente, isso era só o que eu sabia. Não era culpa de ninguém, mas em centenas de aspectos – o estilo de vida reservado e obstinado delas que não parecia deixar espaço para alegria ou diversão; a crença que tinham no exemplo de sacrifício e fé de nossos pais de que a recompensa estava na outra vida, não nesta; até as comidas que preparavam para reuniões de família – minhas irmãs e eu pouco tínhamos em comum além da terra em que vivíamos, aqueles cinco terrenos de um acre cada um, ao longo da fronteira sul da nossa moribunda fazenda de família. E em breve nem mais isso teríamos.

Já fazia algum tempo que eu tinha entendido que não havia ninguém na minha vida – nem minhas irmãs, nem meu ex-marido ou meus filhos, por mais que eu os amasse, nem meu velho amigo Josh ou as mulheres com quem eu trabalhava agora, embora valorizasse a amizade delas – que me conhecesse completamente, não do modo que eu brevemente acreditara ter sido compreendida apenas uma vez na vida. Durante 50 anos eu tinha me sentido uma forasteira na minha própria família. Foi um sentimento que começou, eu sei, com o que aconteceu entre mim e minha mãe. Ou que não aconteceu e que tinha me feito tanta falta.

Então me veio uma lembrança de Nancy Edmunds e minha mãe, costurando vestidos idênticos de mãe e filha para Cassie (a filha de Nancy) e para mim – vestidos com tranças em ziguezague nos bolsos e grandes cinturões amarrados atrás. Eu tinha visto um catálogo da Butterick com os vestidos na loja de tecidos e pedido à minha mãe que costurasse um para mim. Surpreendentemente, ela concordou, e chegou até a deixar que eu escolhesse o tecido: um estampado infantil de gatinhos correndo atrás de novelos de linha. Verde menta e cor-de-rosa.

Nós compramos o tecido pouco antes da Páscoa de 1960, no auge da Guerra Fria. Eu estava na quarta série, e a professora tinha nos ensinado a nos esconder debaixo da carteira se os comunistas viessem nos bombardear. Durante anos após isso, toda vez que eu ouvia um avião passando no céu eu imaginava se eles estavam finalmente vindo nos atacar.

Então vem a imagem de mim, voltando da escola na tarde de uma simulação particularmente assustadora de um ataque aéreo e encontrando minha mãe e Nancy me esperando, usando aqueles vestidos ridículos, com suas mangas bufantes e cinturões amarrados na cintura, e aquelas tranças em zigue-zague nos bolsos e na bainha.

Talvez ao longo dos anos eu tenha reconfigurado os eventos para visualizar a cena, mas acredito que mesmo o meu eu de 9 anos tenha registrado a imagem pungente da minha mãe parada na porta para me receber aquele dia, usando o vestido que tinha acabado de ficar pronto. Mesmo sendo muito jovem, identifiquei esse como sendo um daqueles momentos em que o sonho de como você espera e imagina que as coisas vão ser – a ilustração do catálogo daquelas duas figuras sorridentes de vestidos iguais – acaba sendo muito diferente do que as coisas são na realidade.

Eu tinha descido do ônibus e atravessado correndo o caminho até a porta de casa, carregando as instruções sobre como me abrigar de um ataque aéreo. Como sempre, ansiava pelo abraço da minha mãe, ao mesmo tempo que entendia que aquilo que desejava não estava ao meu alcance. Só que naquele dia, lá estava ela, do lado de fora da casa, no vestido estampado de gatinhos.

Longe de ter sido esbelta, minha mãe – com suas roupas normais – parecia uma pessoa forte, robusta, pé no chão: não bonita, não feia, não magra nem gorda. Apenas totalmente ela mesma.

Naquele dia, entretanto – com aquelas mangas bufantes apertando seus braços gordos, e a saia verde e rosa girando sem piedade sobre suas pernas grossas, os pés calçados com sapatos fechados de cadarço, eu me lembro de ter sentido vergonha. Não só por mim, mas ainda mais por minha mãe.

– Vem vestir o seu, Ruth – a Sra. Edmunds chamou de dentro da sala da frente, onde estava diante da máquina de costura, terminando de fazer um vestido igual aos nossos para a boneca de Cassie.

O vestido da Sra. Edmunds, embora não exatamente elegante, vestia melhor nela. Cassie – vários anos mais moça do que eu, que tinha chegado do jardim de infância horas antes, já estava dançando pela sala no seu vestido. Era um estilo, eu percebi então, mais adequado para uma menina de 5 anos.

Minha mãe era uma costureira competente, mas tinha feito algumas modificações, para economizar tecido provavelmente. Em vez de um cinturão largo, e uma saia bem rodada como nos vestidos das Edmunds, o cinturão do meu era estreito, e curto demais para dar um laço inteiro, e, como eu além de ser alta tinha um tronco comprido, ele ficava mais ou menos no meio entre o meu peito e o meu umbigo.

Eu tinha subido para pôr o vestido – sabendo mesmo antes de prová-lo que a ideia de vestidos iguais para mãe e filha tinha sido um erro. Quando desci a escada, ficou claro pela expressão no rosto da minha mãe que ela também sabia disso. Mas a Sra. Edmunds mostrou uma alegria forçada.

– Olhe só para ela, Connie – a Sra. Edmunds disse. – Ela está igualzinha a você. Com esses vestidos vocês estão a cara uma da outra.

MAIS DE QUARENTA ANOS DEPOIS, eu abri a carta dela para mim. "Querida Ruth", a carta começava. "Há um peso que eu preciso tirar do meu peito. Achei que já estava na hora de contar para você."

"Eu sei que você e sua mãe tiveram seus problemas, mas você precisa saber que ela fez tudo para as coisas darem certo. Até o fim da vida, ela rezou para que vocês duas conseguissem se dar bem."

Isso era bem típico da minha mãe, eu pensei. Rezando para que alguma divindade melhorasse sua relação com a filha adulta em vez de conversar com ela sobre isso. Deixando a responsabilidade disso para Deus.

Mas foram as palavras seguintes da carta de Nancy Edmunds que me deixaram petrificada.

"Ela amava você, apesar de você não ser filha dela de verdade", Nancy tinha escrito. "Ela amou você o melhor que pôde."

Eu tornei a ler aquelas palavras, para me certificar de que tinha entendido direito. E então fiquei sem ar.

AGORA VEM A HISTÓRIA. Nancy tinha enchido dois lados do seu papel de carta lilás com a explicação:

"Connie soube disso no dia em que eles trouxeram você do hospital para casa", ela escreveu. "Ela sabia que você não era o mesmo bebê que tinham entregado a ela naquele primeiro dia na sala de recuperação. Só que ela não conseguiu convencer seu pai a tomar alguma providência a respeito disso."

Fatos, então. Eu mal conseguia respirar enquanto lia:

O bebê que tinham mostrado à minha mãe naquela primeira tarde pesava três quilos e duzentos para início de conversa. O que eles trouxeram para casa pesava quatro quilos.

Mais do que isso, no entanto, Nancy tinha escrito, uma mãe reconhece coisas no seu filho da mesma forma que os animais.

O primeiro bebê – o que Val Dickerson levou para casa e deu o nome de Dana – tinha um corpo curto, compacto, e cabelo escuro. O bebê original tinha dedos curtos e grossos como os da minha mãe, e – ao contrário de qualquer bebê que ela já tivesse visto – olhos castanhos rajados de verde. Mas o que disseram que era dela (estávamos falando de mim aqui) tinha cabelo louro, olhos azuis, pernas compridas e dedos finos e longos. O bebê que era dela de verdade (Dana, com certeza) tinha tanto apetite que tomava a mamadeira de um gole só.

A filha verdadeira dos meus pais dormia muito; eu estava sempre chorando, não mamava direito e tinha muitas cólicas.

"Ela disse que você tinha um cheiro diferente da filha dela", a carta continuava. "Mães percebem essas coisas."

Eu, que era mãe de dois filhos, sabia disso.

A parte da carta que foi mais difícil de ler – e mais difícil ainda de entender – foi o relato de Nancy do que aconteceu depois que Connie e Edwin Plank me trouxeram do hospital, quando minha mãe – Connie, a mulher que me criou, embora eu não fosse a filha nascida do seu corpo – explicou ao marido, o homem que eu chamava de pai, que tinha havido um engano.

"Edwin disse a Connie que o que estava feito estava feito", Nancy tinha escrito. "Ele disse que se eles reclamassem iriam envergonhar o médico, e ele era amigo deles da igreja. Ele disse que você era um bebê muito bonito. Mais bonito do que suas irmãs tinham sido."

"Não vamos mexer com isso", ele disse. Evidentemente, ele resolveu que aquela era a vontade de Deus.

"Você não entenderia como era ser uma esposa naquela época", Nancy continuou. "Você tinha que obedecer ao seu marido se não quisesse se dar mal."

Ali estava, finalmente, a verdade: eu não era o bebê que tinham colocado nos braços de Connie Plank naquele dia de verão de 1950, embora eu fosse aquele que ela levou para casa dois dias depois.

Naquele meio-tempo – na hora do banho, talvez? – as irmãs de aniversário tinham sido trocadas. Talvez tenha sido no meio da noite, quando nós duas – Dana e eu – tínhamos acordado na mesma hora, chorando, e a enfermeira de plantão estava meio dormindo. Não importa em que momento aquilo tenha acontecido, o resultado estava claro: eu era uma Dickerson que se tornou uma Plank. Dana era uma Plank que se tornou uma Dickerson. Nós tínhamos vivido mais de cinquenta anos, e nenhuma de nós duas jamais soubera quem era de verdade.

Eu não contei a ninguém a respeito da carta de Nancy Edmunds, nem o que ela me revelara. Queria um tempo para pensar a respeito e refletir sobre o significado daquilo. Você passa mais de meio século achando que é uma pessoa e então descobre que não é. Ou talvez a pessoa que você sempre foi surgisse de repente na sua frente e coisas que não faziam sentido antes passassem a fazer, e coisas que costumavam fazer sentido não fizessem mais.

As únicas pessoas com quem eu poderia ter conversado sobre isso eram os filhos dos Dickerson – o único filho verdadeiro deles, pelo menos, e a que eles tinham criado como deles: Ray e Dana. Só de pensar em Ray, mesmo depois de tantos anos, me causava enorme tristeza.

Ray, que era – eu tinha levado algum tempo depois de receber a notícia para perceber isso – meu irmão.

Teria sido fácil encontrar Dana, que morava a menos de meia hora de distância de carro, mas eu não liguei para ela. O que eu iria dizer?

– Eu fiquei com a sua vida. Você ficou com a minha. O que quer fazer a respeito disso agora?

Quanto a Ray, ele não era o tipo de pessoa que você fosse encontrar no Google. E, mesmo que eu conseguisse localizá-lo, não tinha certeza de querer fazer isso, embora um dia esse tivesse sido o meu mais ardente desejo. A última vez que eu tinha visto Ray, eu estava olhando pela janela de um táxi que me levava embora da nossa cabana, numa ilha no Canadá, enquanto o táxi se afastava pela estrada, com a mulher que eu agora pensava como sendo Connie Plank, que tinha vindo me levar para longe dele. No que eu havia considerado ser, até agora, o pior dia da minha vida, ou um dos piores.

Agora eu sabia por que ela tinha feito aquilo, e embora não fosse menos terrível e ela estivesse errada em não me contar – e o custo tenha sido incalculável – eu finalmente lhe perdoei.

Dana

Isso teria sido melhor

O TEMPO PASSOU. Épocas de plantio. Temporadas de beisebol. Cabritinhos. Morangos. Queijo. Inverno. Sete ao todo, sem Clarice.

Foi no início da primavera que eu recebi o telefonema do meu irmão. Ele estava na South Station em Boston, esperando para tomar um ônibus para Concord, New Hampshire, tendo passado os últimos dez dias num ônibus vindo do Oregon para o leste. Queria saber se eu podia ir apanhá-lo.

Eu estava com 56 anos, o que significava que o meu irmão Ray estava com 60. A última vez que eu o tinha visto fora na cerimônia fúnebre de Valerie, 12 anos antes – mas a imagem dele que eu ainda tinha na cabeça era a do menino com a gaita e o skate, com aquela expressão inquieta e sofredora nos belos olhos azuis.

Eu não estava preparada para o homem que saltou do ônibus naquele dia. A vida toda, meu irmão tinha sido uma pessoa magra, com aquela agilidade e aquela graça típicas de jogador de basquete, aquele rosto incrivelmente bonito. Desde que eu o vira pela última vez, o corpo dele tinha ganhado mais peso, mas ele andava bem ereto, embora dando a impressão de estar fazendo um certo esforço para isso. Ele ainda tinha todo o cabelo – mais comprido do que da última vez, e bastante grisalho agora.

— Longa viagem — ele disse, sentando devagar no banco da frente, como uma vítima daquela doença em que cada osso é frágil e sujeito a quebrar a qualquer momento.
— Aposto que você está com fome — eu disse.
Ele respondeu que não com a cabeça.

Eu tinha pensado, por um breve tempo, que talvez fosse uma boa coisa para Ray trabalhar na fazenda, cuidando das cabras ou dos morangos, mas ele era inquieto, não parecia capaz de se concentrar. Eu chegava em casa e o encontrava sentado na varanda segurando um ancinho, ou deitado na espreguiçadeira que tinha sido o lugar preferido de Clarice naqueles últimos anos, tão difíceis. Ele dormia um bocado. De noite, eu preparava o jantar e ele normalmente comia em silêncio. Depois, ele às vezes assistia à televisão, embora gostasse de jogar paciência. Às vezes eu tinha a sensação de que ele queria dizer alguma coisa, mas ele raramente falava.

— Você se lembra daqueles truques de mágica que costumava fazer para nós? — perguntei a ele uma vez, quando ele estava com o baralho na mesa. — Você se lembra daquele que você fazia, onde a rainha de copas acabava no alto da cabeça da pessoa?
— Esse não era eu — ele me disse.

Uma noite, quando estávamos sentados à mesa terminando de comer uma torta, contei a ele sobre Clarice. Eu queria que o meu irmão me conhecesse. E talvez, também, eu quisesse falar com alguém sobre ela. Por menos que eu tenha dito, contar a ele foi melhor do que conversar com as cabras.

— Nós nos amávamos tanto — eu disse. — Até então eu não sabia que era possível sentir aquilo por alguém. Mas eu teria morrido por ela. Até agora, penso nela cem vezes por dia.
— Eu conheci uma pessoa assim — ele disse.

ALGUMAS SEMANAS DEPOIS de ter vindo ficar comigo, Ray disse que não podia mais ficar na fazenda. Ele falou que não gostava de ficar perto de animais. E embora eu soubesse que tinha vivido no mato durante vários anos, naquela ilha no Canadá, morar no campo agora o deixava inquieto. Muitas noites ele bateu no meu quarto para dizer que tinha ouvido um barulho, ou que achava que havia um animal no telhado, ou uma pessoa tentando entrar.

– Não é nada – eu dizia a ele. – Às vezes são guaxinins. Eles não fazem mal nenhum.

Mas ele não conseguia dormir na fazenda. Tem estrelas demais, ele dizia. As cabras o deixavam nervoso. A geladeira fazia um barulho que o fazia pensar que ela poderia ser radioativa. Uma vez eu entrei em casa e encontrei meu irmão inteiramente nu, olhando pela janela. As roupas doíam, ele disse.

Eu já tinha entendido, nessa altura, todas as coisas no mundo que tornavam quase que fisicamente doloroso para o meu irmão suportar cada dia. Mesmo quando ele era jovem, eu lembrava que Ray às vezes mal conseguia sair da cama, e outras vezes ele sentia uma necessidade de subir naquele seu monociclo e desaparecer sem dizer para onde ia. Mas naquela época eram raras as vezes em que as nuvens pareciam envolvê-lo.

Quando eu me lembrava da infância de Ray, via aquela pessoa incrivelmente engraçada, alegre, cujo apetite pelo mundo era tão grande que ele corria para fora no meio de uma tempestade sem se importar de ficar encharcado – o garoto que vinha me tirar da escola com um bilhete forjado para parecer que tinha sido escrito pelos meus pais, para podermos estar na loja de discos para o lançamento de um álbum do Fats Domino. Certa primavera, quando estávamos morando em Vermont, Ray descobriu que um número surpreendente de lagartos pequenos e muito bonitos conhecidos como salamandras tinham saído – aparentemente todos juntos e ao mesmo tempo – do lugar onde tinham passado o inverno, e estavam agora, naquela noite de luar, caminhando como uma fila de refugiados pela estrada de terra em frente à nossa casa alugada, indo na direção do riacho do outro lado da estrada. Ele tinha me acordado no meio da noite para eu poder ver o êxodo das salamandras vermelhas, e outra vez – em pleno inverno – ele me enrolou em cobertores, me pôs nos ombros e me levou para o quintal para eu ver um eclipse lunar.

Ele tinha me contado muito pouco – nada, na verdade – sobre como tinha passado aqueles anos no Canadá, mas eu não teria ficado surpresa em saber que ele tinha morado na rua pelo menos parte do tempo. Liguei para uma agência do serviço social em Concord e marquei uma consulta para Ray e para mim, e depois mais visitas, e exames. Ele aceitou tudo isso sem discussão.

O termo que eles usaram para descrever o meu irmão foi "bipolar", e, por causa disso, ele tinha direito a morar numa habitação coletiva, onde meia dúzia de pessoas com um diagnóstico semelhante – algumas bem mais jovens, uma com mais de 70 anos, todas com algum tipo de distúrbio psicológico – moravam juntas sob a supervisão em tempo parcial de um conselheiro que cuidava de coisas como compras de armazém e contas. Surpreendentemente, para uma pessoa que parecia não ter nenhum interesse em interação social, Ray gostou do lugar quando fomos fazer uma visita, e nós preenchemos a papelada. Algumas semanas depois, vagou um lugar e ele se mudou.

Uma das novas companheiras de casa de Ray – Natalie, que sofria de alguma forma de TOC, mas conseguia trabalhar meio expediente numa lavanderia – falou com ele sobre uma oficina semanal que ela frequentava: aulas de arte para adultos com distúrbios emocionais, ou "sensibilidade especial" como ela descreveu.

– Minha mãe era artista – disse Ray.

Então Natalie o levou à aula.

Naquela noite, eu fiquei surpresa ao receber um telefonema do meu irmão. Mesmo antes de ele me contar o que tinha acontecido, eu senti a agitação em sua voz.

– Era ela – ele disse. – Ela tem um nome diferente agora – ele disse. – Mas é a mesma pessoa. Só que não exatamente.

A mulher que ministrava as oficinas de arte era Ruth Plank.

* * *

EU NUNCA SOUBE DE TUDO o que havia acontecido entre os dois, muitos anos antes, quando ele estava morando na Colúmbia Britânica. Mas sabia o suficiente para compreender que algo de terrível acontecera.

– Você gostou de vê-la?

Eu tinha aprendido, nessa altura, que era uma boa ideia fazer perguntas a Ray que permitissem sim ou não como resposta.

Houve um longo silêncio do outro lado da linha – como costumava acontecer às vezes nos últimos estágios da doença de Clarice, quando eu precisava sair e ligava para ela de um telefone público, embora soubesse que conversar era algo praticamente impossível para ela. Só para ela ouvir a minha voz, e eu ouvir a respiração dela, como agora estava ouvindo a dele, como se o ar que ele estava soltando dos pulmões tivesse ficado muito tempo lá.

Mais silêncio. Eu achei que ele tinha terminado. Então veio a voz dele – baixa, suave e muito triste.

– Eu nunca contei isso a ninguém. Mas nós íamos nos casar. Nós íamos ter um bebê. Então eu soube que ela era minha irmã.

Fiquei imaginando como ele teria sabido a verdade, mas não fazia muito sentido perguntar. Ele tinha carregado isso consigo durante muito tempo.

– Eu me dei conta disso já faz algum tempo – eu disse a ele.

– Eles deviam ter nos contado antes.

– Isso teria sido melhor.

E então eu só ouvi um *clique* quando ele desligou o telefone.

RUTH

Muito longe de Boston

MESMO DEPOIS DE TANTO TEMPO, eu o reconheci. O velho Ray não entrava numa sala, ele tomava conta dela – irrompendo pela porta, geralmente, com algo fantástico para mostrar, um truque ou uma piada ou uma canção, talvez. Uma vez, eu me lembro, ele tinha entrado dando cambalhotas na cozinha dos Dickerson.

Agora meu irmão se movia devagar, como se estivesse andando sobre gelo. Ele parecia estudar o chão quando entrou na sala, de fato. Então levou um momento para me ver. Quando aconteceu, foi como se uma cortina se erguesse lentamente, e os anos desaparecessem. Lá estavam os longos cílios, dos quais eu me lembrava tão bem, e sob eles aqueles olhos azuis, que costumavam me observar durante horas. Apesar de tudo o que a vida tinha feito com ele, ainda era um homem bonito.

Eu tinha pensado sobre esse momento – tinha sonhado com ele – por tanto tempo que levei alguns segundos para compreender, com uma certa melancolia, que os sentimentos que ele havia inspirado em mim tinham desaparecido. Houve um tempo em que eu perdia o fôlego só de olhar para ele. Meu corpo era tão sintonizado com o dele, que bastava um toque de suas mãos e eu me derretia.

O que eu sentia agora era uma tristeza em nada diferente do que a sentida por qualquer uma das pessoas com quem eu trabalhava naquelas aulas. Tristeza de que o mundo tivesse se tornado, para elas, um lugar tão doloroso de habitar que simplesmente tiveram que abandoná-lo do único modo que sabiam.

Ele passou a tarde trabalhando com barro. O que ele fez aquele dia foi um ovo de forma perfeita. Antes de sair, ele apertou minha mão e disse:

– Você ainda está bem.

– Eu tenho pensado sempre em você – respondi. – Espero que esteja indo bem.

– Você tem filhos?

– Uma menina e um menino.

Ele balançou a cabeça e saiu. Nunca mais voltou à oficina, e, para ser sincera, eu fiquei aliviada.

AGORA QUE JIM TINHA IDO EMBORA e meu pai estava na casa de saúde, larguei meu emprego de meio expediente na escola primária e diminuí as horas de trabalho com meus alunos adultos de arteterapia. Eu estava cuidando da barraca da fazenda naquele verão, e, apesar dessa tarefa exigir muito de mim, era ali que eu queria estar. Eu calculei que aquela seria provavelmente a minha última temporada na fazenda Plank. Toda vez que uma safra amadurecia e outra terminava (ervilhas, espinafre, morangos, brócolis, tomates, pimentões) eu considerava aquela como sendo a minha última na fazenda. Nós agora estávamos na época do milho. Depois viriam as abóboras. Depois estaria tudo terminado.

Douglas já estava bastante independente agora, e podia ir sozinho para a escola e para seus jogos – a que eu assistia quando podia. Eu até me sentava às vezes ao lado do pai dele na arquibancada. Nós estávamos indo bem: eu me preocupava apenas com o futuro da terra da nosso família, só isso.

A família tinha votado por vender a fazenda para Victor Patucci – o meu voto foi o único contrário. Nós assinaríamos os papéis assim que Patucci recebesse o empréstimo no outono. Uma tarde, uma BMW conversível parou em frente à barraca.

A capota estava aberta e uma velha canção dos anos 1970 tocava aos berros lá dentro.

Embora eu soubesse que ele já tinha bem mais de 50 anos agora, Josh pulou por cima do lado do carro, do jeito que costumavam fazer os personagens de *Os gatões*, um velho programa de televisão com o qual costumávamos rir muito.

– Eu fui visitar uma mulher em Cape – ele disse. – Pensei em vir até aqui e fazer uma surpresa para você.

Foi mesmo uma surpresa, eu disse a ele.

– Você está muito longe de Boston – ele disse, olhando em volta. – Os tempos sem dúvida mudaram.

Para ele também. Ele estava morando em Santa Monica. Fazendo filmes pornográficos. *De bom gosto*, ele disse.

– Eu tenho uma coisa para você – ele disse, estendendo um envelope. – Nós tornamos a publicar o livro no ano passado. Você pode acreditar que ele está vendendo uma barbaridade?

Dentro do envelope havia um cheque para mim no valor de 73 mil dólares.

Dana

Doçura inigualável

CINCO ANOS DEPOIS de eu ter solicitado o registro, chegou uma carta do departamento de horticultura da universidade. Depois de tantos anos de trabalho, foi quase um anticlímax receber finalmente a notícia de que nossa nova variedade de morango tinha sido aprovada e podia ser patenteada. O comitê teria prazer em me indicar um especialista em legislação agrícola (quem imaginaria que isso existisse?) com o objetivo de "buscar uma possível venda de direitos para disseminar e vender a variedade". No momento, meu morango era conhecido como NOME LATINO TK S-4762, mas eu estava livre para providenciar um nome da minha escolha para futura identificação da minha variedade de morango.

Não imediatamente, mas algum tempo depois disso – depois que o contrato tinha sido assinado e a papelada e os testes terminados, a Companhia Sementes A-1 do Ernie comprou o direito exclusivo de oferecer uma nova e empolgante variedade de morango no seu catálogo. Com uma cotação de quatro estrelas e uma recomendação especial para os agricultores do nordeste do país, a fruta foi descrita como não sendo muito grande, mas possuindo uma doçura inigualável. Eu batizei a variedade de Clarice.

ACONTECEU UMA COISA ESTRANHA quando eu estava dirigindo o meu caminhão para Burlington, Vermont – a sede da Companhia Sementes A-1 do Ernie — para assinar os últimos papéis. O rádio estava ligado numa estação de música country. Eu pensava em Clarice, é claro, que tinha uma queda por esse tipo de música. Eu achava quase toda ela incrivelmente boba. Tocou uma canção que eu reconheci, ou reconheci em parte. Era um dueto entre uma dupla de cantoras cujas vozes misturadas soavam como vozes de anjos. De repente, eu me vi cantando junto com elas. Não só isso, mas eu sabia de antemão a letra que elas cantariam.

A princípio pensei que aquela devia ser uma das favoritas de Clarice, algo que eu já tinha ouvido várias vezes e nunca prestado muita atenção. Então, com um choque, eu compreendi: era a canção de *George*. Quem saberia dizer como fora parar nas mãos daquela dupla, cujos nomes eu nem conhecia, embora evidentemente muitas outras pessoas conhecessem. A estação estava apresentando "os mais vendidos da música country". A canção era um sucesso.

Suponho que eu poderia ter corrido atrás. Talvez eu pudesse ter processado alguém e ganhado uma bolada. Mas preferi ignorar. Eu ia receber um grande cheque aquele dia por uma criação minha — minha e do homem que eu sabia que era meu verdadeiro pai. Isso era suficiente.

RUTH

O que aconteceu

A PARTIR DO DIA em que recebi a carta de Nancy Edmunds revelando o segredo que tinha transformado e assombrado a minha família – a minha e a dos Dickerson – foi muito fácil eu me ver como filha de Valerie Dickerson. Sem dúvida, isso foi facilitado pelo fato de Connie nunca ter agido como se fosse minha mãe. Havia um certo consolo, na verdade, em finalmente compreender por quê.
A parte mais difícil era ver George Dickerson como meu verdadeiro pai. Não só porque ele tinha sido uma nulidade. Mas muito mais porque eu adorava o homem que tinha me criado, Edwin Plank. Portanto, o que quer que o DNA pudesse me dizer, eu sabia que, para mim, Edwin seria sempre a pessoa que eu consideraria como sendo meu pai.
A maioria dos dias, quando eu o visitava na casa de saúde, ele não dizia quase nada, e o que dizia geralmente não fazia sentido. Quando o tempo estava bom, caminhávamos no jardim da casa de saúde, apesar de não haver muito o que ver. Uns poucos gerânios raquíticos. Um pedacinho de grama.
Quem sabe por que aquele dia foi diferente, mas eu percebi isso assim que entrei – uma espécie de vivacidade na expressão dele que eu não via fazia anos. Seus olhos, que já durante algum tempo olhavam para mim com uma expressão vazia, esta-

vam focados e atentos, e um pouco úmidos, como se ele tivesse chorado.

Comigo as coisas também estavam diferentes. Uma semana antes, eu tinha ouvido as palavras de Nancy Edmund e sabido que Dana Dickerson e eu tínhamos saído do hospital com as famílias erradas. E meu pai sempre soube disso. Fazia sete dias que eu estava tentando entender o que isso significava para a minha vida. Quem eu poderia ter sido se nossa família não tivesse cruzado tão desgraçadamente com os Dickerson?

Eu tinha pensado em escrever uma carta para Dana. Sabia que ela era proprietária de uma fazenda de cabras no Maine. Seria fácil conseguir o endereço dela. Mas eu ainda não estava preparada para falar sobre o que tinha acontecido.

Enquanto isso, ali estava eu para a minha visita de todas as quartas-feiras ao meu pai. Eu não sei o que aconteceu naquele dia. Meu cabelo estava solto e não preso como eu o usava geralmente, e eu estava de vestido. Ou talvez eu apenas tenha pegado o meu pai num raro momento de reflexão.

Ao me ver entrar no quarto dele aquele dia, meu pai ergueu os olhos e, pela primeira vez nos últimos tempos, sorriu.

– Já não era sem tempo de você aparecer – ele disse. – Eu estava imaginando por onde você andava.

– Eu estive aqui na semana passada, papai – respondi, mas ele não pareceu ter prestado atenção.

– Você tinha razão a respeito daquela música. Aquela Peggy Lee sabe mesmo cantar.

– Eu trouxe um tomate para você. Eu estava de olho nele havia umas duas semanas, para trazer para você.

– Você não precisa me trazer nada, meu bem. Basta a sua presença.

Eu estava sentada na beirada da cama. Ele estava recostado num travesseiro, o cabelo branco macio como as penas de um pintinho. Com uma força e uma energia surpreendentes, ele ergueu o corpo, estendeu a mão e acariciou o meu rosto de um jeito que nunca tinha feito antes. Do jeito que um homem acaricia uma mulher, não a filha. Então eu compreendi: ele achava que eu era outra pessoa.

— Você ainda é linda — ele disse. — Isso não muda nunca. Você está usando o cabelo do jeito que eu gosto.

Eu fiquei ali sentada, sem dizer nada. Eu queria e não queria ouvir o que ele estava dizendo.

— O que foi que aconteceu, Edwin? — perguntei a ele. — Como foi que a Ruth acabou indo para casa com você e a Connie? E a Dana foi... — Por um momento eu não consegui terminar a frase, sabendo quem o meu pai achava que eu era. — Para a Val — completei.

Nós ficamos um longo tempo em silêncio, eu olhando para o meu pai, ele olhando pela janela, seus pensamentos parecendo estar em algum outro lugar. Estudando o rosto dele, que eu amava tanto apesar de tudo, era quase como se eu estivesse fitando um sinal de mudança de tempo no horizonte — nuvens se formando, e o sol desaparecendo atrás delas, os primeiros sinais de chuva.

— O que aconteceu. O que aconteceu — ele disse, sacudindo a cabeça.

Do modo como ele disse as palavras, elas eram mais uma afirmação do que uma pergunta. Olhando para ele, eu me lembrei de todas as vezes que ele tinha empurrado a porta pesada do estábulo, tentando abri-la.

Eu esperei.

Uma parte da resposta eu jamais iria saber, é claro, e era provável que nem meu pai soubesse. O nome da enfermeira que pôs um bebê no bercinho com o nome do outro. O evento preciso — uma troca de fraldas? Hora de mamar? Banho? — era ao mesmo tempo tão pequeno e tão grande que foi capaz de mudar nossas vidas para sempre. Mas agora já não importava mais.

A parte que eu queria entender vinha depois, quando o meu pai — apenas o meu pai, dentre as quatro pessoas citadas nas nossas certidões de nascimento como pais — tinha escolhido ficar comigo na fazenda e deixar sua filha verdadeira, Dana, com os Dickerson.

Eu senti que tinha chegado o momento em que ele finalmente pudesse me contar. Era improvável que houvesse outro.

– E quanto aos bebês, Edwin? – perguntei a ele. – As meninas?

– Ah, querida, nossas meninas – ele disse. Ele deu um longo suspiro. – Por favor, me perdoe.

Suas mãos, que tinham plantado sementes em quilômetros de canteiros durante todos aqueles anos e cuidado das plantas que nasceram daquelas sementes, estavam tremendo.

– Eu estou tentando entender – contei a ele. – Quando você descobriu o que tinha acontecido, por que não fez alguma coisa?

– Foi um acidente as duas terem sido trocadas daquele jeito. Eu nunca esperei uma coisa dessas. Mas, quando Connie percebeu e me disse que nós tínhamos que ligar para o hospital e consertar as coisas, eu pensei que talvez fosse para ser assim. Eu sabia que *eu* iria amar a menina que tínhamos levado para casa, porque ela era sua.

– O que você está dizendo, Edwin?

Eu compreendi que eu era Valerie agora. Pelo menos, era com Valerie que meu pai estava falando. Mas não entendi por que ele tinha tanta certeza de que iria amar a filha dela.

Ele não respondeu minha pergunta. Continuou como se eu não tivesse falado.

– Não foi justo com Connie nem com você – ele disse. – Nem com as meninas, é claro. Ou com nenhum de nós, provavelmente. Mas eu me deixei levar pelo coração.

– Você quer dizer, ao ficar com Ruth? Em vez de Dana?

– Elas eram ambas minhas filhas, essa era a questão – ele disse. – De qualquer jeito, eu ia ficar sem uma delas. Eu só queria ter alguma coisa para me lembrar de você. Eu queria o meu pequeno Varapau.

Eu nunca tinha visto o meu pai chorar antes. Este era o tipo de momento que o pessoal da casa de saúde dizia que você devia chamar a enfermeira para dar um sedativo para o seu ente queri-

As boas filhas | 305

do. Eu poderia apertar um botão e em cinco minutos ele estaria dormindo. Mas então eu jamais saberia.

– Eu não estou entendendo o que você está dizendo – eu disse, segurando a mão dele. – Conte tudo desde o começo, Edwin.

Então, finalmente, foi como se a porta se abrisse, e nós entrássemos no nosso velho estábulo. Ele endireitou o corpo. Seus olhos pareceram ganhar foco, mas não estavam fixados em nada que havia no quarto. Era como se ele estivesse assistindo a uma cena de um filme, só que o filme estava passando dentro da cabeça dele. Eu não era mais Ruth, nem Valerie. Para o meu pai, eu duvido que houvesse alguém ali. Mas ele devia estar precisando contar a história, finalmente, mesmo que apenas para as quatro paredes do seu quarto. E então – pela primeira e última vez – ele contou.

Edwin

Que sorte você ter vindo

Era apenas o segundo furacão da temporada, e dava para ver pelo modo como ele se aproximava – rápido e escuro – que este ia ser um arraso. Era outubro, então não precisávamos nos preocupar com as plantações – só com as abóboras no campo, mas naquela época ainda não estávamos ganhando muito dinheiro com abóboras. A minha única preocupação era o telhado do estábulo, e um suporte de madeira ao longo da extremidade da propriedade, onde estavam plantados os morangos.

Nós éramos jovens então, Connie não tinha mais de 26 anos, e eu tinha pouco mais de 30, mas carregava o peso do mundo nos meus ombros: 200 acres para tratar e quatro meninas para alimentar – pequeninas, a mais velha ainda não tinha 6 anos e a caçula ainda tomava mamadeira. E uma boa esposa, embora não do tipo de manter a cama quente, nas noites de verão ou de inverno.

Ia haver o primeiro jogo da World Series aquela noite, mas eu sabia que a energia elétrica ia provavelmente acabar antes do início da partida. Os Yanks versus os Dodgers. O Sox tinha perdido como sempre em setembro. Certas coisas funcionavam como um relógio, e essa era uma delas.

Connie estava recolhendo roupa na corda quando veio o chamado. Era a supervisora na linha – mais dez minutos e ela não teria conseguido ligar. Havia uma árvore caída na velha County Road, e, como eu era o chefe dos bombeiros voluntários, cabia a mim cuidar disso. Vesti minha capa de chuva e subi no caminhão, e disse a Connie que não esperasse por mim acordada, embora quando veio o chamado eu estivesse pensando que talvez, com a tempestade e tudo mais, eu tivesse sorte com a esposa aquela noite. Já fazia meses que ela mal me deixava dar um beijo em seu rosto, e eu estava louco por um pouco de carinho.

Então agora eu pego a estrada, indo na direção que a supervisora me disse que a árvore estava bloqueando a ponte. Não há nenhum outro veículo à vista, é claro. É uma loucura estar ali. Mesmo o meu velho caminhão de meia tonelada oscila com o vento. Eu imagino que uma boa lufada me faria virar.

De repente, logo à frente, eu vejo uma figura na estrada – uma capa amarela iluminada pelos meus faróis. Vejo uma pessoa agitando os braços enquanto a água desce aos borbotões pela estrada, não mais caindo, e, sim, descendo de lado.

Quando chego mais perto, desligo o motor e salto. Ao me aproximar, vejo uma mulher com uma criança, um menino mais ou menos da idade de uma das minhas filhas – 4 ou 5 anos.

– Eu preciso de ajuda – ela diz. – Meu carro foi jogado para fora da estrada. Nós não conseguimos enxergar o caminho para voltar para casa.

Eu os ajudo a entrar no caminhão, mãe e filho. Sem o capuz, eu a reconheço das vezes que ela parou na barraca da fazenda no verão anterior, uma vez para comprar morangos, outra vez para comprar milho. Eu tinha reparado nela, com seus longos cabelos louros – uma mulher alta, de quase 1,80m, e muito bonita. O filho se parece com ela. Ele está tremendo no assento entre nós.

— Nós tivemos sorte de você ter aparecido naquela hora — ela diz. — Estava sem saber o que fazer.

Nós conseguimos chegar à casa dela, com muita dificuldade — embora eu tenha tido que parar no caminho para usar minha serra de cadeira para retirar a árvore caída. Eu estou encharcado, é claro. Tenho água até dentro das botas. Minhas mãos estão tão dormentes que eu mal consigo manejar a serra, mas dou um jeito.

A casa dela está escura. Acabou a energia.

— Seu marido deve estar preocupado — comento.

— Acho que não. Ele está viajando — ela diz. — E ele nunca se preocupa mesmo com essas coisas.

Então ela me convida para entrar.

— Você precisa se secar — ela diz. — Vou lhe dar uma dose de uísque. George tem sempre uma garrafa à mão.

Eu não bebo normalmente, ou melhor, Connie não gosta que eu beba, mas entro na casa atrás da mulher. Penso nas vezes em que a vi na barraca da fazenda e no modo como Connie ficou olhando para ela quando ela foi embora depois de comprar milho, e comentou que era estranho uma mulher da idade dela ainda usar rabo de cavalo. E eu me lembro de ter pensado que achava bonito.

Agora estamos na cozinha. O menino correu lá para cima, com uma lanterna, para pegar roupas secas, mas eu e a mulher ainda estamos ali parados com nossas roupas molhadas, a água formando poças em volta dos nossos pés.

Então ouvimos um estrondo, o mais alto que a tempestade produzira até então. Parece o fim do mundo, ou quase isso, e quando abro a porta vejo uma árvore partida em dois — o velho olmo da entrada da casa que estava balançando quando chegamos.

Há galhos cobrindo a casa. O tronco está partido — não um corte reto, é claro, como o que eu fiz com a minha serra, mas todo recortado. E o topo da árvore está caído sobre o meu caminhão. Fico achando que o caminhão talvez esteja amassado, mas não há como saber nesse momento. A única coisa que eu sei com certeza: eu não vou a lugar nenhum nesta noite.

Não há comida na casa. Mais uma coisa – uma em um milhão – em que essa moça em pé na cozinha, molhada até os ossos, se parece tanto com a minha esposa quanto uma alcachofra com uma batata. Connie é o tipo de mulher capaz de alimentar a família, durante três meses, só com o conteúdo da sua despensa, enquanto tudo o que aquela loura magricela tinha para oferecer eram algumas bolachas e uma tigela de uma coisa que eu nunca tinha provado antes: iogurte. E a questão é que eu não me importei. Já era alimento suficiente a presença dela ali.

Ela me oferece mais uísque. Põe a garrafa sobre a mesa, ao lado das velas. Nós bebemos do mesmo copo.

Em algum momento, o filho sobe para dormir, olhando-me de rabo de olho ao se dirigir para a escada.

– Quem é você, afinal? – ele pergunta.

– Eu sou um bombeiro – digo a ele, mas não posso culpar o menino por ficar desconfiado. Onde está o uniforme, a mangueira, o caminhão?

Depois que o menino sobe, a mulher traz roupas secas para mim. Uma camisa e uma calça que pertencem ao marido dela. Eu não preciso ir a outro lugar para trocar de roupa, de tão escuro que está. As roupas são um tanto pequenas, já que evidentemente esse marido é consideravelmente mais baixo do que eu e menos bem nutrido, sem dúvida. A mulher sobe por um tempo, e quando volta noto que ela também veste roupas secas – um roupão, e eu consigo enxergar que ele tem flores e renda, nada que Connie costumasse usar, e se usasse, sou obrigado a dizer, a roupa não causaria o mesmo efeito, nem parecido.

Ela ri quando vê como a calça ficou em mim, deixando de fora uns dez centímetros de canela.

– Os Plank costumam ser altos – digo a ela –, embora todas as minhas quatro filhas tenham puxado à mãe na altura.

Depois desse comentário, lamento ter mencionado minha esposa, mas a mulher não parece notar.

– Acho que vou pôr um pouco de música – ela diz.

– Estamos sem energia, lembra? – digo a ela.

Penso em como é na nossa casa, minha e de Connie, o rádio permanentemente sintonizado no bispo Fulton J. Sheen.

– Nós temos uma Victrola – ela diz. – Eu gosto muito mais do som das 78 rotações.

Ela põe Peggy Lee. "Bali Ha'i." Aquela.

Fica ali parada na sala escura, na luz de duas velas quase no fim, com o vento gemendo lá fora. A chuva bate com força no telhado. Lá de cima, ouço quando o filho dela chama.

– Estou com medo.

– Ele sempre teve medo de tempestades – ela diz, virando-se para subir a escada no escuro.

Conto a ela que adoro a chuva.

– É porque você é fazendeiro. Está sempre pensando nas plantações.

Quando ela torna a descer, e diz que o menino já se acalmou, é quando dançamos.

Dana

Vida na terra

EU FUI ATÉ A FAZENDA PLANK. Embora nunca tivesse existido nenhum contrato para o nosso projeto de reprodução de morangos, eu nunca havia questionado o fato de que metade do dinheiro da licença para comercialização da nossa nova variedade pertencia a Edwin Plank, mas eu tinha outras razões para ir visitar Ruth. Parecia estar na hora de nós duas conversarmos sobre o que tinha acontecido tantos anos antes, quando, não por nossa culpa, fomos parar uma na família da outra.

Era outubro, temporada dos furacões, e, quando entrei no portão, eu a vi sentada na varanda da frente, contemplando os campos. Ela me serviu uma taça de vinho, como se estivesse me esperando. Foram necessárias menos explicações do que eu tinha esperado. Eu já tinha compreendido tudo nessa altura.

Quando ela me contou que, apesar da sua resistência, as outras Plank decidiram vender a fazenda, pareceu-me ser um momento particularmente propício para dizer a ela que eu tinha um cheque de 100 mil dólares no bolso. E Ruth também tinha recebido recentemente um dinheiro inesperado. Isso, combinado com o dinheiro do seguro de vida de Clarice, permitiu que nós fizéssemos uma oferta melhor do que a de Victor Patucci pela fazenda. A família aceitou.

Nós acabamos alugando as casas de nossas irmãs depois que elas receberam seu dinheiro e se mudaram. (Para St. Pete, Flórida. Las

Vegas, Nevada. E, no caso de Winnie, para uma sucessão de campings e estacionamentos Walmart por toda a América do Norte.)

Com tristeza, eu vendi a propriedade de Fletcher Simpson e me mudei para a fazenda com minhas cabras. Acontece que anos antes, quando Edwin demarcou aqueles terrenos de um acre em sua fazenda, ele tinha designado um sexto para mim. Foi lá que eu construí a cabana onde moro hoje, um pouco acima da de Ruth.

Eu administro a fazenda agora. Victor seguiu adiante. Nosso irmão, Ray, mora numa casa comunitária, onde um pequeno sinal de melhora foi o fato de ele ter voltado a tocar gaita. Ruth e ele acabaram tendo a chance de conversar sobre o que tinha acontecido tanto tempo antes. Ele sempre se lembrou do bombeiro que o resgatou e a sua mãe na noite da tempestade, mas foi só anos depois, quando Connie foi à ilha Quadra, que ela revelou a ele a parte da história que partiu seu coração. Ele sempre fora diferente, inconstante. Suponho que a perda de Ruth, sob muitos aspectos o seu pé na realidade, tenha acabado com ele.

Às vezes, agora, quando vou visitar Ray, ouço os acordes de uma velha canção vindo dos degraus dos fundos e lá está ele, indiferente ao clima que o estado de New Hampshire está nos oferecendo aquele dia – inclusive neve. Quase sempre, a canção é "Shenandoah".

Ruth faz suas pinturas e sua arteterapia, e às vezes seus filhos e netos vêm nos visitar e, nas temporadas movimentadas, como as de morango e abóbora, todos eles trabalham na barraca da fazenda. Ruth é a encarregada dessa operação, é claro, como sempre foi. Há um bom homem com quem ela sai agora, embora ela diga que não tem necessidade alguma de morar com ele.

Nosso pai vive sua vida na Birch Glen Home, onde nós o visitamos – em ocasiões sozinhas, em outras juntas – algumas vezes por semana, e de vez em quando nós o raptamos para passar a tarde ou o fim de semana na fazenda conosco. Nas tardes de verão, na época do milho, nós fervemos um caldeirão de água no fogão e colocamos uma dúzia de espigas para cozinhar, e depois, ao comê-las, rolamos a espiga no tablete de manteiga, como sempre. Era costume da família Plank passar manteiga no milho desse jeito, e agora é meu costume também.

Foi numa das visitas do nosso pai à fazenda – uma noite em que a Rainha Prateada tinha acabado de chegar – que uma coisa extraordinária aconteceu.

Ele estava sentado no seu velho lugar como sempre fazia, evidentemente, na cabeceira da mesa, com uma espiga fervendo na frente dele. Ele não a pegou, apenas ficou olhando para o prato. Ele começou a sacudir a cabeça e eu percebi que havia lágrimas em seus olhos.

– Está tudo bem, papai – Ruth disse a ele.

– Você foi um bom pai – eu disse. – Você foi a única pessoa que nos viu do jeito que nós éramos de verdade. Não como as outras pessoas queriam que nós fôssemos.

– Filhas – ele disse. – O que de melhor um homem pode ter do que boas filhas?

E então ele pegou sua espiga de milho.

M**ais tarde nós o levamos** de volta para Birch Glen. Depois nós duas, Ruth e eu, nos sentamos na varanda, contemplando nossa fazenda. Nenhuma de nós precisou dizer nada. Em noites como essas, eu sei que faço parte de uma família, embora não a família que me criou, precisamente, ou que eu tinha esperado. Eu amo este pedaço de terra e as pessoas com quem eu o divido, embora em geral eu prefira plantas e cabras, cães e galinhas, a pessoas.

Quanto ao resto: o morango Clarice tornou-se uma das variedades mais populares vendidas por Ernie, uma favorita eterna. Não faz muito tempo, eu fui entrevistada por uma aluna de pós-graduação da universidade onde Clarice deu aulas. Ela estava trabalhando numa tese com um título complicado do tipo "Uso efetivo de plantas filhas na evolução da espécie híbrida superior de morangos".

A jovem botânica admitiu que tinha esperança de que essa sua pesquisa pudesse apoiar sua candidatura a professora da universidade. Eu poderia ter dito algumas coisas para ela sobre política de professores universitários e outros fatores que não os de natureza acadêmica que poderiam interferir no seu futuro profissional. Mas espero que os tempos tenham mudado, que as coisas estejam melhores agora.

Com relação ao seu campo de especialidade, eu contei a ela que, como o meu pai, eu sempre gostara do estudo de reprodução de plantas. Existe uma perfeita simetria na natureza e na seleção natural, eu disse, por mais brutal que ela seja. Sobrevivência dos mais fortes. Alguns belos exemplos de vida na terra – meu irmão me vem à mente aqui, bem como Clarice – não sobrevivem, por razões que podem estar totalmente acima do seu controle. Outros – e eu sou um deles, assim como a mulher que eu agora chamo de irmã, que é tão querida para mim quanto qualquer ser humano – sobrevivem contra todas as probabilidades. Cepa mais resistente talvez, ou simplesmente com mais sorte, se é que podemos ser consideradas assim.

Agradecimentos

GRANDE PARTE DESTE ROMANCE foi escrita numa cabana de madeira num rancho no estado de Wyoming, com o apoio da UCross Foundation e seus funcionários, a quem eu sou profundamente agradecida. Embora a minha história se passe no estado de New Hampshire, eu fui me apaixonando por Wyoming enquanto escrevia, razão pela qual resolvi mandar Dana e Clarice numa viagem pelas Montanhas Bighorn até Yellowstone – uma viagem que fiz e adorei durante o tempo que passei em UCross. Que maravilha.

Meus agradecimentos aos meus primeiros leitores – Andrea Askowitz e Gail Venable. Amigas maravilhosas, editoras maravilhosas.

Embora a minha história seja inventada, inspirada apenas vagamente por algumas notícias de jornal de anos recentes, a fazenda e o funcionamento da barraca que eu usei como modelos para a Plank de fato existem. É o Tuttle's Red Barn, em Dover Point, New Hampshire – a mais antiga fazenda familiar dos Estados Unidos, e um destino favorito da minha infância na costa de New Hampshire, na época em que produtos orgânicos cultivados em casa ainda não estavam na moda e não havia nenhum outro lugar igual ao Tuttle.

Durante todo o período em que escrevi este livro, eu me vali do conhecimento e da experiência de Rebecca Tuttle Schultze – a décima segunda geração dos Tuttle. Minha amiga Becky – que costumava dirigir um trator com seu pai, Hugh, e contar as espigas de milho, e arrastar o tubo de irrigação, e renovar os canteiros de morango, e preparar os buquês de zínias, quando ela e eu éramos meninas vivendo em cidades vizinhas – analisou cada página deste manuscrito para se certificar de que eu tinha entendido corretamente como era o funcionamento da fazenda, bem como a história do seu amado Red Sox. Não houve uma pergunta que eu fizesse a Becky sobre agricultura e criação de animais que ela não soubesse responder, embora eu valorize a amizade dela principalmente pelo que ela sabe sobre a espécie humana.

Sou grata ao meu agente, David Kuhn, por sua orientação segura e sua representação perspicaz, assistido por Jessi Cimafonte e Billy Kingsland do Kuhn Projects. Da mesma forma, agradeço a Judi Farkas, que, da outra costa, participa com raro insight. Meus calorosos agradecimentos também a Emily Krump, Tavia Kowalchuk, e à maravilhosa equipe de William Morrow.

Minha revisora, Jennifer Brehl, fez algo com este manuscrito que foi além de tudo o que eu já tinha visto antes na revisão de uma obra de ficção. Há evidência de sua caneta vermelha em cada página dele – ocasionalmente mais tinta vermelha do que preta – e o trabalho dela sempre faz de mim uma escritora melhor. A Jennifer eu dedico a mais profunda gratidão, o mais profundo respeito, bem como uma profunda afeição.

Finalmente, já faz quatro anos, uma voz de incentivo e carinho fala constantemente em meu ouvido, mesmo quando eu não ouço ou ouço mal. Para David Schiff, meu eterno amor.

Este livro foi impresso na Editora JPA Ltda.,
Av. Brasil, 10.600 – Rio de Janeiro – RJ,
para a Editora Rocco Ltda.

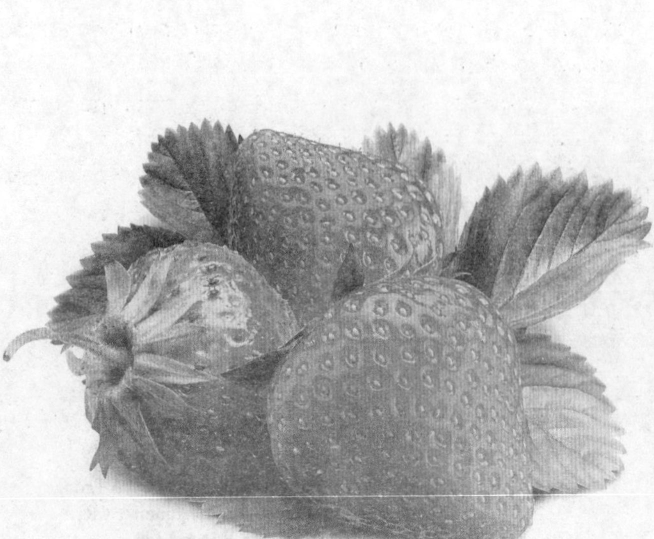